Günter Struchen

Hauptkommissar Theobald Weinzäpfli
und die vergifteten Weggen von Meggen

Günter Struchen

Hauptkommissar Theobald Weinzäpfli und die vergifteten Weggen von Meggen

Kriminalroman

Cosmos Verlag

Alle Figuren mit Ausnahme der Bewohner des Armenheims sind fiktiv.
Bezüge zu realen Personen sind in den Anmerkungen erläutert.

Lektorat: Roland Schärer
Umschlag: Stephan Bundi, Boll
Satz und Druck: Merkur Druck AG, Langenthal
Einband: Schumacher AG, Schmitten
ISBN 978-3-305-00486-7

Das Bundesamt für Kultur unterstützt
den Cosmos Verlag mit einem Förderbeitrag
für die Jahre 2021–2024

www.cosmosverlag.ch

1. bis 4. Mai 1959

Kapitel 1

«Es bräuchte eigentlich kein Ortsschild, Meggen kann man bereits von Weitem riechen», scherzte jemand ein paar Sitzreihen hinter ihm. Hauptkommissar Theobald Weinzäpfli erwachte abrupt. Die Stimme des Witzboldes kam ihm bekannt vor, er konnte sie aber keinem Namen zuordnen. Von allen Seiten her ertönte munteres Gigelen, das sich vom monotonen Röhren des Motors abhob. Dem Hauptkommissar war nicht nach Lachen zumute. Nicht, weil ihm der Humor der Polizisten ein Stägetrittli zu tief in Sachen Niveau angesiedelt gewesen wäre, aber er fühlte sich bedrückt. Grund war dieser eine Traum, den er seit einem halben Jahr regelmässig träumte. Er überraschte ihn in der Nacht oder beim Mittagsschlaf, am Wochenende oder während der Arbeit. An Feiertagen oder im Urlaub. Nun folgte er ihm offenbar sogar bis über die Grenzen seines Heimatkantons hinaus. Und der Traum fühlte sich schampar echt an. Noch immer glaubte er die Windböen zu spüren, die an seinen Haaren, an Hemd und Hose zerrten. Er meinte das Donnern zu hören und den Regen, der auf die Dächer des Dorfes niederprasselte. Und er spürte die Furcht in sich. Die Furcht vor diesem grossen Schatten, der ihm einmal mehr im Traum erschienen war. Er hatte sich ihm zwar zugewendet, doch noch bevor er hatte erkennen können, wer Urheber des Schattens war, war er erwacht. Auch dieses Mal. Es endete immer so. Weinzäpfli hatte bereits viele – zu viele Gedanken an den Traum verschwendet und ihn fiebrig zu deuten versucht, indem er ihn seziert hatte, wie es der Gerichtsmediziner Flückiger mit seinen Leichen tat. Aber er hatte resigniert. Diesen Traum würde er nicht durchschauen.

Weinzäpfli seufzte leise und öffnete seine Augenlider. Durch die Fensterscheiben erkannte er, dass sie soeben in einem Dorf eingefahren waren. Das Poschi fuhr durch eine Allee junger Linden, dann ging die Strasse in eine sanfte Kurve über und führte hinauf auf einen Hügel. Weinzäpfli bemerkte nicht, wie der Motor auf einmal auffällig lauter rumorte, denn die Aussicht, die sich ihm von hier aus präsentierte, war schlichtweg atemberaubend und verscheuchte sogar seine düstere Stimmung. Er konnte sich nicht vorstellen, dass es einen anderen Ort auf der Welt gab, an dem man auf einen einzigen Chlapf noch mehr und noch anmutigere Berge hätte sehen können. Hinter der glatten Oberfläche jenes Armes des Vierwaldstättersees, der in die Küssnachter Bucht mündete, reckte die Rigi ihr Haupt in den Himmel. Die Königin der Berge, ihr morgiges Ziel. Vom Kulm führte die Rigi wie der Buckel einer Katze in Richtung Südsüdwesten, wo sie naadisnaa zum See abfiel. Dann folgte eine Zilete schneebedeckter Berge, von denen Weinzäpfli nicht den Hauch einer Ahnung hatte, wie sie hiessen. Vor diesen trennte der Bürgenstock den Vierwaldstättersee in zwei Teile. Weit dahinter war das Stanserhorn zu sehen – im Umriss eine Art invertierte Rigi. Und noch weiter weg, schon fast vom Dunst erstickt, sah man tatsächlich Mönch, Eiger und Jungfrau. Der Blick des Hauptkommissars war noch nicht bis zum Pilatus gelangt, da gab es auf einmal einen lauten Chnutsch, die Reifen quietschten schrill und das Poschi bremste abrupt. Die meisten Tschugger konnten sich glücklicherweise noch rechtzeitig an der Kopflehne des Vordersitzes festkrallen und dadurch verhindern, aus ihren Sitzen katapultiert zu werden. Einzig der Krähenbühl Jacky wurde auf dem falschen Fuss erwischt. Der langjährige Verkehrspolizist war gerade daran gewesen, sein Bagaasch nach dem Seckli Tabak zu durchwühlen, als die Kupplung des Poschis zerbarst wie ein Nüssli zwischen den Kiefern eines Panzernashorns. Er wurde durch den Gang nach vorne geschleudert, wo sich ihm erst mit der Frontscheibe ein Hindernis in den Weg stellte, das sowohl seine kinetische Energie wie auch den Wunsch nach einem Zigarettli nachhaltig auf null setzte. Dann stand das Poschi still. Und so kam es, dass die Polizisten des Postens Lorraine-Breitenrain in ebendiesem Dorf strandeten, über das sie sich lustig gemacht hatten.

Kapitel 2

Der Motor sprang nicht wieder an. Dafür wurde die Rauchsäule, die aus der Motorhaube aufstieg, grösser und grösser. Der Poschifahrer liess seinen Unmut am Lenkrad aus, aber das änderte nichts am Umstand, dass dieses Gefährt so schnell nicht wieder in die Gänge kommen würde. Die Berner Polizisten verstanden das sofort. Sie liessen den Fahrer töipelen und traten hinaus in den zauberhaften Frühlingsmorgen. Der Letzte, der das Poschi etwas ungelenk und mit leicht gekrümmter Haltung verliess, war Hauptkommissar Theobald Weinzäpfli. Er war es nicht gewohnt, im Bus oder Automobil zu fahren, sondern bevorzugte üblicherweise das Reisen auf seinem Pony – einem Tier, das er einst geschenkt bekommen und dem er den Namen Cinderella gegeben hatte. In diesem Augenblick, als er ins Sonnenlicht trat, wurde ihm bewusst, dass Cinderella, auch wenn sie um einiges langsamer war als ihre motorisierten Rivalen, den Vorteil besass, dass sich bei ihr kein Schräubchen lockern konnte. Oder zumindest kein wortwörtlich gemeintes. Weinzäpfli kicherte in sich hinein.

«Nicht New York, aber Meggen. Immerhin», hörte er die gleiche Stimme wie schon zuvor proleten und die üblichen Verdächtigen grölten drauflos. Die Tschugger waren zu gut drauf, um sich wegen einer Panne die Laune verderben zu lassen. Ein Grund für diese unbeschwerte Stimmung war wohl auch, dass sie auf der Hinfahrt bereits ordentlich gegüügelet und sich einen soliden Stüber angetrunken hatten.

Sie waren noch keine fünf Minuten an der frischen Luft, da kam ein Mann die Strasse hochgerannt, der im Nu die Aufmerksamkeit aller erlangte, weil er, einmal oben auf der Anhöhe angelangt, damit begann, im Zickzack in der Gegend herumzuhuschen. Und zwar in etwa so planlos wie eine Kaulquappe im Schnapsglas. Nur bedeutend ausdauernder. Die Berner Polizisten stellten ihre Gespräche ein und folgten dem Mann mit ihren Blicken. Ab und zu blieb dieser vor einem Büschli, einer Hecke oder einem Gstrüpp stehen, grübelte beidhändig darin herum, schien aber nicht zu finden, wonach er suchte, und rannte dann wie pickt zum nächsten Gebüsch, bei dem sich das Prozedere wiederholte. Unter den Polizisten, die das Spektakel mitverfolgten, war auch Inspektor Gottfried Chummer, Weinzäpflis rechte Hand. Während Weinzäpfli fast allen erdenklichen Abstrusitäten des menschlichen Verhaltens mit Toleranz begegnete, passte Chummer das, was er sah, überhaupt nicht. Er konnte sich keinen Reim darauf machen, was dieser Mann da genau tat. Und das machte ihn fertig. Chummer studierte ihn von Kopf bis Fuss. Der Läufer war Mitte sechzig, hatte schütteres, blondes Haar, dicke Brillengläser, die seine Augen zu kleinen Stecknadelköpfchen schrumpfen liessen, war braun gebrannt wie ein Wildheuer und spindeldürr. Er trug ein Stirnband, lange Kniesocken und seine kurzen Hosen waren so weit hochgezogen, dass der Püntel in seinem Umriss angedeutet wurde, was Chummer dazu veranlasste, die zwar scharf beobachtenden, aber dennoch anständigen Blicke im oberen Körpersegment ruhen zu lassen. Der Fremde nahm keine Kenntnis von den Gestrandeten oder dem Poschi, das immerhin mitten auf der Strasse stand und den Himmel über Meggen allmählich mit schwarzem Qualm überdeckte. Doch als er gerade zum wiederholten Mal quer über die Strasse zum nächsten Gebüsch rannte, erschallte auf einmal eine laute Trillerpfeife. Einer der Polizisten stellte sich dem wirren Läufer mit erhobener Hand in den Weg und schrie: «Stopp! Hören Sie nullkommaplötzlich damit auf, Sie sturmes Beieli. Ich habe auch schon sonst Kopfschmerzen. Ihnen zuzusehen, gibt mir den Rest.»

Die genervte Stimme gehörte dem Krähenbühl Jacky. Der Fremde blieb sofort stehen. Er blickte verdattert zum Verkehrspolizisten. Dann schaute er mit seinen kleinen Äuglein von einem Gesicht zum nächsten, so als ob ihm der Polizistentrupp eben erst aufgefallen wäre. Weinzäpfli trat neben Krähenbühl und sprach in wesentlich freundlicherem Ton: «Darf ich Sie fragen, was genau Sie tun?»

Die Antwort kam postwendend.

«Ich bin ein Orientierungsläufer!»

Weinzäpfli war zwar ein formidabler Ermittler, wies aber teilweise klaffende Lücken in der Allgemeinbildung auf, weshalb er auch mit diesem Begriff nicht viel anzufangen wusste. Er blickte fragend zu Chummer hinüber.

«Eine sportliche Disziplin», klärte ihn dieser auf. Weinzäpfli hob die Augenbrauen.

«Oh, interessant … Und was tut man da so?»

«Ich absolviere einen Orientierungslauf im Rigiwald. Im Moment suche ich einen Posten.»

Mit dieser Antwort konnte der Hauptkommissar wiederum nichts anfangen. Stattdessen schaltete sich nun Chummer ein: «Sie befinden sich hier aber nicht im Rigiwald, den es übrigens gar nicht gibt, sondern stehen auf der anderen Seite des Sees, in Meggen.»

Der Orientierungsläufer wirkte erstaunt.

«Jäso? Das erklärt so manches.»

Chummer wusste nicht, ob es sich um einen Scherz handelte. Die Miene des Fremden war schwer zu deuten. Er fixierte ihn grimmig und zeigte ans andere Seeufer, wo die Rigi in den Himmel ragte.

«Aber Sie sehen sie schon, dort drüben, die Rigi?»

Der Fremde folgte dem Finger ans andere Seeufer und auf seinem Gesicht konnte man aufrichtiges Erstaunen ablesen. Er nickte in Gedanken versunken.

«In der Tat, da steht sie.»

Es folgten einige Blickwechsel. Man wartete auf eine Erklärung. Der Orientierungsläufer schien sich allerdings nicht erklären zu wollen.

«Sie befinden sich auf einem Orientierungslauf im Rigiwald, suchen nun aber die Büsche in Meggen nach einem Posten ab, obwohl sich hier weit und breit kein Wald befindet?», fasste Chummer die Gegebenheiten zusammen, genervt ob so viel und so stark konzentriertem Schwachsinn.

«Ich habe nie gesagt, ich sei ein guter Orientierungsläufer», konterte der Läufer.

«Das hat er wirklich nicht gesagt!», bestätigte Weinzäpfli.

«Das habe ich nie gesagt», wiederholte der Orientierungsläufer ein weiteres Mal, dankbar für die unerwartete Schützenhilfe. Chummer hatte schon reichlich Erfahrungen gemacht mit den grotesken Verbrüderungen, die sein Chef manchmal einging. Deshalb zog er gerade noch rechtzeitig die Notleine, hob die Hand und verzog sich auf einen Spaziergang durch Meggen. Die übrigen Polizisten, die die Geschehnisse aufmerksam mitverfolgt hatten, sahen sich plötzlich mit einer delikaten Entscheidung konfrontiert: Sollten sie hier bleiben und den zwar kuriosen, aber auch unterhaltsamen Dialog ihres Chefs mit dem OL-Läufer weiterverfolgen oder stattdessen mit dem Stellvertreter Chummer mitgehen, der vielleicht eine Beiz fände, in die man einkehren könnte? Für beide Optionen gab es gute Gründe. Wie auf Kommando teilte sich die Menge und eine Gruppe bestehend aus zehn Männern folgte Chummer. Die Übrigen näherten sich, wie wenn es sich um ein Bekenntnis handelte, ihrem Chef und formten einen Halbkreis um ihn herum. Zu ihnen gehörten auch die zwei langjährigsten und treusten Begleiter Weinzäpflis: der arbeitslose Theaterdirektor Chlöisu Friedli, der sich schon vor vielen Jahren notgedrungen zum Tschugger hatte ausbilden lassen, und sein stark übergewichtiger, dafür aber an Worten karger Kollege Franz Linder. Weinzäpfli bemerkte nichts davon. Seine Aufmerksamkeit galt dem OL-Läufer.

«Ich würde gerne mit Ihnen mitlaufen! Nehmen Sie mich mit?», meinte er auf einmal. Der OL-Läufer schlug entzückt die Hände zusammen.

«Sehr gerne sogar, können Sie Karten lesen?»

Er kramte eine Landkarte aus seiner Westentasche, versuchte sie auseinanderzufalten, scheiterte dabei und zerriss sie auf der Höhe von Quinto und Airolo. Dann hielt er ihm das Gnuusch hin, wie wenn er sich Erleichterung verschaffen wollte.

«Nicht annähernd», gab Weinzäpfli zu. Der OL-Läufer gluckste vor Freude und warf die Karte in hohem Bogen über seine Schulter weg. Sie blieb mitten auf der Strasse liegen, unmittelbar neben einer alten Zeitung.

«Folgen Sie mir!», schrie der Orientierungsläufer. «Nächster Halt Rigiwald!»

Und die zwei zogen davon, so orientierungslos wie Brieftauben im Hornissenschwarm. Bald schon waren sie aus dem Blickfeld der verbliebenen Polizisten verschwunden, die das Ganze in einer Mischung aus Belustigung und Entsetzen mitverfolgt hatten und nun im Kollektiv die Grinde schüttelten. Man kannte Weinzäpfli, und doch vermochte er einen immer wieder aufs Neue zu verwundern.

«Ich habe die ernsthafte Befürchtung, dass wir die zwei nie mehr wiedersehen», sprach Friedli im Scherz. Linder machte ein paar Schritte auf die liegen gebliebene Karte zu, ging in die Knie, sodass sein beeindruckender Wanst erbebte, hielt kurz inne und hob dann aber stattdessen die alte Zeitung hoch.

«24. März 1959», stand auf dem vergilbten Papier, direkt unter dem Signet der Zeitung, die «Freier Schweizer» hiess. Linder hievte sich wieder in die Höhe und las die Schlagzeile. Seine Stirn runzelte sich. Etwas stimmte in diesem Ort nicht. Linder war sich sicher. Er faltete die Zeitung wieder zusammen und versorgte sie in seiner Westentasche.

Kapitel 3

Wie aufgeplusterte Gockel stelzten die drei Kriminalpolizisten aus den Kantonen Schwyz, Luzern und Zug durch das hohe Gras um die Leiche herum. Oder um das, was davon noch in zusammenhängender Form übrig geblieben war. Und dabei gaben sie peinlich acht darauf, nicht etwa die Kantonsgrenze und damit ihren Zuständigkeitsbereich zu übertreten, was keine einfache Aufgabe war, da die Gliedmassen rund um das Geleise in alle Herrgottshimmelsrichtungen verstreut und die Kantonsgrenzen in diesem Gebiet keineswegs eindeutig gezogen, sondern durch ein paar Grenzsteine lediglich halbbatzig angedeutet waren.

Hauptmann Alois von Rotz, Leiter der Kriminalpolizei des Kantons Schwyz, war der erste Beamte gewesen, der am Ort eingetroffen war. Was sich ihm dort präsentierte, überstieg seine schlimmsten Befürchtungen. Man hatte ihm nur mitgeteilt, dass ein Zug auf der Strecke Rotkreuz–Arth–Goldau kurz vor Immensee jemanden überfahren habe. Der Lokführer sei noch bis nach Arth weitergefahren, dort Hals über Kopf aus der Lokomotive gestürmt und habe beim nächsten Polizeiposten zu Protokoll gegeben, dass es sich durchaus auch um einen Menschen gehandelt haben könnte. Dann hatte der bemitleidenswerte Mann eine Panikattacke erlitten und war zum Arzt Arnold Huber-Winkler gebracht worden, der zugleich Dorfmetzger und Seelsorger war und meinte, er solle deshalb nicht in die Hosen machen, wer am helllichten Tag auf den Geleisen spaziere, sei ohnehin besser im Himmelreich aufgehoben. Die Beamten auf dem Polizeiposten Arth nahmen es aber nicht im gleichen Masse gelassen. Erst recht nicht, nachdem sie an der Lokomotive Blutspuren gesichert hatten, die so menschlich waren wie eine Beizenschlägerei zur Fastnachtszeit. Sie machten nicht lange Federlesen, sondern boten sogleich den Chef des Fahndungsdienstes auf, wie die Kantonspolizei in Schwyz hiess. In der Zwischenzeit waren ein Jäger aus Meierskappel und ein Rekrut aus dem Welschland unabhängig voneinander auf den Leichnam gestossen und hatten ihrerseits die Polizei kontaktiert, allerdings jene des Kantons Zug im Falle des Rekruten und die des Kantons Luzern im Falle des Jägers. Das führte dazu, dass letztlich innerhalb von nur einer Stunde gleich drei Kriminalpolizisten am Ort des Geschehens eintrafen: Hauptmann Alois von Rotz aus Schwyz und seine Berufskollegen aus Zug und Luzern, Zgraggen Isidor, der eben erst beförderte Leutnant der Zuger Kriminalpolizei, und Brändli Joseph, Oberleutnant und stellvertretender Leiter der Kriminalpolizei Luzern.

Obwohl von Rotz vieles an dieser Leiche seltsam vorkam und ihm die genauen Gegebenheiten, die zu diesem Unfall geführt hatten, schleierhaft blieben, eines wusste er sehr genau: Diesen Fall wollte er unter keinen Umständen übernehmen. Und der aufgrund der Streuung nicht präzis bemessbare Fundort der Leiche sollte seine Ausrede sein. Dummerweise war es die Strategie, die auch Zgraggen und Brändli verfolgten, die genau so wenig Lust verspürten, sich mit einer zerdrückten Zug-Leiche herumzuschlagen. So war also eine verfahrene Situation geboren: Man hatte einen Toten vorgefunden, im Grenzgebiet dreier Kantone, wobei die Leiche in Stücke gerissen und in alle Weltgeschichte verteilt war: Das eine Bein und die Arme lagen im Zugergebiet, der Grind lag in Schwyz und das Hinterteil in Luzern. Dazwischen eine ungeheure Moorerei. Die Zuständigkeit war und blieb so unklar wie die Wasseroberfläche des Lauerzersees. Und das Schicksal wollte es, dass der Tag, an dem das Sterben in der Innerschweiz einsetzte, auch der Tag war, an dem sich der Polizeiposten Lorraine-Breitenrain zum alljährlichen Frühlingsbummel aufgemacht hatte, der von Bern nach Luzern über Küssnacht bis auf den Kulm der Rigi führen sollte.

Kapitel 4

Unter den Polizisten der Wache Lorraine-Breitenrain erstaunte es niemanden, dass der Poschifahrer den defekten Motor seines Gefährtes nicht mehr in Gang brachte. Zu ungeduldig kam er ihnen vor, deutlich zu eingeschränkt war seine Impulskontrolle. Er hantierte mehr zufällig als überlegt am Motor herum und nach jedem misslungenen Versuch, ihn zu reparieren, stüpfte er gegen die ohnehin bereits arg zerbeulte Motorhaube oder hämmerte mit einem Engländer wie ein Gestörter ins Getriebe. Es waren Massnahmen, die im besten Fall sinnfrei und im schlechtesten kontraproduktiv waren. Glücklicherweise sprang der Besitzer des Hotels, in dem die Polizisten nächtigen sollten, höchstpersönlich in die Bresche. Er hiess Keller Philipp und stammte aus einer Schwyzer Glasbläserdynastie, die seine ganze Familie auf Lebzeiten steinreich gemacht und ihm den Spitznamen «Blaser-Phibe» eingebracht hatte. Nachdem man ihn von einem Gasthof aus per Telefon verständigt hatte, fuhr er sofort mit seinem schnittigen Personenwagen nach Meggen, um die gestrandeten Beamten portionenweise zu seinem Hotel zu transportieren, das am Seeufer Küssnachts keine halbe Stunde Autofahrt von Meggen entfernt lag. Keller war eine Frohnatur. Das war vom Moment an klar, als er aus seinem Wagen ausstieg. Ein breites Lachen überdeckte das schmale, von Sommersprossen bedeckte Gesicht. Die Haare erstrahlten in feuriger Röte, er trug einen teuren Anzug und hatte den Hang, zu laut zu lachen und dabei anderen Menschen übertrieben hart auf die Schultern zu klopfen. Die ersten drei, die Meggen in Kellers Wagen verliessen, waren Chummer, Linder und Friedli. Chummer nahm neben Keller Platz, Linder und Friedli setzten sich auf die Rückbank. Selbst wenn sie dort nur zu zweit sassen, lagen die Platzverhältnisse für Friedli mächtig im Argen. Seine linke Schulter und seine Backe wurden gegen die Fensterscheibe gedrückt und die beiden Knie befanden sich schier vertikal übereinander. Es war nicht einmal so, dass es sich der Linder Franz besonders gemütlich gemacht hätte. Es war auch nicht der Wagen, der klein war. Linder besass schlichtweg mehr Kubikzentimeter Körpermasse, als es die Autobauer in ihren kühnsten Prognosen einkalkuliert hatten, und weil man Masse zwar quetschen, aber nicht vernichten konnte, verteilte sich Friedlis Körper im leeren Raum um Linder herum, so gut es die Umstände erlaubten.

Keller war fei echli ein Bleifuss. Er drückte das Gaspedal bis an den Anschlag durch, sodass die Reifen quietschten und das Automobil in flottem Tempo davondüste. Sie liessen Meggen hinter sich, folgten dem Strassenverlauf, dem See entlang, durch ein Dörfchen namens Merlischachen, an einer Kapelle vorbei, von der ihnen Keller erzählte, sie sei zu Ehren einer belgischen Königin errichtet worden, die an dieser Stelle bei einem Unfall mit einem Packard 120 Convertible Coupé ums Leben gekommen sei. Dass sein Wagen in vollem Garacho unterwegs war, hinderte Keller nicht daran, sich auf einmal über Chummer zu lehnen und auf der Beifahrerseite das Fenster herunterzukurbeln.

«Dort steht mein Hotel, der Seehof du Lac. Dort werden Sie das Wochenende verbringen», schrie er gegen den Lärm des Motors an. Sein Zeigfinger deutete an der Kapelle vorbei ans andere Seeufer. Eine viel zu grosse, etwas chlobige Kirche, wie sie typisch war für katholische Orte, ragte aus einem gepflegten Dorfkern in die Höhe. Unten an einer Promenade gab es eine Schiffländti, daneben stand ein antik anmutendes Gebäude mit einem kleinen Türmchen. Das musste das Hotel sein.

Rund zwanzig Minuten nach Abfahrt erreichte der Wagen Küssnacht. Keller schaltete ein paar Gänge zurück, drosselte das Tempo und damit wurde der Lärm erträglicher. Die Strassen Küssnachts waren bevölkert von Menschen unterschiedlichster Gattungen: Kirschen-, Blumen-, Milch-, Bier- und Kirschwasserverkäufer, Schuhputzer, Gatteröffner, Jodler, Kuriere, Gepäck- und Sesselträger, Hirten, Bergführer und Pferdehalter. Die Vielfalt an Menschen und Berufen war spektakulär. Und offenbar übten die Meister ihr Handwerk hier häufig noch auf dem Trottoir vor ihrem Geschäft aus. Ein Zimmermann laugte seine Fensterläden ab, ein Sattler rupfte Rosshaar und ein Metzger reinigte Därme. Die Berner Beamten blickten abwechslungsweise durch das linke und dann wieder durch das rechte Fenster und versuchten so viele Eindrücke wie möglich einzufangen. Dieses Dorf lebte.

Kurz nachdem Keller in eine Strasse abgebogen war, die zum See hinunterführte, bremste er abrupt den Wagen. Der Grund war schnell ausgemacht. Eine Tschuppelete Schaulustiger blockierte einen kleinen Platz, in den die Strasse mündete. Mittendrin befand sich ein Polizist, er war an seiner Schirmmütze leicht zu erkennen. Die Abzeichen verrieten, dass er von niedrigem Rang war. Wachtmeister, aber sicherlich kein Offizier. Um ihn herum standen acht junge

Männer, die allem Anschein nach irgendein Wortgefecht mit ihm austrugen. Der Polizist wirkte dumm, aber stur; eine ausgesprochen schwierige Kombination für eine vernünftige Unterhaltung. Linder grunzte verstimmt.

«Diese unflätige Bande hat in der Nacht auf heute überall im Dorf Sägespäne ausgeschüttet», erklärte Keller. Erst jetzt fielen Chummer die Sägespäne auf, die wie ein breites Band quer über die Strasse führten, dort eine scharfe Kurve machten und in einer schmalen Gasse verschwanden. An einem zweistöckigen Haus vis-à-vis einem Schuhgeschäft türmte sich ein grosser Berg aus Spänen auf und versperrte den Zugang ins Innere. Es war aber nicht irgendein Gebäude, das nicht mehr betreten werden konnte. Es war der Polizeiposten.

«Die Polizei vermutet ein politisches Motiv … die Machenschaften eines kommunistischen Geheimbundes … oder etwas dergleichen», setzte der Hotelier seine Erklärungen fort, lachte lauthals und klopfte Chummer auf die Schulter, sodass diesem das Zigarettli aus dem Mund fiel, das er sich gerade hatte anzünden wollen. «Die jungen Männer wollen aber nur einen alten Küssnachter Brauch verfolgt haben, bei dem heimliche Liebespaare dadurch enttarnt werden, dass der Weg des Liebhabers zur Allerliebsten markiert wird.»

Chummer nickte halbherzig, steckte sich das Zigarettli wieder in den Mund und wagte einen neuen Versuch. Die Geschichte interessierte ihn nicht. Er wollte nur dieses Wochenende hinter sich bringen. Einen konkreten Nutzen sah er im Maibummel nicht. Die jungen Männer verabschiedeten sich zunehmend vom vordergründig freundlichen und respektvollen Umgangston. Eine unglückliche Entwicklung. Linder realisierte, dass sich eine Schlägerei anbahnte. Schlägereien mochte er nicht. Die Runzeln auf seiner Stirn wurden tiefer und tiefer, und noch ehe die Beteiligten selbst überhaupt erkannten, dass der berühmte Tropfen, der das Fass zum Überlaufen brachte, im Begriff war zu fallen, stiess er die Tür des Autos auf und stürmte energisch auf die jungen Männer los. Als diese den Hünen erblickten, dem sie sogar zu zweit kaum den Ranzen hätten umfassen können, senkten sie die geballten Fäuste. Linder brauchte gar nicht erst etwas zu sagen. Er blieb einfach vor ihnen stehen, liess den grimmigen Blick hin und her schweifen und schnaufte dazu wie ein Walross. Ein Motor erstickte, drei weitere Türen öffneten sich und die übrigen Insassen des Automobils gesellten sich zu Linder an den Pfarrhausplatz. Der Dorfpolizist musterte die Fremden ratlos. Schliesslich blieb sein Blick am «Blaser-Phibe» hängen.

«Ich habe dir Unterstützung mitgebracht, Balthasar. Darf ich vorstellen, die Herren Linder, Friedli und Chummer. Sie sind von der Berner Kantonspolizei», klärte der Hotelier die Situation und konnte es nicht lassen, auch dem Schwyzer Polizisten hart auf die Schulter zu klopfen, sodass es den armen Kerl durchhudlete. Man reichte sich die Hände.

«Balthasar Seeholzer», murrte der Polizist mit der grauen Uniform und hob kurz seine Mütze. Die Unruhestifter fühlten sich in ihrer Haut plötzlich nicht mehr besonders wohl. Einer von ihnen versuchte sich aus dem Staub zu machen, doch die Menschenmenge liess ihn nicht durch. Der wiedererstarkte Seeholzer zeigte mit seinem Finger auf ihn und schrie: «Es ist ein politisches Komplott!»

Damit entzündete er den Konflikt erneut. Wie auf Kommando begannen die beiden Parteien damit, gegenseitig auf sich einzureden. Aus dem Redeschwall war das Schimpfwort «Schafseckel» besonders häufig herauszuhören. Es brauchte jedoch nur ein kurzes, aber lautes Bellen von Linder, und die Streithähne verstummten wieder. In diesem Moment ergriff Friedli das Wort.

«Na, na, na … zunächst einmal sehe ich kein politisches Komplott, sondern jede Menge Sägemehl», beschwichtigte er und richtete sich charmant, aber bestimmt an die jungen

Männer: «Aber bei allem, was recht ist, darf ohne Zweifel von den Herrschaften auch verlangt werden, dass sie das Sägemehlstreuen im rechten Mass und im Rahmen der Ordnung und der Verkehrssicherheit tätigen!»

Ein beipflichtendes Raunen ging durch die Menge. Friedli mochte nicht nur die Bühne, sondern wusste auch genügend darüber, wie Menschen tickten. Er bemühte sich, eine Situation zu kreieren, in der alle Anwesenden ihr Gesicht wahren konnten. Der Anfang war ihm gelungen. Nun galt es, den Weg hin zur konstruktiven Konfliktlösung fortzusetzen.

«Lassen Sie uns zuerst einmal die Späne vor der Tür wegwischen, damit der Herr Seeholzer zu seinem Arbeitsplatz gelangen kann. Schliesslich hat er sicher jede Menge Büez zu verrichten, die in Sachen Wichtigkeit herumliegende Sägespäne übersteigt.»

Er ging in Richtung Polizeiposten und fragte nach ein paar Schritten beiläufig, wie wenn es um eine komplette Belanglosigkeit ginge: «Wer hilft mir?»

Linder folgte ihm umgehend und auch Keller schloss sich ihnen an. Dann geschah für ein paar Sekunden nichts, bis der erste der Jünglinge einknickte, ein Blonder mit langen Haaren und mehr Bibeli auf den Wangen als Barthaaren im Gesicht. Er packte ebenfalls mit an und löste damit eine Kettenreaktion aus. Keine Minute war verstrichen und der verdatterte Polizist war alleine zurückgeblieben, inmitten der überraschten, aber auch ein klein wenig enttäuschten Dorfbewohner. Seeholzer murmelte unverständliche Worte und kratzte sich am Hinterkopf. Dann richtete er Gurt und Pistole, holte einen Besen aus einer Scheune hinter dem Polizeiposten und machte sich daran, die Welt zu einem ordentlicheren Ort zu machen.

Kapitel 5

«Was liegt denn bei Ihnen rum, Kollege von Rotz?», fragte Zgraggen, der jüngste der drei Kriminalpolizisten, von jenseits des Geleises. Alois von Rotz stupste mit der Spitze eines Astes und verzogenem Gesicht gegen einen flach gedrückten Teil Mensch. Dann liess er den Ast zu Boden fallen und erwiderte: «Ich glaube, das ist der Kopf, aber fragen Sie nicht nach Details, ich mag gar nicht hinsehen.»

Mit diesen Worten wandte er sich von der Leiche ab und fingierte einen Brechreiz. Anschliessend zückte er ein kariertes Taschentuch und tupfte sich die Stirn trocken, eine Verhaltensweise, die er schon fast krankhaft häufig und ebenso krankhaft intensiv ausübte.

«Ich erkenne hier bei mir die Beckenknochen, einen langen, starken Muskel, vermutlich den *Gluteus maximus*, auch Gesässmuskel genannt, und zwei Stummel, die wohl einmal die Oberschenkel gewesen sein müssen», meldete sich von der anderen Seite Oberleutnant Brändli zu Wort. Er war ursprünglich Doktor med. dent. gewesen und hatte bereits im Medizinstudium intensiv mit Leichen hantiert. Vor zehn Jahren hatte man ihn aus nicht bekannten Gründen mit einem Berufsverbot belegt, woraufhin er eine neue Karriere bei der Polizei einschlug. Den Fachjargon des Mediziners hatte er aber nicht verlernt. Und die Erfahrungen aus seinem früheren Berufsleben führten dazu, dass er kaum Berührungsängste mit Leichen hatte. Er grüpelete im Gras und studierte das, was er sah, zwar mit gerümpfter Nase und doch penibel genau. Schliesslich spielte er den Ball zurück zum Kollegen aus Zug: «Und was können Sie vorweisen?»

Auch Zgraggen musste nun wohl oder übel einen flüchtigen Blick auf die Leichenteile werfen, die zu seinen Füssen lagen. Es tschuderete ihn. Seine linke Hand fingerte nervös an einem Kruzifix herum.

«Ich vermute, ich habe hier die Arme.»

Zgraggens Mundwinkel gingen in einen Lätsch über. Der Rest des Gesichts machte aber nicht mit, was einen gesamthaft inkongruenten Gesichtsausdruck bewirkte.

«Aber ehrlich gesagt bin ich mir nicht sicher.»

Zgraggen liess das Kruzifix in seinem Hemd verschwinden. Plötzlich runzelte er die Stirn.

«Da ist noch was!»

Von Rotz und Brändli horchten auf.

«Ohalätz!», dämmerte es ihm auf einmal: «... das ist eine Armbanduhr ... teures Teil ... eine Alpina womöglich. Jetzt ist sie aber flach wie ein Blatt Papier.»

Die Runde war abgeschlossen und für einige Zeit sagte niemand mehr etwas. Es war nicht so, dass die Leiche, die derart weit weg von der üblichen Erscheinungsform von Menschen war, ihnen nahegegangen wäre oder sie gar an ihre eigene Vergänglichkeit erinnert hätte. Aber es war schlichtweg niemandem klar, wie man solch eine verworrene Situation hätte sinnvoll und effektiv entwirren können. Die Grillen zirpten ein lautes Konzert, in den saftig grünen Wiesen surrten Bienen, Wespen und Hummeln und von Zeit zu Zeit erhob sich ein Schwarm Schmetterlinge aus dem hohen Gras. Die Bauern hatten bereits mit Mähen begonnen, deshalb hing ein frühlingshafter Duft in der Luft. Hoch oben über ihren Köpfen zogen die Milane ihre Kreise.

Nach einer mehrminütigen Paralyse begannen die drei Kriminalpolizisten zeitgleich damit, in ihren begrenzten Revieren herumzutigern und nach Argumenten zu suchen, die legitimierten, den Fall an jemanden anderes abzutreten. Der Erste, der die Idee in die Tat umzusetzen versuchte, war Zgraggen.

«Ich habe genug gesehen, der Grind liegt bei Ihnen, Kollege von Rotz, Sie können übernehmen», sprach er in der für ihn typisch quirligen Art und Weise, strich sich zum

Abschied durch sein struppiges, blondes Haar und wollte schon in Richtung Zug davontauben. Von Rotz liess sich nicht lumpen.

«Kommt nicht in Frage, bleiben Sie gefälligst stehen, junger Mann!», befahl er. Und wieder hatte er schlagartig das Taschentuch gezückt. Er nahm seine Brille mit den leicht getönten Brillengläsern vom Kopf und tupfte sich die Stirn ab. Anschliessend überreichte er die heisse Kartoffel dem Dritten im Bunde.

«Sagt nicht unser Pfarrer stets, dass die Brust die Heimat der Seele sei? Und ich sehe hier bei mir nirgends eine Brust. Liegt die etwa bei Ihnen, Sepp?»

Der Brändli Joseph, der es überhaupt nicht verputzte, wenn man ihn Sepp nannte – was alle wussten und deshalb umso lieber taten –, winkte vehement ab. Seine markanten Wangenknochen traten hervor, der Grind errötete.

«Nichts da, nichts da!», hielt er fest, trocken wie eine Sanddüne. «Mit Ausnahme des Hinterns und einiger Kleiderfetzen habe ich nichts Substanzielles vorzuweisen.»

Dieses Mal hatte er auf Fachjargon verzichtet. Der Zgraggen Isidor kicherte leise und doch irgendwie aufdringlich.

«Was gibt es da zu lachen?», fuhr ihn Brändli an. Er respektierte den erfahrenen Schwyzer Kriminalpolizisten von Rotz. Vom eben erst frisch ernannten Leiter des Zuger Kriminalkommissariats hingegen liess er sich nichts bieten.

«Man könnte das als Zeichen dafür deuten, dass Sie als Luzerner den Fall übernehmen müssen!», erklärte Zgraggen. Brändli verstand nicht. Er fixierte ihn scharf.

«Na, das Füdle schaut nach Meggen», half ihm Zgraggen auf die Sprünge und kicherte erneut. Brändli teilte Zgraggens Humor nicht. Im Wissen, dass er seinen Kollegen genau dadurch am härtesten treffen konnte, stiess er einige Flüche über das Zuggeleise hinweg aus und er konnte es sich nicht verkneifen, den Flüchen auch den einen oder anderen

Tannenzapfen hinterherzuwerfen, wobei einer davon das Ziel mitten an die Stirn traf und für eine Beule sorgte.

«Aua!», schrie Zgraggen entrüstet auf. Er stampfte mit erhobenen Fäusten bis an den Grenzstein, wo ihn der Mut verliess, und fuchtelte mit den Fäusten durch die Luft.

«Meine Herren, meine Herren, bewahren Sie doch die Contenance, seien Sie so gut!», mischte sich von Rotz ein, ebenfalls unmittelbar bei seinem Grenzstein stehend. Seine langen, primatenähnlichen Arme hingen seitlich am Körper herunter, er war leicht in Rücklage, und obwohl er eigentlich schlank gebaut war, schob sich ein kleines Bäuchlein über seine Gurtschnalle. «Das bringt uns auch nicht weiter.»

Die zwei Streithähne chifleten noch ein bisschen, tauschten ein paar letzte Schlämperlige aus, die aber immer uninspirierter wurden wie die Schläge bei einem erschlaffenden Pingpongspiel. Dann verstummten sie. Zgraggen rieb sich die wunde Stirn, Brändli dachte an seinen Doktortitel und regenerierte damit sein Selbstwertgefühl. Von Rotz faltete das Taschentuch. Keiner der drei wollte sich auch nur eine weitere unnötige Sekunde mit dieser Zug-Leiche befassen. Und doch wusste niemand einen Ausweg aus diesem Dilemma.

«Solange sich der Herrgott unser nicht erbarmt und kein Zeichen entsendet, müssen wir uns wohl oder übel *alle* damit abgeben», seufzte Zgraggen schliesslich und wies mit der Handfläche auf das Gemetzel vor ihnen. Exakt präzise genau in diesem Moment stogleten urplötzlich zwei Gestalten aus dem Unterholz, das rund zwanzig Meter östlich des Zuggeleises anfing und den Anfang des Chiemenwaldes bildete. Eine Gestalt sah kurliger aus als die andere. Nie hätten die Kriminalpolizisten Brändli, Zgraggen und von Rotz vermutet, dass der jüngere und etwas weniger kurlige der beiden Fremden ebenfalls ein Kriminalbeamter war. Und ein vertammi Begabter obendrauf.

Kapitel 6

Nachdem sich sogar noch die beiden Besitzerinnen des Schuhgeschäftes am Pfarrhausplatz der Reinigungsaktion angeschlossen hatten, waren die Sagmehlsäcke innert kurzer Zeit weggetragen und die Strasse von den Spänen befreit. Der Dorfpolizist bedankte sich bei Linder, Friedli und Chummer für die Unterstützung, und die unflätigen Jünglinge verzogen sich derweil kommentarlos und mit hängenden Köpfen wie ein Bund welker Tulpen. Es bestand ein stummer Kontrakt zwischen allen Beteiligten, dass man die Sache auf sich beruhen lassen würde. Zumindest vorläufig. Linders Stirn glättete sich. Wie das Barometer auf Veränderungen im Luftdruck reagierten die Runzeln auf seiner Stirn auf negative Schwingungen in seiner Umgebung. Die negativen Schwingungen hatten sich gelegt. Für die Berner Beamten war die Sache damit gegessen und das war das Stichwort. Philipp Keller erklärte ihnen, dass das Mittagessen sie erwarte. Sie könnten bequem zu Fuss von hier aus zum Hotel gehen, was der Linder Franz aber partout nicht wollte, und weil es Linder nicht wollte, wollte es Friedli aus naheliegenden Gründen umso mehr. Schliesslich sassen Chummer und Linder also nur noch zu zweit und somit wesentlich bequemer im Automobil. Der Motor ratterte und sie tuckerten davon. Friedli wollte gerade losmarschieren, da vernahm er aufgeregte Stimmen hinter sich. Er blickte über seine Schulter und sah mit Erstaunen, wie zwei Männer die Gasse herunter auf ihn zurannten und im Rennen einen kuriosen Kampf ausfochten. Sie überholten sich immer wieder für wenige Sekunden, hielten sich an den Hemden zurück und versuchten, sich gegenseitig zu stöcklen oder auf die Seite zu ellbögelen. Die Männer rannten an Friedli vorbei. Vor dem Polizeiposten angelangt, blieben sie stehen. Die Enttäuschung war beiden anzusehen.

«Wo sind sie, die sogenannten Gesetzeshüter, die unsere Bürger daran hindern, altehrwürdige Bräuche zu praktizieren?», schrie einer von beiden – ein gross gewachsener, gepflegter Mann mit auffälligen Hosenträgern und gut gebügeltem Hemd, dessen Gesicht von einer ungesunden Bleichheit war.

«Wo sind sie, die eindeutigen Belege dafür, dass in unserem Dorf eine kommunistische Verschwörung im Gange ist?», echote der zweite, der weit weniger elegant, dafür aber gesünder wirkte. Dann drehten sich die beiden während ein paar Sekunden mehrmals um ihre eigene Achse, wie ein Tanzpaar, das zu schwungvoll am Werk gewesen war. Der Bleiche realisierte als Erster, wie die Tatsachen lagen.

«Wir sind zu spät und das ist Ihre Schuld!»

Und das Gchäder begann von Neuem.

«Wagen Sie es ja nicht, mir die Folgen Ihrer Inkompetenz in die Schuhe zu schieben. Hätten Sie mich nicht daran gehindert, meiner Arbeit nachzugehen, wäre ich rechtzeitig hier eingetroffen.»

Friedli wünschte sich, Linder wäre ihm zur Seite gestanden. Weil dies aber nicht der Fall war, konnten die negativen Energien nicht wie sonst über Linder in den Kosmos abgeführt werden. Und es geschah, was bereits Minuten zuvor beinahe geschehen wäre. Der kleinere der beiden Streithähne verpasste dem anderen einen saftigen Chlapf, eine Tat, die der Bleiche mit einem Tätsch auf den Hinterkopf vergütete. Als Antwort reagierte der Kleine mit einer Strublete an den Grännihaaren, die der zweite notgedrungen und aus der Schieflage mit einem präzisen Fausthieb gegen die Nase beendete. Friedli dachte nicht daran, sich in diesen Kampf einzumischen. Manchmal war es ohnehin gut, wenn man Kräfte walten liess, sodass sie sich nicht zu mörderisch potenten Energien bündeln konnten, die weitaus schlimmere Katastrophen herbeiführten als ein Handgemenge. Er beobachtete das Geschehen zusammen mit ein paar Schaulustigen, die spontan stehengeblieben waren und verblüfft realisierten, dass sie heute einen besonders ereignisreichen Tag erwischt hatten. Mit dem Faustschlag war der Kampf aber zu Ende. Der kleinere der beiden Männer fiel zu Boden und blieb liegen. Den Zuschauern entwich ein kollektives «Ohhh». Kaum lag der Mann am Boden, schoss auch schon eine Blutfontäne aus seiner Nase und ergoss sich über ihn wie die Funken über das Zuckerstöckli. Jetzt stiessen die Zuschauer ein «Ahhh» aus. Die Szene hatte durchaus etwas Ästhetisches an sich. Noch während sich im Übeltäter die Erkenntnis verfestigte, dass er diese Tat bereuen würde, knallte die Tür des Polizeipostens in die Angeln und Balthasar Seeholzer kam in Begleitung seines Vorgesetzten auf sie zugerannt.

«Hier geblieben, Jack!», schrie der Wachtmeister der Küssnachter Polizei, als der bleiche Mann zur Flucht ansetzte, und ergriff dessen Hosenträger im letzten Moment, worauf dieser rückwärts zu Boden fiel. Daraufhin warf sich Seeholzer auf den Schläger wie eine Hyäne auf ihre Beute. Zwar ergab sich der Mann umgehend, er tobte und schimpfte aber, als er in Handschellen abgeführt wurde. Zwei Frauen, die auf dem Markt eingekauft hatten, legten ihre Taschen mit den Einkäufen nieder und halfen dem Verletzten auf die Beine, während ihm Friedli seinen Nasenlumpen reichte. Der Mann nahm den Lumpen an sich und stopfte ihn sich in das Nasenloch, sodass der Blutstrom versiegte. Er bedankte sich näselnd bei den Frauen. Dann wandte er sich Friedli zu und musterte ihn.

«Mein Name ist Pierre Sidler, ich bin Journalist und Verleger des ‹Freien Schweizers›, der grössten und wichtigsten Zeitung in der Region.»

Sie schüttelten sich die Hände.

«Und wer sind Sie? Aus Küssnacht stammen Sie jedenfalls nicht.»

Friedli stellte sich ihm artig vor, und als der Sidler vernahm, woher der Fremde kam und welcher Arbeit er nachging, erwachte die Neugierde in ihm. Es war die natürliche Neugierde eines Journalisten. Er hatte über eine vermeintliche kommunistische Verschwörung berichten wollen und war aus heiterem Himmel auf ein Mitglied der Berner Kriminalpolizei gestossen. Der Tag hatte eine erstaunliche Wendung genommen.

Kapitel 7

Weinzäpfli war zwar kein besonders Gmerkiger, aber die Pistolen, die die drei Männer in Lederhalterungen umgeschnallt hatten, fielen ihm auch aus der Ferne subito auf. Der Ältere mit dem Bäuchlein und den auffällig langen Armen trug eine Sig P210. Ebenso der Jüngling. Der Schmächtige, Glattrasierte hingegen eine Walther PKK. Es waren typische Polizeiwaffen. Weinzäpfli wusste dies, nicht weil er ein Faible dafür gehabt hätte, sondern weil er sich seit Jahren dagegen sträubte, selber eine dieser neuartigen Waffen zu tragen. Er konnte sie nicht leiden und bevorzugte stattdessen seinen Ordonnanzrevolver, der notabene noch mit Schwarzpulverpatronen schoss. Dass diese drei Herren Polizeiwaffen bei sich hatten, machte Weinzäpfli stutzig. Wenn Menschen in Zivilkleidung nämlich Polizeiwaffen trugen, konnte dies nur eines bedeuten: Da waren Kriminalbeamte vereint, und das Problem war, dass, was Kriminalpolizisten vereinte, nur selten erfreulich war. Es musste sich ein Unheil zugetragen haben und soeben war er unvermutet Teil davon geworden. Weinzäpfli spürte förmlich, wie er von einer Geschichte einverleibt wurde. Er glaubte nicht, dass der Zufall ihn zu den anderen Kriminalbeamten geführt hatte. Diese Männer standen vor einem unlösbaren Puzzle und es brauchte sein Mitwirken, um das Bild zu vervollständigen.

Mit langen, ungelenken Schritten und fortwährend prüfendem, wenn auch alles andere als scharfem Blick lief er durch das kniehohe Gras die steile Böschung hinunter, stieg über den Schotter und das Geleise und blieb vor den drei etwas ratlosen Herren stehen.

Hauptmann Alois von Rotz näherte sich ihm einen Schritt, machte wischende Handbewegungen und sprach: «He, Sie da, gehen Sie besser einen anderen Weg, hier gibt's nichts zu sehen … oder … na ja …» Er hielt kurz inne und murmelte mehr zu sich selbst: «Zumindest nichts, was man sehen will.»

Weinzäpfli studierte von Rotz. Sein Kinn übersprang den Hals und führte direkt zum Jochbein. Beim Sprechen waggelete es hin und her wie bei einem Truthahn. In der Zwischenzeit war auch der OL-Läufer unten an der Böschung angelangt und hatte sich neben Weinzäpfli postiert. Als er die Leichenteile sah, verlor sein Gesicht sofort jegliche Farbe.

«Was ist denn das?», schrie er auf, wandte sich ruckartig ab und schlug die Hand vor die Augen, was angesichts dessen, dass er sich ja schon umgedreht hatte, eine sinnlose Handlung war. Als ob ein Herdentrieb die drei Kriminalpolizisten steuern würde, der stärker war als die Macht jedes Grenzsteins, bauten sie sich wie ein schützender Wall zwischen den vermeintlichen Wanderern und der Leiche auf.

Nun war es Joseph Brändli, der das Wort ergriff: «Hier hat sich ein Zugunfall ereignet, ein Mensch ist verstorben. Wir werden das Gebiet absperren, die Spurensicherung ist auf dem Weg. Kehren Sie um … Gehen Sie nach Hause!»

Die Aufforderung war scharf gesprochen. Erst jetzt bemerkte Weinzäpfli die Leichenteile auf der Wiese. Und auf einmal hatte er keine Augen und kein Gehör mehr für die Kriminalbeamten. Er verfiel in jenen seltsamen Zustand, der den Polizisten auf dem Posten Lorraine bestens bekannt war und dem man so wenig traute wie einer Kartenlegerin im Krankenhaus, aber der gleichzeitig – zumindest in polizeilicher Hinsicht – sehr potent war; auch wenn niemand wusste, wie genau er die Potenz entfaltete. Es war ein Zustand, der ihn einnahm und blind machte für anderweitige äussere Einflüsse. Noch bevor sich ihm jemand in den Weg stellen konnte, war Weinzäpfli an den aufgereihten Polizisten vorbeigehuscht bis dorthin, wo er den Kopf und somit das Zentrum der zerstückelten Leiche erblickt hatte. Er ging in die Knie und studierte eingehend, was er sah. Kommentarlos gesellten sich die Polizisten zu ihm. Mit etwas Sicherheitsabstand auch der OL-Läufer. Weinzäpfli strich sich über sein schlecht rasiertes Kinn. Da mussten gewaltig destruktive Kräfte am Werk gewesen sein. Die Leiche weckte alte Erinnerungen in ihm.

«Es handelt sich zweifellos um einen Menschen, wir haben die Armbanduhr des Verunfallten gefunden. Allerdings konnten wir das Opfer noch nicht identifizieren», plapperte Leutnant Zgraggen drauflos. Er wusste selbst nicht so genau, woher seine Offenheit rührte. Er wies mit dem Zeigefinger an jene Stelle im Zuger Territorium, an der sich «sein» Teil der Leiche befand. Brändli starrte Zgraggen entsetzt an. Weinzäpfli erhob sich und überquerte das Terrain in die Richtung, in die der Zuger Beamte gewiesen hatte. Die anderen trotteten hinter ihm her. Vor der Leiche grüpelete sich Weinzäpfli wieder nieder. Nun war es von Rotz, der das Bedürfnis hatte, den Fremden einzuweihen.

«Ein Lokomotivführer hat heute Morgen die Polizei in Arth dahingehend informiert, sein Zug sei kurz nach halb zehn Uhr, wenige Minuten vor Immensee mit einem Menschen kollidiert», fasste der Hauptmann die Geschehnisse zusammen. Weinzäpfli legte den Kopf auf das Gras und inspizierte den Arm der Leiche, der einigermassen gut erhalten geblieben war. Am Handgelenk befand sich die Armbanduhr, die der junge Leutnant erwähnt hatte. Weinzäpflis Blick verharrte einen Moment lang auf ihr. Dann untersuchte er vorsichtig den Boden um die Leiche herum. Wie hatte es nur zu dieser Sauerei kommen können?

«Wir gehen davon aus, dass es ein Spaziergänger war, der aus nicht nachvollziehbaren Gründen auf den Geleisen ging und überfahren wurde …», sagte von Rotz, wie wenn er Weinzäpflis Gedanken gelesen hätte. «Auch wenn es mir unerklärlich ist, wie man auf dieser Strecke eine nahende Lokomotive überhören kann.»

Er zuckte nichtssagend die Schultern. Nun wurde es dem Brändli Joseph endgültig zu viel der Offenheit.

«Ist es klug, wenn wir beliebige Spaziergänger in unsere Polizeiarbeit einbeziehen?», schnauzte er seine Kollegen an. Das war der Augenblick, in dem Weinzäpfli aus seinem Schlummerzustand auftauchte. Er erhob sich, blieb in einer schiefen Körperhaltung vor den drei Männern stehen und zeigte sein berühmtes, leicht dümmliches Lächeln. Brändli studierte ihn eingehend. Der Spaziergänger wirkte zwar wie ein Trottel, war aber durchaus ein gut aussehender Mann. Er hatte volle Lippen, einen verwirrend dunklen Hautteint und ansehnliche Gesichtszüge. Die Garderobe hingegen unterstützte diese Vorzüge in keiner Weise. Die Schuhe waren abgetragen, die Hosen zu eng geschnitten. Sie setzten erst wenige Zentimeter über den Knöcheln an, sodass die nackten Beine zu sehen waren. Eines der Bänder seiner Hosenträger baumelte funktionslos zwischen Nabel und Brust in der Gegend herum, während das zweite Band zu straff an der Hose zerrte. Sein Hemd war nur mangelhaft in die Hosen gestopft. Die obersten Knöpfe steckten nicht im dazugehörigen Loch. Es resultierte ein tiefer Ausschnitt, der Einblick auf eine braun gebrannte, gäderige Brust und eine sorglos verknotete Schnur eröffnete, an der ein Bernstein hing.

«Ich bin kein Spaziergänger, geschätzter Kollege», sprach Weinzäpfli endlich, direkt an den stellvertretenden Leiter des Kriminalkommissariats Luzern gerichtet.

«Mein Name ist Theobald Weinzäpfli und ich bin Hauptkommissar in Bern. Und eines kann ich Ihnen sagen …» Er reichte einem nach dem anderen die Hand und blickte von einem verblüfften Gesicht ins nächste, ehe er schloss: «Das war kein Unfall, es war Mord!»

Kapitel 8

Auch wenn es Friedli zunächst eigenartig vorkam, mit einem Mann zu reden, dessen Luftröhre auf Höhe Nase mit einem Lumpen dicht gemacht worden war und der alle paar Schritte eine Erholungspause einlegen musste, weil er die Atmung durch den Mund und das Sprechen nicht gekonnt genug aufeinander abstimmen konnte, gewöhnte er sich an diese Eigenartigkeit und befand schliesslich, dass der Sidler Pierre durchaus ein gmögiger Typ sei. Ohne dass er ihn dazu aufgefordert hätte, erzählte ihm der Sidler, wie es zum Zwischenfall mit dem bleichen Mann gekommen war, der Johannes Wiget hiess, den man im Dorf aber Jack Wiget nannte. Friedli erfuhr, dass ein Streit um die journalistische Vorherrschaft im Bezirk Küssnacht im Gang war. Dies, seit Wiget mit dem «Waldstätter» ein liberales Kampfblatt gegründet und damit die langjährige Monopolstellung des «Freien Schweizers» in Frage gestellt hatte. Der «Waldstätter» war keine ernsthafte Konkurrenz für den «Freien Schweizer», die Schwyzer waren landesweit dafür bekannt, dass ihnen Progressivität so ungeheuer war wie einem Scharfschützen der Morgenstern. Trotzdem reichte die Provokation, um eine Fehde in Gang zu setzen. Geschichten waren halt ein seltenes Gut. Dass es Jack Wiget die Sicherungen raushaue und er eine Nacht auf dem Polizeiposten verbringen müsse, war laut Sidler keine Seltenheit. Der Jack habe nicht nur ein geschliffenes Mundwerk und eine spitze Feder, was ihn durchaus zu einem guten Journalisten mache, sondern sei darüber hinaus ein furioser Dickschädel, ledig, Protestant und stamme aus Einsiedeln. Er verachte nicht den Alkohol, verehre die Frauen und liebe die Männer. Und somit seien in ihm Eigenschaften vereint, die das Leben in dieser Region etwas kompliziert machen würden. Friedli verschwieg seine Beobachtung, dass es eigentlich der Sidler gewesen war, der den ersten Gewaltakt ausgeführt und somit die Schlägerei angezettelt hatte.

Sidler nahm Friedli mit auf einen Spaziergang durch Küssnacht. Die beiden durchquerten das Dorfzentrum, kamen an einer Beiz mit Namen «Zum Tell» vorbei, durch deren trübe Gläser dubiose Gestalten herausstierten, begingen die altehrwürdige Gotthardroute und bogen schliesslich in ein Quartier ab, das so andersartig war, und zwar in unerwartet schlagartiger Manier, dass Friedli abrupt stehenblieb. Während die Häuser und Strassen, Gassen, Gärtchen und Trockenmauern, die er bisher gesehen hatte, von einer langen Geschichte zeugten, war hier nichts dergleichen zu sehen. An diesem Ort hatten Industrialisierung und Kapitalismus in ihrem Freudentanz zu Ehren von Produktivität, Wachstum und Effizienz mit ihren viel zu grossen Schuhen alles Ursprüngliche grossflächig niedergetrampelt. Das einzige Relikt aus vorindustrieller Zeit war ein Kruzifix, das an einer Backsteinfassade hing. Keine einzige der kleinen Werk- und Heimstätten, die ansonsten das Ortsbild von Küssnacht prägten, war hier zu sehen. Stattdessen türmte sich ein mächtiges Gebäude aus massiven Stahlstrukturen über mehrere Stockwerke in die Höhe. Ein Schornstein spie Säulen aus Russ und Rauch in den Himmel. Aus dem Innern des Gebäudes hörte man es hämmern und quietschen, rumoren und brummen. Sidler erklärte, dass es sich um die über einhundert Jahre alte Glashütte handle, die «Glasi», wie man sie hier nenne. Keine andere Fabrik habe den Bezirk im vergangenen Jahrhundert stärker geprägt. In ihr seien über dreihundert Mitarbeitende beschäftigt, die Glasi sei von daher mit der Geschichte unzähliger Menschen verbunden. Geführt werde sie von der Familie Siegwart, die sich bereits über Generationen der Herstellung von Glas widme. Fluch und Segen sei sie, die alte Glasi, so Sidler.

Er kam nicht dazu, die angedeutete Ambivalenz zu begründen, denn just in diesem Moment kündete ein lauter Gong den Schichtwechsel an. Eine Gruppe bulliger Männer in schmutziger Kleidung, geknickter Haltung und mit leerem Blick verliess die Fabrik. Keiner der Männer sprach ein Wort. Kein einziger Gruss wurde ausgetauscht. Sie gingen wie Untote zielstrebig, aber schwankend nach Hause, wo sie essen, sich betrinken und einem kurzen komatösen Schlaf übergeben würden, ehe für sie alles wieder von Neuem losginge. Die Mühle drehte ihre Flügel, einzig am Sonntag stand sie still. Noch war das Wort der Kirche genügend laut, um nicht im Getöse unterzugehen, das die freie Marktwirtschaft veranstaltete. Irgendeinmal aber – das war selbst dem erlauchtesten aller Pfarrherren bewusst – käme der Moment, in dem der freie Markt Gott gewaltsam vom Thron stiesse und weder der Sonntag noch die Feiertage vom Diktat des Kapitals verschont blieben.

Der letzte Mann, der durch das Portal der Fabrik geschritten kam, unterschied sich von den übrigen. Er hatte den Rucksack leger über die Schulter gehängt und pfiff ein leises Lied vor sich hin. Selbst wenn auch er den Eindruck erweckte, als habe er in der Transformation vom Menschen zur Ware die kritische Grenze bald erreicht, war er offenbar nicht oder noch nicht gewillt, sich das auch einzugestehen.

Seine Augen waren lebendig, auf dem müden Gesicht hielt sich hartnäckig ein schelmisches Lächeln.

«Gegrüsst, Pünteli-Sidler, was ist denn mit Ihrer Nase geschehen?»

«Salü, Hampi, fragen Sie besser nicht nach, es ist kompliziert. Mein Beruf ist nicht ungefährlich.»

«Jack, der Freigeist, wieder einmal?»

Sidler verzog das Gesicht.

«Es waren Jacks Fäuste, die den Schaden anrichteten, aber eigentlich ist es vielmehr die Welt, die mir zu schaffen macht.»

Daraufhin lachten die beiden.

«Wie laufen die Recherchen? Gibt es eine spannende Geschichte, die unsereins erst kommende Woche erfahren dürfte?», wollte der Arbeiter wissen, nachdem das Gelächter verebbt war. Sidler tat so, als würde er hinter vorgehaltener Hand sprechen und chüschelete: «Würde ich es Ihnen sagen, wäre ich morgen tot.»

Und wieder verfielen die beiden in ein herzhaftes Gelächter. Friedli konnte sich nicht zurückhalten. Er liess sich anstecken und lachte mit. Erst jetzt wurde dem Sidler bewusst, dass er die zwei noch gar nicht miteinander bekannt gemacht hatte.

«Verzeihen Sie, wie unhöflich von mir. Hampi, das ist Chlöisu Friedli von der Kantonspolizei Bern. Seine Wache ist gerade auf Maibummel im Rigiland. Friedli, das ist der Gössi Hans-Peter, ehemaliger Wagner und Leiternbauer unseres Dorfes, mittlerweile einer der langjährigen Mitarbeiter in der Glashütte.»

«Bis zu fünfzig Seigel hatten meine Leitern, stellen Sie sich das mal vor. Und pro Seigel berechnete ich dem Kunden drei Franken. Es gab Jahre, da stellte ich bis zu dreissig Leitern her», prahlte Gössi und Friedli nickte anerkennend. Ihn befiel Mitleid. Wie musste sich ein stolzer Leiternbauer nur fühlen, der auf einmal in einer Fabrik langweilige Fliessbandarbeit verrichtete? Welch eine Demütigung war es für einen Wagnermeister, nur noch ein austauschbarer Arbeiter zu sein. Der Gössi Hans-Peter gähnte, streckte seine Glieder und hob die Hand zum Gruss: «Ich wünsche Ihnen noch einen hilben Hinecht, ich hau mich aufs Ohr. Ich habe die Frühschicht.»

Mit diesen Worten schlurfte er davon. Auch wenn er bald schon aus dem Blickfeld verschwunden war, blieb das Mitleid bei Friedli.

«Fluch und Segen … sagte ich doch schon …», sprach Sidler, wie wenn er erahnt hätte, welchen Gedanken Friedli nachhing.

Kapitel 9

Weinzäpflis Offenbarung sorgte für Panik unter den Kriminalbeamten. Wie auf Kommando begannen von Rotz, Brändli und Zgraggen damit, durcheinanderzureden, die Hände zu verwerfen und willkürlich ihre Plätze zu tauschen, sodass keiner den anderen verstand und sich dem Betrachter ein turmzubabylonisches Spektakel darbot. Von Rotz rubbelte sich dabei derart intensiv die Stirn trocken, dass es zu befürchten galt, er würde irgendeinmal sogar Haut und Schädel wegrubbeln und an einen Ort gelangen, an dem jegliches Rubbeln schwerwiegende Folgen hätte. Brändli schnaubte derweil im Sekundentakt verächtlich vor sich hin und Zgraggen zerdrückte fast das Kruzifix in seiner Hand. Weinzäpfli wusste, dass in solch chaotischen Situationen jedes vernünftige Wort fehl am Platz war. Er liess den Herrschaften Zeit. Zeit, damit sich die Vernunft von alleine wieder den Weg durch alle äffischen Triebe hin zum Lenkrad freiboxen konnte; denn interessanterweise verhielt es sich bei Menschen konträr zum Universum: Während im Universum das Chaos allmählich die Ordnung besiegte, legte sich in der Gefühlslage von Menschen jegliches Chaos früher oder später und machte Platz für Ruhe und Ordnung.

Er wandte sich von den zu Hühnern gewordenen Herrschaften ab und schaute die Anhöhe hinunter auf die Landstriche, die er von diesem Standort aus überblickte und denen er wegen der Kriminalpolizisten und der Leiche keine Aufmerksamkeit geschenkt hatte. Vor ihm breiteten sich mit Blumen und Kräutern gespickte Wiesen aus, durch die sich ein Bächlein schlängelte. Unten auf einer Strasse, die der Böschung entlang nach Norden führte, waren die drei Dienstwagen der Kriminalpolizisten parkiert. Dahinter, gleich ennet der Strasse, stand ein heruntergekommenes Gebäude, um welches sich jede Menge Schrott ansammelte. Der Anblick irritierte Weinzäpfli, ohne dass er zunächst verstand, warum. Er musterte die Hütte eine Weile, dann wurde ihm klar, was ihn stutzig gemacht hatte. Das Gebäude sah zwar schäbig aus und erweckte nicht den Eindruck, als ob jemand dort wohnte. Allerdings war der Schrott rund um das Haus auffällig ordentlich sortiert. Auf jedem der vielen Schrotthaufen lag immer nur ein bestimmter Typ Material. Ansonsten gab es in dieser Gegend mit Ausnahme einiger Schöpfli keine anderen Häuser. Die Wiesen erstreckten sich bis zu jenem grossen See, der sich armbrustförmig in verschiedene Täler erstreckte und in dessen nördlicher Bucht Küssnacht lag. Plötzlich zupfte ihn jemand am Ärmel. Weinzäpfli drehte sich um und schaute durch flaschenbodendicke Brillengläser in die schlauen, kugelförmigen Äuglein des OL-Läufers. Dieser deutete stumm zur Seite. Die Kriminalpolizisten hatten sich erneut nahe an ihren Grenzsteinen postiert, wie wenn sie damit unterstreichen wollten, dass sie im Falle der Fälle nun erst recht nichts mit der Sache zu tun haben wollten.

«Sie sagen also, hier habe sich ein Mord zugetragen?», fragte Hauptmann von Rotz mit kritischem Unterton in der Stimme.

«Woher wissen Sie das? Was haben Sie für Beweise?», doppelte Zgraggen um einiges forscher nach.

«Sie sagen, Sie seien Polizist, dann zeigen Sie doch bitte Ihren Ausweis!», mischte sich auch der Dritte im Bunde, der Brändli Joseph, definitiv unhöflich ein.

Weinzäpfli betrachtete sie abwechslungsweise. Drei Fragen aufs Mal, Kollege Chummer hätte sich geärgert. Damit konnte man ihn auf die Palme bringen. Weil Weinzäpfli nicht sofort antwortete, meldete sich der OL-Läufer an seiner Stelle zu Wort: «Ich weiss zwar nicht, ob er wirklich ein Hauptkommissar ist, und zwar vor allem deshalb nicht, weil ich nicht weiss, was ein Hauptkommissar sein soll, aber ich kann zumindest bestätigen, dass er in einem Bus voller Polizisten mitreiste. Ich sah es mit meinen eigenen Maulwurfsaugen.»

Nahezu zeitgleich schwenkten alle Blicke in die Richtung des schrulligen Mannes, der zusammen mit Weinzäpfli aus dem Wald gestürchlet war.

«Und wer sind Sie? Auch ein Polizist? Bernerisch tönen Sie mir auf alle Fälle nicht. Sie baslern», herrschte ihn Zgraggen an.

«Das ist …», begann Weinzäpfli, unterbrach sich selbst und sagte zum OL-Läufer: «Ich kenne Ihren Namen gar nicht.»

Der Angesprochene gluckste erheitert.

«Ich bin der Markus, aber meine Freunde nennen mich Kusi, Küse, Kusic oder manchmal auch Eveline.»

Die Polizisten betrachteten den Orientierungsläufer mit den vielfältigen Übernamen ungläubig.

«Weshalb denn Kusic? Das verstehe ich nicht», wollte Weinzäpfli wissen und der OL-Läufer erklärte: «Meine

Freunde sagen, ich hätte die Gesichtszüge eines Jugoslawen, weshalb sie sich einen Spass daraus machen, meinen Vornamen zu slawisieren.»

«Nicht annähernd …», konstatierte von Rotz umgehend.

«Und warum denn Eveline in Gottes Namen?», fragte Zgraggen. Auf diese Frage konnte der OL-Läufer keine Antwort mehr geben, denn Dr. med. dent. Joseph Brändli hatte endgültig genug. Er verliess sein Territorium, trat direkt an Weinzäpfli heran, fixierte ihn mit scharfem Blick und stellte ein zweites Mal die einzige Frage, die in diesem Moment relevant war.

«Woher wollen Sie wissen, dass wir es hier mit einem Mord und nicht mit einem Unfall zu tun haben?»

Weinzäpflis Gesicht verriet, dass er nachdachte. Wer ihn kannte, wusste, dass nun nicht nachvollziehbare Prozesse in Gang gesetzt wurden, die weit unter der Bewusstseinsschwelle abliefen und die in ihrer Mechanik die gesamte menschliche Evolutionsgeschichte beinhalteten. Er wartete einige Momente, liess die Gedanken naadisnaa in seinen Geist sickern und sprach sie dann mit lauter Stimme aus: «Unfälle sind das, was das Wort bereits besagt. Un-Fälle, Nicht-Fälle, Fälle, die keine sind. Fälle, die nichts erzählen, sondern lediglich natürliche Umstände resümieren. Unfälle sind Gegebenheiten, die nichts sind als blosse Zufälligkeiten, abgeschlossene Kapitel, zwar häufig bedauernswert, aber letztlich nicht würdig, dass man sich ihretwegen den Kopf zerbricht. Das hier …» Weinzäpfli blickte auf die Wiese. «Das hier hat nichts von einem Unfall. Die Leiche erzählt eine Geschichte, wobei es nicht natürliche Umstände sind, von denen sie berichtet. Es steckt mehr dahinter … etwas, das dem Fall Sinnhaftigkeit verleiht und ihn über die blosse Existenz eines Un-Falles erhebt. Diese Leiche ist ein Mysterium, das verstanden werden will.» Der Reihe nach zeigte Weinzäpfli auf die Polizisten: «Und Sie hat das Schicksal zusammengeführt …» Er brach den Satz ab und korrigierte: «*Uns* hat das Schicksal zusammengeführt, dieses Mysterium zu deuten, denn das sind wir Kriminalpolizisten letztlich, liebe Kollegen, Deuter.»

Von Rotz, Zgraggen und Brändli zuckten zusammen, als der Berner «uns» sagte und mit diesem unscheinbaren Wort einen Bund aus ihnen machte. In ihren Gesichtern erblickte Weinzäpfli eine Mischung aus Skepsis, Abneigung, Furcht, aber auch eine Portion Neugierde. Alle Ingredienzien in unterschiedlicher Intensität allerdings. Brändli liess nicht locker.

«Sie können aber keine Beweise dafür nennen, was Sie da behaupten?»

Weinzäpfli schüttelte den Kopf.

«Nein, das kann ich nicht», gestand er und führte aus: «Ich kann keinen Beweis dafür erbringen, dass wir es tatsächlich mit einem Mord zu tun haben, da haben Sie recht. Aber ich kann einen Beweis dafür erbringen, dass es eine Geschichte ist, die hier erzählt wird. Und keine zufällige Gegebenheit.»

Kommentarlos führte er die Karawane durch das hohe Gras zum Arm der Leiche, der im Territorium des Zuger Kollegen lag. Die Spannung stieg, die Kriminalbeamten tauschten besorgte Blicke. Hatten sie etwas übersehen, was diesem seltsamen Fremden aufgefallen war, der von sich behauptete, ein Hauptkommissar zu sein, obwohl es diesen Rang in der Schweiz gar nicht gab?

«Der Lokomotivführer berichtete, der Zug habe die Person etwa um neun Uhr dreissig überrollt, nicht wahr?», fragte Weinzäpfli.

«Das ist korrekt», bestätigte von Rotz sofort. Mit einer flinken Handbewegung löste Weinzäpfli die flach gedrückte Alpina-Uhr vom Handgelenk, ergriff das Lederband und hielt den anderen das Zifferblatt unter die Nase. Die Uhr war zwar defekt, die Zeiger auf dem Zifferblatt aber noch gut erkennbar. Und im Moment, in dem die Kriminalpolizisten die Zeiger sahen, klappten ihnen im Kollektiv die Unterkiefer in die Tiefe. Die Zeiger der Alpina standen auf Viertel nach drei Uhr.

Kapitel 10

Sidler übernahm kurzerhand die Rolle des Touristenführers. Beim beeindruckenden, zugleich aber auch beelendenden Rundgang durch die Glashütte ermöglichte er Friedli einerseits Einblicke in die beinharte Büez, die die Glasproduktion den Arbeitern abverlangte, andererseits lernte Friedli futuristische Maschinen kennen, wie er sie noch nie zuvor gesehen hatte. Besonders die beiden Wannen und die vollautomatische Glasblasmaschine weckten seine Neugierde. Es waren wahrhaftige Wunderwerke der menschlichen Zivilisation, von denen kaum mehr nachzuvollziehen war, *wie* sie verrichteten, *was* sie verrichteten. Und erst recht nicht, wie sie es derart effizient taten. Selbst wenn die Maschinen um einiges hässlicher und erheblich weniger monumental waren als beispielsweise die Pyramiden in Gizeh, waren ihre Auswirkungen auf die Menschheit um ein Vielfaches potenter. Daran änderte auch der Umstand nichts, dass die Maschinen in Küssnacht am Rigi und nicht in Paris, London oder Moskau standen. Wie sie Friedli so anschaute, war er sich sicher, dass sie erst die Vorboten von etwas viel Grösserem waren. Diese Maschinen bedurften immer noch menschlicher Arbeitskraft. Wenn man die Entwicklung aber weiterdachte, war es absehbar, dass der Mensch in der Glasproduktion gänzlich überflüssig werden würde. Vielleicht sogar in der Produktion ganz allgemein. Bei diesem Gedanken wurde ihm schwindlig.

Sidler fiel auf, wie genau Friedli die Maschinen musterte und erklärte ihm, dass man die kleine und die grosse Wanne 1943 und 1946 elektrifiziert habe und in ihnen seither Halbweissglas von ausgezeichneter Qualität produziert werde. Dieser Schritt habe nicht nur neue Arbeitsplätze geschaffen, sondern auch zu einer unfassbaren Produktivitätssteigerung und somit zu Wohlstand für die ganze Region geführt.

Friedli nickte zwar anerkennend, war aber erstaunt darüber, dass der Sidler die Kehrseite der Medaille verschwieg. Darüber, dass in der Glashütte die nahezu totale Entfremdung der Arbeiter von ihrem Schaffen und von den Produkten, die sie mit ihrem Schweiss hervorbrachten, vonstattengegangen war, verlor Sidler kein Wort. In früheren Zeiten war die Arbeit auch hart und unangenehm gewesen, das war Friedli sehr wohl bewusst. Aber man war immerhin mit der Arbeit verbunden gewesen. Durch sie hatte man sich die Welt geschaffen, die man sich erwünscht hatte, und dieses Ziel hatte den Qualen der Arbeit Sinn verliehen. Ein solches Ziel hatten die Arbeiter in der Fabrik nicht. Sie waren keine Meister mehr. Sie waren austauschbare Rädchen in einem gewaltigen Getriebe, von dem sie manchmal nicht einmal mehr wussten, was genau es herstellte.

Friedli richtete seine Aufmerksamkeit auf die vielen Personen, die auf verschiedenen Etagen in der Halle verteilt waren und allesamt jenen leeren Blick besassen, der ihm bereits zuvor beim Schichtwechsel aufgefallen war. Er vermutete, dass es nur noch eine Frage der Zeit war, bis hier auch der Arbeiter selbst zur Ware würde; zur Ware mit einem Wert und begrenzter Haltbarkeit. Vor seinem inneren Auge begannen diese Menschen allmählich zu verschwinden. Sie waren die Webstühle des 20. Jahrhunderts. Gerade als er diesen Gedanken dachte, sah er einen Mann, der ganz anders wirkte als der Rest. Es handelte sich um einen älteren Herrn mit flammendweissem Bart, der auf einer Treppe stand, die zum Plateau hochführte, von dem man Zugang zur grösseren der beiden Wannen hatte. Im Gegensatz zu den anderen Arbeitern, die verschwitzt und verschmutzt die sich fortwährend wiederholenden Bewegungen vollführten, stand der Alte einfach nur da. Er regte keines seiner Glieder, einzig die Lippen sprachen immer wieder dieselben Worte. Ihre Bedeutung konnte Friedli aus der Ferne nicht bestimmen. Auch wenn dieser Arbeiter keinen Wank ausführte, war er paradoxerweise der lebendigste unter ihnen. Friedli betrachtete ihn irritiert. In diesem Moment wandte der Alte seinen Kopf in seine Richtung und sie schauten einander direkt in die Augen. Friedli lief sogleich ein kalter Schauer den Rücken hinunter.

Kapitel 11

Aller Faszination für Maschinen, Schmieröl, Rauch, Dampf und Feuer zum Trotz war Friedli froh, als sie die Glasi wieder verliessen. Sidler gönnte ihm aber keine Erholung. Kaum an der frischen Luft setzte er den Weg tifig fort, kreuz und quer durch das Dorf, durch Strassen, Gassen und Quartiere, die nichts gemein hatten mit dem Quartier, in dem die Glashütte stand. Hier fühlte sich Friedli wieder wie in einem echten Dorf. Einem Dorf mit Tradition, einem Dorf, in dem jede Ecke und jedes Strassenschild, jeder lose Ziegelstein und jedes Mäuseloch eine Geschichte zu erzählen wusste. Nur der grosse Kamin der Glashütte, der die Dächer aller Gebäude überragte und deshalb, wie der Kirchturm, von jeder Stelle im Dorf aus gut zu sehen war, störte diese Idylle und mahnte daran, dass die Industrialisierung auch in Küssnacht Einzug gehalten hatte.

Die allermeisten Menschen, denen sie begegneten, grüssten freundlich. Eine gewisse Zurückhaltung war aber nichtsdestotrotz auszumachen. Friedli war sich sicher, dass die Zurückhaltung nichts mit dem Sidler oder dem blutigen Schnuderlumpen zu tun hatte, der ihm aus den Nasenlöchern hing. Er war es, der fremde Begleiter an seiner Seite, dem man kein bedingungsloses Vertrauen entgegenbrachte. Als er Sidler dazu befragte, erklärte dieser, dass man halt hier über lange Zeit abgekapselt von den grossen Zentren gelebt habe, und was man nicht kenne, dem begegne man mit Vorsicht. Dies sei an und für sich ja keine unvernünftige Haltung. Sidler gestand aber von sich aus ein, dass der Grat zwischen Schwarmintelligenz und Schwarmdummheit durchaus ein schmaler sei. Die Zurückhaltung der Schwyzer bedeute aber nicht, dass man hier nicht auch heimisch werden könne. In der Glasi beispielsweise, so berichtete er, würden rund ein Dutzend Auswärtige arbeiten, Italiener, Spanier, Deutsche. Sie wären auch mit Mistgabeln und Gewehrfeuer nicht mehr aus Küssnacht zu verscheuchen. Selbst, wenn man es gewollt hätte. Friedli nickte. Er konnte nicht abschätzen, ob der Sidler zu jenen zählte, die das gewollt hätten, oder nicht.

«Apropos Auswärtige …», sagte Friedli auf einmal. «Vorhin in der Glashütte habe ich einen eigenartigen alten Mann mit einem langen, weissen Bart gesehen, der mich anstarrte, als sei ich ein fünffüssiger Pelikan. Wissen Sie, wer das war? Und was er gegen mich hat?»

Sidler antwortete nicht. Er betrat eine Bäckerei, orderte am Tresen einen Teller bunte Patisserie und verzog sich dann auf die Toilette. Friedli blieb alleine zurück. Er war irritiert über den Umstand, dass der ansonsten doch sehr gesprächige Küssnachter Verleger nicht auf seine Frage eingegangen war. Als sie sich später an einem kleinen Tischchen in der Bäckerei gegenübersassen, versuchte es Friedli erneut.

«Wer ist dieser alte Mann mit dem langen, weissen Bart, der in der Glasi arbeitet? Kennen Sie ihn?»

Sidler kniff seine Lippen aufeinander und lächelte. Es war ein eigenartiges, ein erzwungenes Lächeln.

«Sie meinen unseren Chlaus … oder besser gesagt, unseren ehemaligen Chlaus», begann er endlich zu erzählen. «Er hat nichts gegen Auswärtige oder gegen Sie im Speziellen, aber Sie müssen wissen, dass er ein bewegtes Leben hinter sich hat. Er hat das Amt des Chlauses über mehrere Jahrzehnte ausgeübt, bis er vor ein paar Jahren – während dem Chlausjagen, ironischerweise – ein Schlegli erlitt, woraufhin seine Chlauskarriere zu Ende war. Kurze Zeit später musste er auch seine Reparaturwerkstatt unten beim Erlibach schliessen. Sein Vater, ein Pionier, hatte sie um die Jahrhundertwende eröffnet. Der Grund für die Schliessung war, dass der Chlaus als Folge des Schleglis seine Stimme verlor. Und ohne Stimme …» Hier unterbrach sich der Sidler und seufzte, ehe er fortfuhr. «Ohne Stimme bist du nur noch ein halbwertiger Mensch. Heute führt der Chlaus, wie wir ihn immer noch nennen, Hilfsarbeiten in einigen Betrieben in der Region aus. Ausserdem sammelt er Schrott, vorzugsweise Stahl und Kupfer, weshalb man ihn häufig mit seinem Leiterwägeli durch die Strassen ziehen sieht. Armer Kerl! Etwas unheimlich, zugegeben, aber harmlos.»

Friedli hatte einiges nicht verstanden.

«Was ist das, ein *Chlaus*?»

Sidler setzte eine ungläubige Miene auf.

«Sagen Sie nur nicht, Sie hätten noch nie vom Chlausjagen gehört?»

«Ich habe keine Ahnung, was das sein soll, es klingt aber gefährlich.»

Der Küssnachter lachte laut auf.

«Das Chlausjagen ist der spektakulärste Sankt-Nikolaus-Brauch, den Sie weit und breit finden werden. Sie müssen es sich unbedingt anschauen kommen nächsten Dezember. Und gefährlich ist es mitnichten. Höchstens für Ihre Leber.»

Er lachte wieder.
«Was tut man denn da?»
«Das lässt sich nur schwer beschreiben. Es gibt jede Menge Umzüge, viel Lärm, viel Licht, faszinierende Yffelen und der Schnaps kommt auch nicht zu kurz.»
Er zwinkerte ihm zu.
«Yffelen?», hakte Friedli nach.
«Farbige, aufwändig verzierte Kopflaternen, die die Männer wie riesige Hüte auf dem Kopf tragen, sodass der Umzug den Eindruck erweckt, als tanzten Kirchenfenster durch die Nacht.»
Friedli weitete seine Augen. Er wusste nicht, wie genau er sich einen solchen Umzug vorstellen sollte. Es gab aber noch viele weitere Fragen, die sich in diesem Moment in ihm stauten: «Und der Mann in der Glashütte war der Anführer dieser … ähh … Umzüge?»
«Ja, so kann man es sagen. Während vieler Jahre ist er mit seinem Bischofsstab vor die Kinder des Bezirks getreten. Bis eben … nun, bis zu diesem tragischen Vorfall.»
«Und seither sagt er kein Wort mehr?»
«Na ja …» Sidler zögerte wieder. «Sprechen kann man das nicht nennen. Er sagt nur noch die gleichen paar Worte», berichtigte er dann.
«Welche?»
«Mänz Mänz Mänz Bodefridimänz.»
«Wie bitte?»
«Wie soll ich das erklären …» Er atmete schwer aus. «In den 1920er-Jahren gab es in Küssnacht einen Bezirksammann mit Namen Klemenz Ulrich, der in seiner Amtszeit vergeblich versucht hat, das Chlausjagen in einen … ähh … gesitteteren Brauch zu transformieren. Doch bei den Chlausjägern kam diese Idee nicht gut an. Die Herrschaften befanden, dass der Klemenz ein Schafseckel sei und mit seinen Plänen gefälligst zum Teufel fahren solle. In einem populä-

ren Schmähgesang besingen die Chlausjäger den Klemenz seither spöttisch als den Bodefridimänz. Dieser Gesang ist alles, was noch aus dem Mund unseres ehemaligen Chlauses rauskommt. Es waren die letzten Worte, die er vor dem Schlegli sprach.»

«Ach, du verreckter Hagel», war alles, was Friedli dazu einfiel. Er benötigte einige Augenblicke, um zu verdauen, was er gehört hatte. Das Geschilderte war einmal mehr ein Beweis dafür, welche Kuriositäten menschliche Kulturen hervorbringen konnten. Es gab aus evolutionsbiologischer Sicht keinen auch nur ansatzweise triftigen Grund dafür, dass sich Menschen einmal jährlich zu Gruppen zusammenschlossen, von Kopf bis Fuss in Weiss kleideten und Lärm verursachend und farbige Fackeln und Miniaturkirchenfenster tragend durch ein Dorf zogen. Und doch war es genau dies, was die Küssnachter zu Tausenden Jahr für Jahr taten. Und manch einer hätte wohl lieber seinen Arm hergegeben, als diesen Brauch aufzugeben, obwohl der Arm in evolutionärer Hinsicht doch um einiges bedeutender war. Wenn die Natur des Menschen schon ein Mysterium war, dann war seine Kultur ein schwarzes Loch.

Plötzlich drang Lärm von draussen her in die Bäckerstube. Friedli und Sidler schoben die Gardinen zur Seite und sahen gerade noch, wie ein Traktor in vollem Karacho vorbeidonnerte. Der Fahrer konnte sich kaum im Sitz halten. Er beschleunigte den Traktor, wie wenn eine Horde wildgewordener Mutterkühe hinter ihm her wäre. Sidler zog sich den Schnuderhudel aus den Nasenlöchern und steckte ihn in die Westentasche.

«Das gefällt mir gar nicht», murmelte er, holte seinen Notizblock hervor, klemmte den Bleistiftstummel hinter dem Ohr ein und rannte flugs aus der Bäckerei hinaus. Friedli stopfte sich das letzte Carac in den Mund, das noch auf dem Teller verblieben war, und rannte dem Sidler hinterher.

Kapitel 12

Mit hinter dem Rücken verschränkten Armen ging Isidor Zgraggen im hohen Gras auf und ab. Nach vier, fünf Gängen stoppte er abrupt und sagte zu Weinzäpfli: «Selbst wenn Sie recht haben mit Ihrer Vermutung, haben wir derzeit ein weitaus grösseres Problem, und zwar die Frage, wer von uns sich mit dieser, wie Sie sie nennen, Geschichte zu befassen hat.»

Als er das Wort «Geschichte» aussprach, zeichnete er mit den Fingern Gänsefüsschen in die Luft und schielte hilfesuchend zu seinen Berufskollegen. Die wesentlich älteren Kriminalpolizisten aus Luzern und Schwyz pflichteten ihm nur halbherzig bei und diese Halbherzigkeit manifestierte sich in der Form gequälter Mienen. Falls sich tatsächlich ein Mord ereignet hatte, wie Weinzäpfli behauptete, dann war auch die Ausgangslage nicht mehr dieselbe. Ein Mord tangierte unmittelbar das Berufsethos eines Kriminalpolizisten. Man schuldete es den Hinterbliebenen, der Gesellschaft, dem System und nicht zuletzt der Wahrheit an sich, dass man sich mit aller Energie an die gewissenhafte Aufklärung von Morden machte, Zuständigkeit hin oder her.

«Übernehmt nur, ich habe nichts dagegen», murrte Zgraggen wegen der ausbleibenden Unterstützung pikiert und machte einen Lätsch.

Es war das zweite Mal in kurzer Zeit, dass sich unerwartet der Orientierungsläufer zu Wort meldete: «Wenn es nur darum geht, fair zu entscheiden, wer von Ihnen den Fall übernimmt, dann hätte ich allenfalls einen Vorschlag ...» Er versenkte seine Hände tief in den Niederungen seiner Hosentaschen und fuhr fort: «Sie könnten das Problem der Zuständigkeit auf jene Art und Weise lösen, wie man derartige Probleme schon auf dem Pausenplatz gelöst hat.»

Keiner wusste, was Markus, der OL-Läufer, meinte.

«Und die wäre?», fragte Weinzäpfli gespannt nach.

«Sie spielen ein Si-Sa-Sugg und wessen Fuss alleine übrig bleibt, der … nun ja, übernimmt den Fall», antwortete er lapidar.

Die Herren blieben stumm. Der Vorschlag lag jenseits dessen, was sie jemals aus dem Mund eines Mündigen erwartet hätten. Und doch fehlte ihnen auch ein triftiges Argument, mit dem sie den Vorschlag erfolgreich hätten zurückweisen können. Der OL-Läufer blickte erwartend von Gesicht zu Gesicht. Am Ende der Reihe angelangt, begann er wieder von vorne, wie die Walze einer Schreibmaschine, was spätestens nach dem dritten Durchgang bescheuerte Dimensionen annahm.

Unten auf der Landstrasse fuhr ein Landwirt auf seinem Traktor der Marke Bührer von Meierskappel in Richtung Küssnacht. Als der Bauer die Herren oben auf der Wiese erblickte, schaute er neugierig hoch, schaltete den Motor aus, fertigte mit seinen Händen eine Art Trichter und schrie: «Gibt es ein Problem, Hauptmann?»

Offenbar hatte er den Chef der Schwyzer Kriminalpolizei wiedererkannt.

«Kann man so sagen, verständigen Sie doch bitte den Knüsel Ambrosius und schicken Sie ihn zu mir!», schrie Hauptmann von Rotz zurück. Der Bauer schien zu verstehen, was das bedeutete. Schleunigst zündete er den Motor, das Rattern setzte wieder ein und der Traktor fuhr davon. Schneller, als es seine Erbauer wohl für ihn vorgesehen hatten, denn das Gefährt ruckte ab und zu heftig, sodass der Landwirt mehrmals beinahe aus der Fahrerkabine des Traktors geschleudert wurde.

«Tja, ich habe auch schon Dümmeres gemacht», meinte von Rotz, als das Rattern des Traktormotors verklungen war, und machte den Anfang. Er positionierte seinen rechten Fuss im unsichtbaren Zentrum des Kreises, den sie bildeten. Die beiden anderen machten es ihm nach.

«Helfen Sie mit, Herr Hauptkommissar?», fragte von Rotz an Weinzäpfli gewandt. Dieser zuckte die Achseln.

«Wenn Sie das wünschen … Den Fall wird man mir, dem Fremden, von offizieller Seite aber wohl kaum zusprechen.»

Alois von Rotz winkte ab.

«Mag sein, aber mit Ihnen fällt die Wahrscheinlichkeit, erkoren zu werden, von einem Drittel auf einen Viertel und das ist beruhigend.»

Weinzäpfli lächelte und platzierte seinen Fuss bei den drei anderen. Nach einer Runde war das Spiel zu Ende, denn alle zogen sie den Fuss weg, nur Weinzäpfli verpasste den Moment. Doch das Resultat des Si-Sa-Sugg war nicht das Bedeutendste, das sich in diesem Augenblick im Westen des Chiemenwaldes, im Grenzgebiet der Kantone Zug, Schwyz und Luzern, zutrug. Viel wesentlicher war, dass sich vier Kriminalbeamte aus vier Kantonen auf eine gemeinsame Mission verschworen, auch wenn sie selbst es noch nicht verstanden. So alleine sich Weinzäpflis Fuss im Gras befand, die Puzzleteilchen hatten zueinandergefunden und ergaben ein Bild. Noch fehlte jedoch das letzte Teil. Der Gemeinschaft fehlte ihr letzter Deuter.

Kapitel 13

Es gab offenbar verschiedene Erklärungen dafür, weshalb man dem Verleger des «Freien Schweizers» den Namenszusatz «Pünteli» verliehen hatte. Laut der Tochter des Bäckermeisters hatte es mit Sidlers Bäuchlein zu tun, das nicht zum Rest des Körpers passte und beim Gehen leicht auf und ab hüpfte; wie ein Pünteli halt. Ihr Vater, der Bäcker, hingegen hatte mit einem schelmischen Grinsen abgewunken und behauptet, der Name habe mit dem ein Stockwerk darunter liegenden «Pünteli» zu tun, das der Sidler nicht immer unter

Kontrolle habe, weshalb man im Dorf auch munkle, dass der eine oder andere unerkannte Mini-Sidler in Küssnacht herumspaziere. Der Sidler selbst hatte die Behauptungen nicht kommentiert, sondern sich in Schweigen gehüllt und geheimnisvoll gelächelt. Welches auch immer die korrekte Erklärung war, Pierre Sidler raste jedenfalls trotz Pünteli im Sprint hinter dem Traktor her, und obwohl Friedli durchaus ein sportlicher und junggebliebener Vierzigjähriger war, gelang es ihm nicht, mit ihm Schritt zu halten. Der Sidler nahm diverse Abkürzungen durch verwinkelte Gassen, der Seepromenade entlang, mitten über die Veranda eines herrschaftlichen Seehauses und wieder zurück in Richtung Dorfkern. Irgendwann verlor ihn Friedli aus dem Blick. Er rannte um eine Ecke und wollte die Verfolgung gerade abbrechen, da putschte er mit dem Sidler zusammen, der an dieser unglücklich gewählten Position stehengeblieben war. Mit voller Wucht überrannte er ihn, die beiden verfingen sich ineinander, rollten einem Wollechlüngeli gleich über die Strasse, wo sie nach ein paar Metern mit einer Strassenlaterne kollidierten, die nicht den Hauch eines Willens demonstrierte, sich auch vom Chlüngeli einverleiben zu lassen. Friedli traf es an der Stirne und den Sidler zwischen Nase und Kiefer. Die Folgen waren in beiden Fällen unschön. Friedli verlor augenblicklich das Bewusstsein, während Sidlers Schneidezähne in hohem Bogen in einen Krämerladen flogen, wo sie erst Tage später von einem gewitzten Chindergärteler gefunden und der Zahnfee als Eigenbesitz vorgegaukelt wurden. Als der neutrale Zuschauer schon meinte, dass es schlimmer nicht hätte kommen können, schossen schier zeitgleich zwei Blutfontänen aus Sidlers Körper. Dieses Mal aus Mund *und* Nase. Diese Fontänen – darüber waren sich die Passanten einig – würde man nicht mit der gleichen Methode stopfen können, wie es Stunden zuvor geschehen war.

Kapitel 14

Als Friedli wieder zu sich kam, die Augen öffnete und sich ächzend aufzurappeln versuchte, stand der Sidler bereits über ihm und blickte gebannt die Strasse hoch. Friedli rieb sich die Stirn. Ihm war schwindlig.

«Geht es Ihnen gut? Soll ich Ihnen beim Aufstehen helfen?»

Eine helle Stimme war durch ein dumpfes Rattern hindurch zu vernehmen. Erst jetzt fiel ihm die Frau auf, die an seiner Seite grüpelete und auf ihn einsprach. Friedli wusste nicht, ob das Rattern nur in seinem Kopf existierte oder eine reale Entsprechung in der Aussenwelt besass. Mit Unterstützung der Frau gelang es ihm aufzustehen.

Sidler nahm keinerlei Notiz von ihm. Er starrte immer noch in die gleiche Richtung, während ihm Blut aus Mund und Nase tropfte. Dann plötzlich verstand Friedli, worauf Sidlers Aufmerksamkeit gerichtet war und was dieses Rattern verursachte. Ein Traktor raste die Strasse herunter. Sidler stand da mit zerbeultem und angeschwollenem Gesicht, das Notizbuch in den Händen, den Blick geradeaus auf den nahenden Traktor gerichtet. Weshalb nur war er diesem Traktor derart obsessiv gefolgt? Sie waren auf alle Fälle nicht die Einzigen, die die Ankunft des Traktors erwarteten. Rund ein Dutzend Passanten waren ebenfalls stehengeblieben.

Der Traktor hielt nicht an, sondern raste mit röhrendem Motor an ihnen vorbei und hinterliess eine dichte Rauchwand hinter sich. In der Führerkabine hatten zwei Männer gesessen. Derjenige, der bereits zuvor an ihnen vorbeigefahren war, und ein zweiter, etwas älterer Herr.

«Wer war das? Wen hat der Traktorfahrer abgeholt? Und warum diese Hektik? Haben Sie eine Vermutung?», fragte Friedli, als der Traktor aus ihrem Blickfeld verschwunden war. Der Sidler schien nachzudenken. Seine Augen waren leicht zugekniffen, die Lippen angespitzt und die Augenbrauen tief ins Gesicht abgesenkt. Er kritzelte hastig ein paar Zeilen in sein Notizbuch. Friedli bemerkte, wie nervöses Getuschel unter den Dorfbewohnern einsetzte.

«Das war der Knüsel Ambrosius», erklärte Sidler endlich, verstaute das Notizbuch im Hosensack und wandte sich zu seinem Gast um. Sein Ausdruck wechselte von sorgenvoll zu erregt und wieder zurück, und dies in hoher Frequenz.

Friedli hielt dem Blick stand. Ein paar Augenblicke verstrichen, dann war seine Geduld endgültig aufgebraucht.

«Und wer ist dieser Knüsel Ambrosius?», fragte er und der Sidler erwiderte, wie aus der Pistole geschossen: «Unser Totengräber.»

Kapitel 15

Es war Samstagmorgen. Die Kleine Kammer, wie man sie auf dem Polizeiposten Lorraine-Breitenrain nannte, hatte sich auf der Laube des Hotels Seehof du Lac unter den in den Kronen zusammengewachsenen Kastanienbäumen versammelt und frühstückte mit Blick auf die Bucht von Küssnacht, den Bürgenstock und die Alpen. Auf der Seeseite sassen Weinzäpfli und Friedli, ihnen gegenüber Linder und Chummer. Der Tisch war reich gedeckt. Hotelier Keller hatte für seine Gäste alles aufgetischt, was er im Dorf hatte auftreiben können. Und das war nicht wenig. Es gab Käse und Anken von der Seebodenalp, frisch gebackenes Brot und Patisserie aus der Bäckerei Ineichen. Dazu Honig, Konfitüre, getrocknete Apfelringe, Speck, Eier und diverse Sorten Würste und Trockenfleisch. Ausserdem Süssmost, Kaffee und eigens für Weinzäpfli eine grosse Tasse Ovomaltine – zwei Zentimeter gebödelet, mit lauwarmer Milch, nicht pasteurisiert, sondern frisch ab Kuh.

Die Beule an Friedlis Stirn war über Nacht stark angeschwollen und die Geschwulst deckte sein rechtes Auge fast vollumfänglich ab. Die Verletzungen schienen ihn aber nicht sonderlich zu betrüben, denn er erzählte munter Geschichten, während Chummer und Weinzäpfli halbbatzig zuhörten und Linder bereits sein viertes Stück Brot mit mehr Anken bestrich, als ein Brot ertrug, sodass es sich unter dessen Gewicht in der Mitte durchbog. Weinzäpflis Unaufmerksamkeit hatte nicht damit zu tun, dass Friedlis Anekdoten langweilig gewesen wären. Sie war auch nicht eine Folge der unerwarteten Wendung, die ihr Maibummel am Vortag erfahren hatte. Der Grund war, dass ihn in der Nacht erneut dieser eine Traum heimgesucht hatte. Zwei Tage in Folge. Das war ungewöhnlich. Weinzäpfli versuchte sich Details des Traums in Erinnerung zu rufen. Er wusste noch, dass er auf einer steinernen Brüstung gesessen hatte, die Füsse über einem Abgrund baumelnd. Starke Winde hatten an seinen Haaren, an Hemd und Hose gezerrt, als ob sie ihn in diesen Abgrund hätten reissen wollen. Gewitterwolken hatten sich am Horizont zu mächtigen Wänden aufgetürmt, kaum Sonnenlicht war durch sie hindurch bis zur Erde gelangt. Hinter ihm, geschützt von Wind und Regen, hatte eine nervös flackernde Fackel gebrannt. Der Platz neben ihm war frei gewesen, ein Umstand, der ihn irritiert hatte. Warum wusste er nicht. Dann auf einmal hatten die Glocken einer Kirche zu läuten begonnen und wenig später war in seinem Blickfeld ein grosser Schatten aufgetaucht, der sich direkt auf ihn zubewegt hatte. Einen Moment lang hatte er gedacht, es müsse sich um einen Drachen handeln, so gross waren die Flügel des Ungeheuers. Doch als Weinzäpfli genauer hatte hinschauen wollen, war er erwacht. Um drei Uhr morgens. Nass vom Schweiss und mit rasendem Herz.

Auch Chummer hatte schlecht geschlafen, jedoch aus anderen Gründen. Im Gegensatz zu den übrigen Polizisten der

Truppe fiel es ihm schwer, seine Gedanken während eines unaufgeklärten Falles auf anderes zu richten als auf den Fall selbst. Sogar Grundbedürfnisse wie Schlaf, Speis und Trank kamen dann zu kurz. Der aktuelle Fall war zusätzlich verwirrend, da Chummer nicht einmal mit Sicherheit sagen konnte, ob es überhaupt ein Fall war. Alles stützte sich zum jetzigen Zeitpunkt auf eine vage Vermutung seines Chefs. Und selbst wenn es tatsächlich ein Fall war, blieb unklar, ob es *ihr* Fall war. Chummer konnte sich nicht vorstellen, dass eine politische Behörde tatsächlich einen Kriminalpolizisten aus einem anderen Kanton mit der Aufklärung eines Mordfalles beauftragen würde. Erst recht nicht einen Beamten, der gerade mit seiner Kompanie auf einem Maibummel weilte und den Fall nur übertragen erhalten hatte, weil er im Si-Sa-Suggen verloren hatte. Allerdings waren es hier – aufgrund des Fundortes der Leiche – gleich drei politische Behörden, die gemeinsam eine Entscheidung fällen mussten, und wenn schon eine Behörde alleine sich nicht gerade durch zügige Entscheidungsfindungsprozesse auszeichnete, so waren drei Behörden in dieser Hinsicht wohl regelrecht zum Scheitern verurteilt. Und solange die Zuständigkeit nicht klar war und die drei leitenden Ermittler der Kantone nichts dagegen hatten, würde man Weinzäpfli und dessen Mannschaft kaum Steine in den Weg legen.

Plötzlich waren Schritte zu hören. Alois von Rotz trat aus dem Hotel Seehof hinaus auf die grosse Laube. Er kündigte sich mit einem Gruss an und begab sich zu ihnen an den Tisch. Als er Friedlis zerbeultes Gesicht bemerkte, musterte er ihn kurz irritiert, beschloss aber, keine Nachfragen zu stellen. Stattdessen holte er einen Umschlag aus seiner Tasche. «Die Gerichtsmedizin in Luzern hat einen vorläufigen Bericht abgefasst. Oberleutnant Brändli hat ihn mir heute in aller Früh nach Schwyz gebracht. Ich wollte, dass Sie den Bericht sehen.»

Weinzäpfli nahm die Akte an sich und bot von Rotz einen Stuhl an.

«Setzen Sie sich doch bitte und frühstücken Sie mit uns.»

Von Rotz nahm das Angebot dankend an. Kaum hatte er sich hingesetzt, griff er sich auch schon eine Hampfele Speck, die flugs in seinem Mund verschwand.

«Der ausführliche Bericht sollte bis heute oder spätestens morgen Abend folgen», erklärte er mit vollem Mund. Öl triefte aus seinen Mundwinkeln.

Weinzäpfli reichte den Umschlag mit dem Bericht an Friedli weiter. Es bestand ein stiller Pakt unter den Berner Beamten, der ihm das alleinige Recht darüber zusprach, aus Akten vorzulesen. Auch wenn Friedli durchaus ein begabter Redner war, musste man aber sagen, dass die Wahl ein Stück weit auch durch das Ausschlussverfahren auf ihn gefallen war. Linder hatte man noch nie etwas lesen gesehen, Weinzäpfli behauptete selber, partieller Analphabet zu sein, der nur die ersten sechzehn Buchstaben beherrschte, und Chummers radikalem Sprachgebrauch fielen viel zu viele Wörter zum Opfer, sodass es keine Freude war, ihm zuzuhören.

«Kurzfassung?», fragte Friedli an seinen Chef gerichtet, nachdem seine Augen in Windeseile die Zeilen hinuntergerast waren.

Der Hauptkommissar wollte nicken, da hatte er eine Idee. «Keine Kurz-, sondern eine Spezialfassung, wenn Sie so gut sein wollen, mein Lieber.»

«Oh, sehr schön. Und die wäre?»

«Lesen Sie nur exakt präzis genau jedes siebente Wort vor. Beginnen Sie aber unten am Text. Und wir anderen … wir hören aufmerksam zu.»

Auch wenn Friedlis Vergangenheit im Theater bereits lange zurücklag, besass er nach wie vor ein Faible für die theatralische Inszenierung des Alltäglichen und war der Meinung, dass man die Methoden der Künste durchaus auch in ein kunstfremdes Milieu, wie es die Polizeiarbeit war, übertragen durfte. Er willigte deshalb sofort ein.

Von Rotz schaute den Berner Kollegen ungläubig an. Chummer grunzte missmutig, beschloss aber, zumindest mit einem Ohr mitzuhören. Am Ergebnis war er interessiert. Mit den Methoden wollte er nichts zu tun haben.

Friedli tischelete die Blätter in seiner Hand und legte los: «Anamnese – dubitandum – Er – Spur – Totenflecken – verunreinigen – komprimiert – nichtnatürlicher – Birne – unverdauter – die – der – Obduktion – verfärbte – Todeszeit.» In der Mitte des Textes angelangt, hielt er inne, um Atem zu holen und setzte dann fort: «Flach – Bekleidung – Rahmen – relativ – Konstitution – grobem – idiomuskulärer – Infektionen – Plüss.»

Er war am Anfang des zweiseitigen Dokuments angelangt und blickte erwartungsvoll in die Runde.

«Danke», übernahm Weinzäpfli wieder. «Nun darf jeder von uns einen der Begriffe auswählen, die Kollege Friedli aus dem Bericht vorgelesen hat. Nur einen. Schreiben Sie diesen Begriff auf Ihre Serviette, bevor Sie ihn kundtun.»

Linder, Friedli und von Rotz folgten den Anweisungen, zückten ihre Stifte und kritzelten die Begriffe auf ihre Servietten. Weinzäpfli selber konnte, Chummer wollte nicht.

«Sie beginnen, Alois von Rotz. Welcher Begriff hat Ihre Aufmerksamkeit erlangt?», fragte Weinzäpfli den Schwyzer Kriminalpolizisten.

Der Angesprochene zögerte. Ein Teil in ihm fürchtete immer noch, dass er von den Berner Kollegen gerade auf die Schippe genommen wurde und sich in Kürze gehörig zum Depp machen würde. Es verstrichen darum einige Sekunden, seine Pupillen vollführten einen nervösen Tanz. Dann hob er seine Serviette hoch und sprach den Begriff aus: «Birne.»

Weinzäpfli nickte. Sein Blick wanderte zu Friedli weiter.

«Birne!», bestätigte dieser und darpängglete zum Beweis seine Serviette auf den Tisch, sodass alle sehen konnten, was er geschrieben hatte.

«Birne!», murmelte Linder und tatsächlich, auch auf seiner Serviette war in kindlich unregelmässiger Schrift das Wort «Birne» geschrieben, wenn auch mit «P» statt mit «B».

Von Rotz' Mund klappte auf und er blickte verblüfft in die Runde. Da hatten also drei Personen unabhängig voneinander aus vierundzwanzig Begriffen den gleichen Begriff gewählt. Das war derart unwahrscheinlich, dass man von einer tiefer liegenden Ursächlichkeit ausgehen musste.

«In welchem Zusammenhang steht es denn, dieses Wort? Können Sie uns den Abschnitt vorlesen?», wollte Weinzäpfli wissen. Er wirkte unbeeindruckt.

Friedli nahm den Bericht wieder zur Hand, suchte die entsprechende Textpassage und zitierte: «In der Untersuchung der Leiche zeigte sich, dass die Mundhöhle des Opfers gefüllt war mit unverdauter Nahrung, konkret, den Erzeugnissen einer Birne.»

«Birne? Der Tote hatte eine Birne im Mund?», entfuhr es von Rotz. Kaum ausgesprochen, realisierte er, dass er damit preisgegeben hatte, den Bericht nicht gründlich durchgelesen zu haben. Er errötete.

«Erzeugnisse einer Birne. Nicht eine Birne», korrigierte Chummer: «Das ist nicht das Gleiche.»

«Danke, Godi, wichtige Präzisierung», sagte Weinzäpfli und fragte: «Welches Produkt, das man hier in der Region verspeist, beinhaltet Birnen?»

Von Rotz wollte seinen Patzer wiedergutmachen.

«Luzerner Birnenweggen, vielleicht?»

«Eine Birnenwegge … soso …»

Weinzäpfli nickte anerkennend.

«Nehmen wir an, dass unser Opfer …», ergriff Friedli das Wort, unterbrach sich und fuhr nach einer kurzen Pause fort:

«Nehmen wir an, dass unser Mordopfer zum Zeitpunkt des Todes eine Wegge im Mund hatte, das wäre tragisch, allemal, aber was ändert dieser Umstand?»

Plötzlich erhob sich Linder sehr abrupt von seinem Stuhl. Brösmeli fielen ihm vom Wanst, verteilten sich in alle Windrichtungen und eine Gruppe Spatzen stürzte sich darauf. Er strich sich die Hände an den Hosen ab und griff in die Tasche seiner leicht grüentscheligen Jacke. Alle Blicke waren nun auf ihm vereint. Man wusste nicht, was käme, aber wenn der Linder Franz von sich aus Anstrengungen unternahm und sogar das Essen unterbrach, war man besser beraten, ihm die Aufmerksamkeit auch zu leihen. In der Jackentasche fand er nicht, wonach er gesucht hatte. Er langte stattdessen in seinen Hosensack, nahm ein zusammengefaltetes Zeitungspapier heraus, ging zu seinem Kollegen Friedli und überreichte es ihm kommentarlos. Dann setzte er sich wieder hin und verschränkte die Arme. Essen wollte er nicht mehr.

Friedli schaute sich die Zeitung an. Vorne prangte das Signet des «Freien Schweizers», darunter war in grossen Lettern eine Schlagzeile zu sehen. Er faltete das Zeitungsblatt ganz auseinander, damit er auch den zweiten Teil der Schlagzeile sehen konnte, und las laut vor: «Vergiftete Weggen in Meggen.»

Und auf einmal herrschte Stille. Eine Stille, die nur vom Gejammer der Möwen und dem leichten Wellengang des Sees durchbrochen wurde. Eine Stille, die dadurch bedingt war, dass diverse Gehirne damit beschäftigt waren, Informationen miteinander zu verweben, hypothetisch zueinander in Bezug zu stellen, um mögliche Erkenntnisse zu erwirken.

«Ich weiss nicht genau, was dies zu bedeuten hat …», unterbrach Chummer wider Erwarten die Stille. Sein Blick war ernst. Es war der Blick eines Ermittlers. Und der Ermittler konstatierte: «Aber jetzt bin auch ich überzeugt: Wir haben einen Fall!»

Kaum hatte er diesen Satz ausgesprochen, erhoben sich allesamt wie auf Kommando von ihren Stühlen. Es war, als ob Chummer den Befehl zum Aufmarsch gegeben hätte. Ein Dominostein stiess den nächsten um. Und der nächste den übernächsten. Nur wohin die Kette führte, das war nicht klar. Friedli räusperte sich, nickte Chummer zu und sprach verheissungsvoll: «Und *ich* weiss, wer uns mehr über diesen Fall verraten kann.»

Kapitel 16

Keine fünf Minuten Fussmarsch vom Hotel Seehof du Lac entfernt lag – eingeklemmt zwischen einem kleinen Chäslädeli und einer Beiz – die Redaktion des «Freien Schweizers». Dorthin führte Friedli Inspektor Chummer. Der Verleger des traditionsreichen, konservativen Blattes war ein unermüdlicher Kämpfer. Obwohl sein Grind schmerzte und aus den Löchern, in denen bis am Vortag noch seine Schaufeln verwachsen gewesen waren, nach wie vor ab und zu Blut tropfte, hockte er hinter einer Beige Papier an seinem Schreibtisch und verfasste einen Artikel über den Toten am Bahngeleise. Die Schwyzer Polizei hatte zwar noch keine Mitteilung veröffentlicht, aber der Sidler hatte sich die Informationen – gegen eine Harasse üblen Fuselwein – vom Totengräber Ambrosius Knüsel beschafft. Immer wenn ein schlimmer Unglücksfall geschah, war er es, der gerufen wurde. Knüsel fehlte nämlich der Geruchsinn, was ihm bei der Ausübung seines Berufs sehr zustattenkam. Dafür misslang ihm aber jegliche auch nur annähernd adäquate Beurteilung der Qualität von Speis und Trank, sodass er immer mal wieder in eine Lebensmittelvergiftung hineinlauerte. Für Sidler war klar: Was Knüsel ihm erzählt hatte, gab genug her für eine Titelgeschichte. In Konkurrenz stand der

Tote vom Geleise derzeit nur mit einer Massenschlägerei, die sich am Vorabend im Café Hofmann in Weggis zugetragen hatte und an der eine Gruppe Küssnachter Burschen beteiligt gewesen war.

Sidler hatte die Polizei erwartet. Wenn Menschen auf unerklärliche Weise verstarben, erschien sie früher oder später immer bei ihm. Was er aber nicht erwartet hatte, war, dass es die Berner Beamten waren, die zu ihm kamen. Warum nicht die Dorfpolizisten Eichhorn und Seeholzer oder Alois von Rotz, der Leiter der Kriminalpolizei Schwyz? Zu Sidlers zusätzlichem Erstaunen befragten ihn die beiden Berner auch nicht zur Zug-Leiche, sondern wünschten nähere Informationen zu den Vergiftungen, die sich im März in der Region zugetragen hatten. Sie überreichten ihm die zerhudlete Titelseite einer Ausgabe des «Freien Schweizers». Sidler fragte sich, ob die Leiche oben am Bahngeleise etwas damit zu tun hatte. Er behielt die Frage für sich, fuhr sich mit dem Zeigefinger süferli über die immer noch angeschwollenen Lippen und begann zu erzählen, was er wusste, und das war einiges, schliesslich hatte er den Zeitungsartikel über die Vergiftungen eigenhändig verfasst.

«Im März erlitten zahlreiche Bewohner rund um den Vierwaldstättersee wie aus dem Nichts Vergiftungen, die die Betroffenen nicht nur mehrere Tage in die Betten zwangen, sondern darüber hinaus einen derart potenten Brechreiz verursachten, dass wohl noch unsere Enkelkinder dereinst von der grossen Chörblete sprechen werden. Frauen und Männer, Grosse und Kleine, Alte und Junge, Reiche und Arme, Gesunde und Kranke fielen wie die Hühner von den Stängeli. Es erwischte Chrut und Chabis», erzählte er, faltete die vergilbte Zeitung auseinander und warf einen Blick auf seine eigenen Worte.

«Anfänglich vermutete man eine Kontamination des Grundwassers. Das kommt ab und zu vor, wenn die Bauern beim Bschütten in ihrem gegenseitigen Wettrüsten um Zentimeter wieder einmal zu nahe an die Bächlein vorpreschen, woraufhin halt auch nicht selten der eine oder andere Gutsch Schweinedung ins Gewässer und über Umwege in die Gedärme der Menschen gelangt, wo er für ein ordentliches Gstürm sorgt.»

Sidler lächelte. Er legte den Artikel auf den Schreibtisch, öffnete eine der Schubladen und ging langsam die Register durch.

«So war es aber nicht in diesem Fall. Als man sich einen Überblick über die Betroffenen verschafft und Wasserproben entnommen hatte, deutete schlichtweg nichts auf eine derartige Ursache hin. Noch schlimmer: Es war überhaupt kein vernünftiges Muster erkennbar. Es schien die komplette Zufälligkeit zu sein; ein makabrer Gspass des Kosmos – ein geradezu gespenstisches Vorkommnis; das Werk der Rigihexe, wie viele in der Region mutmassten.»

Chummer und Friedli blickten sich zuerst gegenseitig und dann den Sidler fragend an.

«Eine heidnisch-mythische Figur, die immer dann ins Spiel gebracht wird, wenn sowohl die Herren Doktoren wie auch die Pfaffen mit Erklärungen nicht weiterkommen», ergänzte dieser knapp und widmete sich wieder den Registern.

«Da es mehrheitlich Luzerner Gemeinden traf, beorderte der Kanton Luzern schliesslich einen emeritierten Professor der Mathematischen Fakultät in Basel nach Luzern, der bereits seit einem Jahr als Rentner in Flüelen lebte, und erwartete von diesem Mann ohne Dienstgrad, aber mit Brillengläsern so dick wie Flaschenböden, dass er die scheinbare Irrationalität bodige und gefälligst zur raschen Klärung der eigenartigen Vorkommnisse beitrage. Man wollte wissen, *wer* oder *was* dieses Desaster zu verantworten habe, und zwar noch bevor es den ersten Toten gebe.»

Sidler hielt kurz inne. Er schien gefunden zu haben, was er gesucht hatte. Er holte einen Bund Blätter aus dem Register und breitete sie auf dem Schreibtisch aus. Sein Zeigefinger glitt die Zeilen runter, während er seine Erklärung fortsetzte: «Der Professor, das muss man sagen, verstand etwas von seinem Metier. Er büschelete fein säuberlich die bekannten Informationen zu den Vergiftungsfällen, studierte Patientenakten, erhob zusätzliche Personaldaten und geografische Variablen und schlussfolgerte schliesslich zur Überraschung aller, dass die Spur nicht zu einer verunreinigten Grundwasserquelle, sondern zur Weggenfabrik in Meggen führe.»

Sidler überreichte Chummer und Friedli eine Kopie des vollständigen Artikels.

«Da es einerseits keine plausible Erklärung dafür gibt, wie die giftige Substanz in der Produktion in die Weggen gelangen kann, und andererseits die erst vor wenigen Jahren eröffnete Weggenfabrik für viel Unmut in der Region sorgt, haben die Behörden einen Sabotageakt in Erwägung gezogen.»

«Warum hat die Fabrik für Unmut gesorgt?», schaltete sich Friedli ein.

Sidler seufzte. «Die neue Fabrik in Meggen hat das Gewerbe in der Region radikal verändert. Statt in einzelnen familiären Bäckereien werden die Weggen heute mehrheitlich in dieser einen Fabrik produziert. Fast alle anderen Betriebe wurden binnen weniger Jahre in den Ruin getrieben. Wer die Konkurrenz mit der Weggenfabrik in Meggen wagte und sich nicht freiwillig einverleiben liess, wurde vernichtet. Da scheint es nur natürlich zu sein, wenn sich ein Bäcker, dessen Existenzgrundlage zerstört wurde, an der Fabrik rächt. Vielleicht steckt sogar ein eigener Mitarbeiter dahinter. Einer jener Arbeiter, die früher ihrer Berufung als Bäcker nachgegangen sind und das Gebäck mit viel Schweiss und fachmännischer Handarbeit vom Weizenkorn bis zur vollendeten Patisserie begleitet haben wie eine Gottheit ihre Schöpfung und die auf einmal in einem Grossbetrieb zum unbedeutenden Arbeiter degradiert worden sind.»

Friedli zeigte auf ein Porträt, das auf der zweiten Seite des Artikels abgebildet und auf dem das unsympathische Antlitz eines geschniegelten Herrn zu sehen war, der hochnäsig auf die Leser herunterschaute. Darüber prangte in übergrossen Lettern die Schlagzeile: «Ich haue ab!»

«Wer ist er?»

«Das ist Georges Barmettler, der Besitzer der Fabrik. Was auch immer die Absicht des Delinquenten gewesen war, die Aktion hatte kurzfristig erhebliche Auswirkungen auf seine Geschäftstätigkeiten. Die Nachfrage nach den Luzerner Birnenweggen brach in der ganzen Innerschweiz ein. Barmettler war ausser sich und drohte öffentlich damit, den Standort zu verlegen.»

Auf Friedlis Frage hin, warum denn keine polizeilichen Ermittlungen aufgenommen worden seien, erklärte der Sidler, dass die Vergiftungen von einem Tag auf den anderen aufgehört hätten. Und weil sich auch die Berichterstattung langsam gelegt habe, habe die Kantonspolizei Luzern keinen Grund dafür gesehen, dem Vorfall weiter nachzugehen.

Chummer nickte, es war seine erste Regung.

Sidler musterte ihn neugierig. Den Standort gewechselt habe die Fabrik auch nicht, erzählte er weiter. Mittlerweile sei es wieder still geworden rund um die Weggen von Meggen. Aller Wahrscheinlichkeit nach laufe die Produktion in Meggen mittlerweile wieder auf Hochtouren, als ob niemals etwas vorgefallen sei. «Der Konsument ist hysterisch, zugleich aber auch nachsichtig», meinte Sidler und schloss seine Erläuterungen mit der leicht wehmütigen Aussage, wonach der Konsum die neue Grundlage des Handelns der Menschen geworden sei, und dem Friedli fiel jäh ein, was er bereits am Tag zuvor in der Glasi gedacht hatte. Das Dorf Küssnacht war von der Industrialisierung überfallen worden. Später als manch anderer Ort, dafür aber mit umso grösserer Wucht.

Die beiden Berner Beamten verliessen die Redaktion mit sturmem Grind und ein paar Märzausgaben des «Freien Schweizers» unter den Armen. Sie gingen den Weg zum Gasthof du Lac in Schweigen gehüllt, bedrängt von der Frage, was der Tote auf dem Bahngeleise mit den vergifteten Weggen zu tun haben mochte. Falls denn tatsächlich ein Zusammenhang bestand. Noch bevor sie den Pfarrhausplatz im Unterdorf erreicht hatten, kam ihnen das elegante Automobil des Hoteliers Keller entgegen. Der Wagen hielt an. Ein Fenster wurde heruntergekurbelt und der hochrote Kopf des Alois von Rotz erschien.

«Wir haben einen Namen!»

Seine Stimme bebte.

«Die Leiche wurde identifiziert.»

Kaum gesagt, wischte er sich in einer hohen Frequenz und Intensität mit dem Taschentuch über die Stirne, als ob er darunter einen Topf Gold vermutete.

Kapitel 17

Das Haus des Verstorbenen befand sich im Nachbardorf Merlischachen auf einem Anwesen mit Seeanstoss, was aber, erklärte ihnen der Keller Philipp, noch lange nicht bedeute, dass die Besitzer auch von höherem Stand seien. Im Gegenteil: Am See würden geschichtlich bedingt vorwiegend die Armen wohnen, während sich die Reichen an den Hängen angesiedelt hätten. Grund seien die Mücken gewesen, die sich früher zuhauf an den sumpfigen Ufern des Vierwaldstättersees aufgehalten hätten und mehr als lediglich eine sommerliche Plage gewesen seien. Die, die es sich hätten leisten können, seien deshalb an die Höhenluft geflüchtet, während sich der Rest mit den Mücken herumgeschlagen habe. Ironischerweise kehre sich das Ganze mit dem Verschwinden der Mücken allmählich um.

«Wenn es so weitergeht», scherzte Keller mit einem breiten Grinsen auf seinem von Sommersprossen belagerten Gesicht, «ist es bald der Pöbel, der an privilegierter Lage wohnt, und die Herren Doktoren schauen neidisch auf die Riviera hinunter.»

Linder hatte man aus naheliegenden Gründen im Hotel zurückgelassen. Auch wenn er kaum mit dem Rest des Polizeipostens auf die Wanderung zum Rigi-Kulm ginge, die für den heutigen Tag geplant war – im Auto hatte es schlichtweg nicht genügend Platz für alle. Weinzäpfli und Chummer sassen auf der Rückbank des Automobils, Friedli zwischen ihnen, der Beifahrersitz gehörte Alois von Rotz.

Chummer nutzte die Autofahrt, um seine Gedanken zu sortieren. Er hatte die Augen geschlossen, die Stirne gerunzelt und die Lippen zusammengekniffen. Es ging ihm darum, fein säuberlich zu trennen, was man bisher wusste und was man gerne als Nächstes wüsste. Diese beiden Ebenen einer Ermittlung galt es auseinanderzuhalten. Es war ein Grundsatz, gegen den die Dilettanten unter den Kriminalpolizisten immer wieder verstiessen: Man durfte die Ebene des Seins und die des Wollens auf keinen Fall zu nahe aneinander führen, geschweige denn vermischen. Das Sein war ein Universum, das Wollen ein zweites. Wer Brücken zwischen ihnen errichtete, musste dies mit grösster Vorsicht tun, denn in diesen Universen herrschten ganz unterschiedliche Gesetzmässigkeiten. So wie es der nüchterne, aber leidenschaftliche Astronom mit dem Kosmos tat, versuchte sich Chummer an einer Beschreibung des Universums des Seins bezüglich dessen, was man bereits über den Fall wusste:

Weinzäpfli hatte seine Theorie des Mordes auf die Beobachtung gestützt, dass die beim Zugunglück zerquetschte Uhr, die das Opfer am Handgelenk getragen hatte, nicht diejenige Uhrzeit anzeigte, die der Lokomotivführer als Zeitpunkt der Kollision angegeben hatte. Die Zeiger der Uhr standen auf Viertel nach drei Uhr, laut Aussagen des Lokführers ereignete sich der Zusammenprall aber kurz nach neun Uhr dreissig. Für Weinzäpfli war diese Inkongruenz Grund genug, einen bis dahin zufälligen Unfall zu einem Mord mit Sinn und Bedeutung aufzublasen. Dieser schwammigen, aber sprunghaften Denkweise konnte und wollte Chummer nicht blind folgen. Er überlegte sich stattdessen, was diese Fakten für den vernünftigen Ermittelnden bedeuteten. Für jenen, der sich die Befunde mit kritischem Verstand vornahm, ehe er Schlussfolgerungen zog. Uhren logen nicht, von daher lag die Vermutung auf der Hand, dass sich der Lokomotivführer geirrt hatte. Aufgrund des Fahrplans, in dem die Ankunftszeit im Bahnhof Immensee stand, und des Fundortes der Leiche liess sich aber die Uhrzeit, zu der sich die Kollision ereignet hatte, minutengenau berechnen. Sie deckte sich mit der Aussage des Lokomotivführers. Und da auch Fahrpläne nicht logen, gelangte man in eine Zwickmühle. Es gab zwei Konstanten. An beiden rüttelte man üblicherweise nicht. Wie konnte es sein, dass die Uhr das eine und der Fahrplan etwas anderes sagte?

Chummer ging die verschiedenen Möglichkeiten durch, mithilfe derer sich das Rätsel auflösen liess: Die Uhr des Opfers konnte schon vor dem Zugunglück stehengeblieben sein. Chummer schnaufte verächtlich. Selbstverständlich lag diese Annahme im Rahmen des Möglichen. Doch es war eine Annahme, die man in der Fachsprache eine «verschwenderische Hypothese» nannte. Sie bedingte weitere veränderte und unwahrscheinliche Annahmen über die Umstände. Vielleicht war der Tote zweimal von einem Zug überfahren worden, wobei erst dem zweiten Lokomotivführer eine Kollision auffiel. Chummer schüttelte den Kopf. Es musste eine bessere Erklärung geben. Chummer wiederholte die Fakten: Da war die Uhr, da war der Fahrplan, da war die Aussage des Zugführers. Ach, und da war auch noch die Wegge, die die Gerichtsmedizin im Mund des Toten vorgefunden hatte. Eine weitere Konstante: Das Opfer hatte zum Zeitpunkt seines Todes gerade eine Wegge zu sich genommen. Eine Birnenwegge, präziser gesagt. Auch das brachte ihn nicht weiter. Hatte der Zug beim Zusammenprall etwa die Zeiger verstellt? Chummer schüttelte wieder den Kopf. Er verlief sich! Das war die falsche Richtung. Es musste eine andere Erklärung geben. Chummer ging ein weiteres Mal die Fakten durch. Da war die Uhr, da war der Fahrplan, die Aussage des Zugführers, die Wegge …

Das Automobil fuhr in Merlischachen ein und verliess die Hauptstrasse an einer Abzweigung in Richtung Seepromenade. Chummer hörte, wie Weinzäpfli leise Worte vor sich hinmurmelte. In einem Anflug von spontaner Experimentierfreudigkeit beschloss er, die Methode seines Chefs zu versuchen. Er rief sich die Fakten ein weiteres Mal in Erinnerung, nur dieses Mal rückwärts: Da war eine Birnenwegge im Mund des Opfers. Da waren der Fahrplan und die Aussage des Zugführers, die übereinstimmend besagten, die Kollision habe sich kurz nach neun Uhr dreissig ereignet. Und da war die zerquetschte Uhr des Opfers, die eine andere Uhrzeit anzeigte.

Plötzlich stutzte Chummer. Wut und Erregung stiegen in ihm auf. Er wusste noch nicht, wohin genau seine Gedanken führen würden, aber ihm wurde klar, dass er einen Fehler begangen hatte. Er hatte interpretiert. Er hatte hinzugedichtet! Er hatte sich, ohne es zu bemerken, in das Universum des Wollens verirrt. «Die Uhr am Handgelenk des Opfers zeigt nicht die gleiche Uhrzeit, die der Zugführer als Moment des Zusammenpralls angegeben hat.» Das war die Aussage seines Chefs gewesen. Und Chummer hatte etwas anderes daraus gemacht. Seine Konstante war nicht diejenige Weinzäpflis. Ein womöglich entscheidendes Detail. Der Widerspruch löste sich auf. Chummer riss seine Augen auf.

Kellers Wagen hielt vor einem kleinen Häuschen am See an. Die Fensterläden waren verschlossen, die Veranda und der Garten leer. Nichts deutete darauf hin, dass jemand zu Hause war. Weinzäpfli stiess die Tür des Automobils auf und marschierte ein paar Schritte vom Haus weg, über einen kiesigen Platz in Richtung Ufer. Schilf türmte sich dem Ufer entlang auf wie ein Wall und versperrte die Sicht auf den Vierwaldstättersee. Zum Teil schimmerte das Wasser, das hier an manchen Orten eine türkisfarbene Tönung annahm, durch das Schilf hindurch. Es roch nach frisch gemähtem Gras, nach Wasser und nach Fisch.

Chummer blieb auf der Rückbank des Automobils sitzen. Die Fahrt war zu schnell vorüber gewesen. Er war noch nicht so weit. Ihm fehlte der letzte oder zumindest der zweitletzte gedankliche Schritt. Der Widerspruch war keiner, aber was bedeutete das genau? Die Umstände zwangen Chummer, den Gedankengang vorzeitig zu unterbrechen. Rasch holte er sein Notizbuch aus der Jackentasche und kritzelte ein paar Zeilen auf eine leere Seite. Die letzten vier Worte unterstrich er doppelt.

Als Keller die Tür öffnete, um nachzuschauen, weshalb Chummer nicht ausstieg, erblickte er gerade noch die letzten, in Schnüerlischrift niedergeschriebenen Sätze im Büchlein, ehe es Chummer verschwinden liess und aus dem Auto ausstieg. Keller schloss die Tür seines Automobils und murmelte das, was er gelesen hatte, vor sich hin, wie wenn er gespürt hätte, dass sich dahinter eine wegweisende Erkenntnis verbarg: «Meine Konstante ist nicht seine Konstante. Es war nicht der Zug. Wer ist der Mörder?»

Kapitel 18

Frau Emilia Bütler war zu Hause. Doch das Gespräch mit ihr war nicht ergiebig. Weder in ermittlungstaktischer noch in anderer Hinsicht. Es war eines dieser Gespräche, das geführt werden musste, weil es ein Reglement so vorsah, aber alle Beteiligten masslos überforderte und im Endeffekt mehr Schaden bewirkte, als dass es half. Eine Frau hatte ihren Ehemann verloren. Zu allem Übel war es nicht nur ihr Ehemann, sondern vielmehr ein Seelenverwandter gewesen. Ohne Vorwarnung hatte das Schicksal ein Paar entzweit, das wohl auch wegen des unerfüllt gebliebenen Kinderwunsches zusammengeschweisst worden war, sodass man aufgrund seiner Lebensweise schon fast von einem einzigen Organismus oder zumindest von zwei stark symbiotisch lebenden Organismen hätte sprechen können. Und diese Symbiose war unwiderruflich aufgelöst worden. Zurück blieb ein an der Trauer zugrunde gehendes Einzelwesen.

Chummer hielt sich im Gespräch ganz zurück, wie er es in solchen Fällen immer tat. Er kannte seine Stärken. Gespräche mit trauernden Menschen zu führen gehörte bestimmt nicht dazu. Eigentlich zählte die Gesprächsführung ganz allgemein nicht zu seinen Stärken. Er war ein formidabler, weil gründlicher Denker. Bei der Übertragung vom Gedanken in die Sprache scheiterte Chummer aber.

Auch Weinzäpfli beschränkte sich darauf, verständnisvoll dreinzuschauen und von Zeit zu Zeit einen von der Trauernden begonnenen und abgebrochenen Satz für sie zu vollenden. Er war für viele Menschen eine Überforderung und dessen war er sich bewusst. Seinen Gedanken zu folgen, seine Gesten und seine Mimik zu deuten, die wirre Ausdrucksweise zu entwirren erforderte viel Konzentration und Geduld. Sonst gelangte man rasch in einen Zustand profunder Vernebelung. In einigen Fällen führte es sogar zu Aggressionen. Und gerade die Menschen, mit welchen Weinzäpfli in seinem beruflichen Alltag zu tun hatte, verfügten häufig nicht über ein Übermass an Konzentration und Geduld. Also lag es an von Rotz und Friedli, den verflixten Auftrag auszuführen, der einerseits darin bestand, der Witwe eines Verstorbenen Mitgefühl entgegenzubringen, und andererseits allfällige Informationen aus ihr herauszubekommen, die zur Aufklärung des Falles dienlich wären.

Frau Bütler war untröstlich. Sie stammelte mehrheitlich undurchschaubare Satzfetzen und verfiel immer wieder in Tränenausbrüche. Der Besuch dauerte über eine Stunde und lange Zeit kam man keinen Schritt weiter. Was man herausfand, war, dass das Paar Bütler ein zurückgezogenes Leben in erfüllter Zweisamkeit geführt hatte. Keine Kinder, kein Hund, keine Katze, ein kleines Fischerboot, auf dem sie zweimal wöchentlich im Küssnachter Arm des Vierwaldstättersees fischen gingen. Felchen vorwiegend, manchmal auch Egli oder Seesaiblinge. Ihr Mann Hans war, so beteuerte sie, ein geschätzter Arbeiter gewesen, der gute Büez verrichtet hatte. Von den Freunden respektiert, von seiner Frau geliebt und von seiner Familie akzeptiert. Es gab keine einzige Person, die ihm auch nur ein poliertes Gfräs gewünscht hätte. Es gab also niemanden mit einem Motiv. Keiner hätte Hans Bütler aus der Welt weghaben wollen und erst recht hätte niemand ihn auf diese grausame Art und Weise beseitigt.

Niedergeschlagen und mit einem feissen Chrott im Hals verabschiedete man sich kurz nach ein Uhr. Die vier Mannen standen schon auf der Schwelle, da blieb Weinzäpfli abrupt stehen, drehte sich nochmals zur Witwe um und sprach ein einziges Wort aus: «Birnenwegge.»

Friedli, von Rotz und die Frau betrachteten ihn auf einem Kontinuum, das von Erstaunen bis zu Entsetzen reichte. Nur Chummers Reaktion lag jenseits dieser zwei Pole. Er schaute griesgrämig drein. Weinzäpfli kommentierte seinen Ausspruch nicht, sondern schaute der Witwe direkt in die Augen. Chummer fragte sich, was er vorhatte. Das Gute, das diesem peinlichen Vorfall abgewonnen werden konnte, war, dass die Frau wohl für einen kurzen Moment ihren verstorbenen Mann vergessen konnte. Neugierde und Angst waren zwei sich gegenseitig ausschliessende Gefühle. Nach ein paar peinlichen Blickwechseln, die sich unerträglich lang anfühlten, stiess Chummer Weinzäpfli mit dem Ellbogen harsch in die Seite und raunte ihm zu: «Erklären Sie, was Sie von ihr wollen.»

Alois von Rotz nickte heftig. Auch er fühlte sich längst nicht mehr behaglich und hielt das Stofftuch griffbereit in seiner linken Hand.

«Mochte Ihr Mann gerne Birnenweggen?», fragte Weinzäpfli endlich.

Emilia Bütler zog die Oberlippe in die Höhe, wie jemand, der gerade versehentlich etwas Ekliges verspiesen hatte. Ihre übernächtigten Augen fixierten den Hauptkommissar skeptisch.

«Nein, überhaupt nicht. Warum fragen Sie?»

Es schien ihr unerklärlich, wie jemand auf die Idee kommen konnte, in diesem Moment diese belanglose Frage an sie zu richten.

Chummer jedoch verstand umgehend, woraufhin sein Chef abzielte. Und die Antwort der Frau versetzte ihn schlagartig in Erregung. Warum, wenn Bütler Birnenweggen nicht mochte, hatte er dann am Tag des Todes eine Birnenwegge gegessen? Oder hatte er das etwa gar nicht getan? Auch wenn es Chummer fast vertätschte und er sich liebend gerne eingemischt hätte, überliess er die Fortsetzung des Gesprächs Weinzäpfli. Der betrachtete die Witwe nach wie vor sanftmütig und fuhr mit ruhiger Stimme fort: «Gibt es sonst eine Beziehung zwischen Ihrem Mann und Birnenweggen?»

Chummer ballte die Hand zur Faust. Das war sie! Das war die Frage, die es zu stellen galt.

Frau Bütler musste nicht lange überlegen, sondern antwortete etwas schnippisch: «Ja klar. Er arbeitete drüben in der Weggenfabrik. Wissen Sie das denn nicht?»

Kaum hatte sie das gesagt, vereinten sich die Blicke aller Polizisten. Die Frau registrierte diese Veränderung und schaute sie fragend an.

«Was ist? Was hat das mit dem Tod meines Mannes zu tun?»

Man ging nicht auf ihre Frage ein, so schwer es ihnen auch fiel. Man durfte es nicht. Zwar glaubte keiner von ihnen daran, dass es auch nur ein Paralleluniversum gab, in dem diese Frau ihren Mann ermordet hatte, aber es gehörte zu den Binsenweisheiten der Ermittlungskunst, Informationen kontrolliert und so selten wie nötig mit Aussenstehenden zu teilen. Erst recht nicht mit den nächsten Verwandten. Es war hart, aber es diente der Sache. Und die Frau schien dies zu verstehen, denn sie hakte nicht nach. Vielleicht hatte die Witwe Bütler aber auch einfach resigniert. Nichts brächte ihr ihren Mann zurück, keine Information könnte sie trösten, keine Rache würde das Loch auffüllen, das in ihr zurückbliebe.

Die Kriminalpolizisten verabschiedeten sich, Frau Bütler schloss wortlos die Tür und die vier Männer setzten sich zurück in den Wagen, in dem Phillip Keller auf sie wartete. Auch wenn der Gedanke, dass die Leiche auf dem Geleise eine Fährte zu einem weit grösseren Verbrechen war, ihr Bewusstsein einnahm, blieb der Chrott in ihren Hälsen bestehen.

Kapitel 19

Die Situation war verheddert. Es existierte zwar eine kollektive Ahnung, dass hinter dem Toten, der nun einen Namen hatte, mehr steckte als ein Unfall; man besass auch Vermutungen darüber, wo man stochern musste, um der Antwort auf dieses Rätsel zumindest ein Stück näher zu kommen. Aber das Treffen mit Frau Bütler hatte sowohl die Stimmung verschlechtert wie auch den Tatendrang gedrosselt. Man fühlte sich in erster Linie machtlos, denn egal wie erfolgreich die Ermittlungen auch wären, an der Tragödie, dass eine Ehefrau ihren geliebten Gatten verloren hatte, würde sich nichts mehr ändern. Der Tod war unwiderruflich. Und auch wenn das an und für sich eine sinnvolle Sache war, verursachte wohl nichts im Universum mehr Leid als diese verfluchte Endgültigkeit des Todes. Sogar Weinzäpfli, der weiss Gott nicht als Pessimist bekannt war und eine derartige Tragödie auch nicht zum ersten Mal erlebte, machte keine Anstalten, den Karren aus dem Dreck ziehen zu wollen.

Kaum im Hotel angekommen, verabschiedete sich von Rotz mit der Ausrede, er müsse das Protokoll des Gesprächs abfassen, und fuhr zurück ins Kommissariat nach Schwyz. Die Berner Beamten setzten sich um den grossen Tisch im Speisesaal des Hotels, an dem sie Linder bereits erwartete, mit verschränkten Armen und schläfrigem Blick. Man beschloss die Rückkehr der anderen Tschugger abzuwarten, die sich auf der Rigi-Wanderung befanden, und bestellte eine Runde Kaffee. Gesprochen wurde nicht. Chummer rauchte ein Zigarettli, während er in seinen Notizen blätterte, Linder nickte langsam ein und Friedlis Kopf verschwand hinter einem Buch. Es war aus dunklem Leder gefertigt. In die Einfassung war mit goldenen Buchstaben der Titel eingestanzt. Ein weisses Lesebändchen hing seitlich hinunter. Auch wenn Weinzäpfli den Titel nicht sehen konnte, erkannte er das Buch wieder. Friedli hatte bereits auf der Reise hierhin darin gelesen. Er beobachtete ihn eine Weile lang und stellte auf einmal fest, dass ihn etwas zu irritieren begann.

«Warum blättern Sie nicht?»

Friedli blickte erstaunt auf. Chummer ebenfalls. Linder erwachte.

«Wie bitte?»

Friedli legte das Buch auf seinen Schoss. Auch wenn Weinzäpfli selber kein Leser war, wusste er, dass es eine Eigenheit des Lesens war, dass man von Zeit zu Zeit die Seite blätterte. Friedli jedoch war minutenlang mit gerunzelter Stirn und konzentriertem Blick auf den gleichen beiden Seiten verharrt.

«Sie blättern nicht, stecken Sie etwa zwischen den Zeilen fest?»

Friedli stiess einen lauten Lacher aus.

«Das ist kein Groschenroman …», begann er. «Das ist echte Literatur. Da muss man manchmal einen Satz mehrmals lesen und im Kopf herumdrehen, bis man ihn aufnehmen und verstehen kann.»

Weinzäpfli nickte und verlangte sogleich: «Lesen Sie bitte vor.»

Friedlis Augen weiteten sich.

«Wollen Sie das wirklich?»

«Ich bitte drum.»

Friedli liess ein paar Sekunden verstreichen, dann zuckte er die Achseln, räusperte sich, legte den Zeigefinger der rechten Hand auf eine Zeile im Buch und sprach: «Wenn der Arbeiter und sein Chef sich am selben Fernsehprogramm vergnügen und dieselben Erholungsorte besuchen, wenn die Stenotypistin ebenso attraktiv hergerichtet ist wie die Tochter ihres Arbeitgebers, wenn der Chauffeur einen Cadillac besitzt, wenn sie alle dieselbe Zeitung lesen – dann deutet diese Angleichung nicht auf das Verschwinden der Klassen hin, sondern auf das Ausmass, in dem die unterworfene Bevölkerung an den Bedürfnissen und Befriedigungen teilhat, die der Erhaltung des Bestehenden dienen. In dieser neuen

Welt mit ihrer Produktivität und Leistungsfähigkeit, ihrem Vermögen, Bequemlichkeiten zu erhöhen und zu verbreiten, Verschwendung in Bedürfnis zu verwandeln und Zerstörung in Aufbau, erkennen sich die Menschen in ihren Waren wieder; sie finden ihre Seele in ihrem Auto, ihrem Hi-Fi-Empfänger, ihrem Küchengerät. Der Mechanismus selbst, der das Individuum an seine Gesellschaft fesselt, hat sich geändert, und die soziale Kontrolle ist in den neuen Bedürfnissen verankert, die sie hervorgebracht hat. Diese neue Welt ist es, die den eindimensionalen Menschen gebar.»

Stille breitete sich aus. Friedli klappte das Buch zu, legte es auf den Tisch und musterte Weinzäpfli gespannt. Linder war wieder eingeschlafen. Er schnarchte leise. Weinzäpfli versuchte sich die Sätze in Erinnerung zu rufen, die Friedli vorgelesen hatte, doch die Erinnerungen an das Gehörte zerrannen wie Sand zwischen seinen Fingern. Es blieb nur der eindimensionale Mensch.

«Ich verstehe es nicht, aber es macht mir Angst», sagte Weinzäpfli endlich. «Können *Sie* mir erklären, worum es geht?»

Friedli verzog sein Gesicht zu einem schiefen Lächeln.

«Ähh … ich bin nicht sicher, ob ich das kann.»

Weinzäpfli musterte ihn erstaunt.

«Warum denn nicht?»

Friedli zögerte.

«Ich verstehe es selber nicht», gestand er. Die beiden gigeleten drauflos.

Chummer stiess ruckartig den Stuhl zurück und erhob sich. Genervt steckte er das Notizbuch ein und wollte sich in sein Zimmer verziehen, um sich ungestört seiner Gedanken anzunehmen. Es gab einiges zu verarbeiten. Es galt, den Gedankengang zu Ende zu führen und die Notizen in seinem Notizblock zu vervollständigen. Bei diesem wirren Gespräch, das sein Chef und der Friedli führten, vermochte er sich nicht zu konzentrieren. Er hatte keine Zeit für eindimensionale Menschen – was auch immer das sein mochten – und anderen Schwachsinn. Mitten auf der Treppe, die zu den Zimmern hochführte, blieb Chummer abrupt stehen. Er verharrte einen Augenblick an Ort und kehrte dann zurück zu den anderen. Chummer ignorierte die verwunderten Blicke seiner Kollegen, nahm die Akte aus der Mappe, die auf dem Tisch lag, und wühlte darin, bis er fand, wonach er suchte: die Fotografien, die die Spurensicherung am Tatort gemacht hatte. Chummer trat an die Lampe heran und studierte die Fotografien im Licht und aus nächster Nähe. Langsam ging er sie durch. Eine um die andere. Schliesslich steckte er die Unterlagen in die Mappe zurück, verliess den Speisesaal und eilte zur Rezeption. An der Wand gleich neben dem Eingang zur Küche befand sich ein Telefon. Die Schnur mit dem Hörrohr hätte es erlaubt, sich damit in den Nebenraum zu begeben, aber der Sprechtrichter war direkt am Apparat angebracht – im Übrigen recht hoch; für klein gewachsene Leute stand ein Schemel zum Draufstehen bereit. Chummer schob den Schemel mit einem Fuss zur Seite und griff nach dem Hörrohr.

Kapitel 20

Chummer schlug das Notizbuch zu und starrte es eine Weile an. Er hatte etwas herausgefunden, das von Bedeutung war. Dessen war er sich sicher. Hingegen wusste er nicht, ob er die richtigen Worte fände, um seine Erkenntnis auch mit den anderen zu teilen. Dieser Fall war sehr verwirrend. Von draussen war das Geschnatter von Enten zu hören. Ein sanfter Windstoss wehte durch das geöffnete Fenster und zupfte an den Gardinen. Chummer verstaute das Notizbuch in seiner Jackentasche und verliess sein Hotelzimmer.

An der Bar sass ein fremder Mann und blätterte in einer Zeitung. Ansonsten war der Speisesaal leer. Vermutlich hatten sich Weinzäpfli, Friedli und Linder in ihre Zimmer zurückgezogen. Und der Rest der Mannschaft war offenbar noch nicht von der Wanderung zurückgekehrt. Durch die breite Fensterfront konnte man auf die Terrasse hinaussehen. Zwischen dem Laub der Bäume schimmerte die gekräuselte Oberfläche des Vierwaldstättersees durch. Ein Schiff legte gerade in Küssnacht ab, es hatte Schotter im Dorf abgeladen. Am Bug prangte das Wappen des Kantons Uri. Chummer trat mit etwas Abstand neben den Fremden an den Tresen und orderte bei einem gelangweilt dreinblickenden Kellner eine Flasche sauren Most. Die grosse Uhr, die an der mit dunklem Holz getäferten Wand hing, zeigte kurz vor sechs Uhr. In wenigen Augenblicken würde die Kirche wieder ihre – wie Friedli es ausdrückte – sehr katholischen Glocken schwingen lassen, und man wäre für einige Minuten ausserstande, ein Gespräch zu führen. Was Friedli genau mit «katholischen Glocken» meinte, wusste Chummer nicht. Obwohl seine beiden Eltern überzeugte Mitglieder des Brüdervereins gewesen waren, einer strenggläubigen Splittergruppe der evangelischen Kirche, waren alle Bekehrungsversuche an ihm hochkant gescheitert. Es war keine aktive Verweigerung gewesen, die Chummer betrieben hatte. Er war schlichtweg nicht in der Lage, die Rituale, die Normen, die Handlungsweisen und Gespräche nachzuvollziehen, die in seinem Umfeld gang und gäbe waren. Spiritualität war ihm so fremd wie einem Holzfäller die Pferdeakupunktur. Und deshalb waren ihm sowohl Kirchen wie auch deren Glocken letztlich egal.

Der Kellner stellte die Flasche kommentarlos vor ihm ab und verzog sich in die Küche. Chummer trank einen Schluck. Der Mann neben ihm hatte aufgehört, Zeitung zu lesen. Stattdessen starrte er ihn an. Chummer konnte es spüren. Er hatte aber keine Lust auf ein Gespräch, legte ein Füfzgi auf den Tresen und wollte sich an einen der vielen Tische im Saal verziehen, doch als er am vermeintlichen Fremden vorbeiging, blieb er abrupt stehen.

«Zgraggen? Was machen Sie denn hier?»

Auf dem Barhocker sass der junge Zuger Kriminalbeamte. Er hatte ein künstliches Lächeln aufgesetzt, fuhr sich durch sein blondes, strubbeliges Haar und stammelte: «Ich … ähh … hier gibt es sehr leckere und besonders grosse Linzertorten.»

Zgraggen zeigte auf einen leeren Teller, in dem nur noch vereinzelte Brösmeli zu sehen waren. Chummer musterte ihn argwöhnisch. Er kaufte ihm diese Begründung nicht ab. Es bot sich ihm aber keine Gelegenheit, dem wahren Grund nachzugehen, denn in diesem Moment ertönte eine laute, genervte Stimme aus der angrenzenden Lesestube. Die Stimme kam sowohl Chummer wie auch Zgraggen bekannt vor.

«Das ist der Eichel Under, Himmeldonnerwetter, wie oft muss ich das noch sagen, der schlägt alle anderen, wenn er Trumpf ist.»

Chummer und Zgraggen warfen sich einen flüchtigen Blick zu. Sie wirkten gleichermassen erstaunt und verliessen zusammen den Speisesaal, gingen durch den Verbindungsgang zur Bibliothek. Die Stimmen wurden lauter.

«Es ist das gleiche verdammte Spiel wie bei Ihnen. Nur die Farben sind anders. Alles, was nötig ist, ist etwas Konzentration!»

«Wie soll man sich konzentrieren können, wenn Sie Ihre Karten obere und untere Eichel nennen?»

«Sie heissen Eichel Ober und Eichel Under.»

«Wie auch immer. Es ist schlichtweg falsch, so kann man doch keine Jasskarten nennen.»

Chummer und Zgraggen betraten die Bibliothek. Mitten im gemütlich eingerichteten Salon mit dem imposanten

Kronleuchter und den Regalen, die vom Fussboden bis an die Decke mit Büchern gefüllt waren, sassen Friedli, Linder und Weinzäpfli um einen Tisch, jeder mit drei Jasskarten in einer Hand. Am Kopfende stand mit hochrotem Kopf Alois von Rotz und rief mit heftigen Gebärden:

«Der Jassgraben verläuft entlang der Aare und der Reuss. Was richtig und falsch ist, haben wir hier gefälligst selber zu bestimmen!»

Dann schmiss er seine Karten hin. Seine Miene widerspiegelte Verzweiflung.

«Was machen Sie hier?», fragte Chummer.

Die Köpfe der vier Herren schwenkten in seine Richtung. Von Rotz war offenbar zu erschöpft. Er liess sich in den Sessel fallen und so war es Friedli, der die Situation aufklärte:

«Wir wollten einen Schieber machen, ohne Wys und ohne Stöck, mit Trumpf, Rot einfach, Schwarz doppelt, damit auch der Herr Hauptkommissar mit den Regeln klarkäme, aber wer konnte schon ahnen, dass die Karten hier derart anders aussehen. Die spielen hier mit Schilten, Schellen und Eicheln.»

Um seiner Position noch mehr Gewicht zu verleihen, streckte er Chummer seine Karten entgegen und setzte einen Gesichtsausdruck auf, wie wenn er einen Brief in fremdländischer Sprache in Händen hielte.

Chummer interessierte sich nicht für das Kartenspiel.

«Aber was machen *Sie* hier?», fragte er erneut, nun deutlich an von Rotz gerichtet.

«Sie waren nur zu dritt, also haben sie mir telefoniert und mich gefragt, ob ich nicht Lust auf ein Spiel hätte», seufzte dieser. Dann drehte er den Spiess in die andere Richtung.

«Und Sie, Kollege Zgraggen, was führt Sie hierher?»

Zgraggen murmelte unverständliche Worte. Auf seinen Wangen lag ein frisches Rot. Nach ein paar peinlichen Augenblicken der Stille einigte man sich stumm darauf, es dabei zu belassen. Das Jassspiel wurde beendet, von Rotz räumte die Karten weg und Chummer und Zgraggen setzten sich zu den anderen an den Tisch. Hotelier Keller brachte unaufgefordert zwei Kannen und eine Platte mit Torten in die Bibliothek. Eine der Kannen war gefüllt mit Kamillentee, aus der zweiten dampfte frischer Kaffee. Für Weinzäpfli bereitete er eigens eine Tasse Ovomaltine zu. Während Keller die Tassen füllte, blickte der Hauptkommissar zufrieden in die Runde. Die Herren von Rotz und Zgraggen hatten ihr sicheres Territorium verlassen, um sich jenseits der Grenzsteine zusammenzufinden, und dadurch gegenseitige Solidarität bezeugt, auch wenn es ihnen selbst womöglich nicht bewusst war. Kaum hatte Weinzäpfli diesen Gedanken zu Ende gedacht, waren Schritte zu vernehmen und es erschien niemand anderes als der Luzerner Kriminalpolizist Joseph Brändli im Türrahmen.

«Der definitive Bericht ist eingetroffen», murrte er etwas zögerlich und offensichtlich irritiert über den Umstand, sie alle hier anzutreffen. Er hielt eine Akte hoch und setzte den hochnäsigsten Medizinerblick auf, zu dem er imstande war. Weinzäpfli schlug erfreut die Hände zusammen. Der Blick war ihm egal. Was zählte, war, dass die Schicksalsgemeinschaft zueinandergefunden hatte. Auch Keller spürte, dass sich hier Historisches anbahnte. Vier Kriminalbeamte aus vier Kantonen, davon einer, der sich selber als Hauptkommissar betitelte und bis weit über die Kantonsgrenzen hinaus als regelrechter Siebensiech unter den Polizisten bekannt war. Er liess seinen Kellner subito Wein aus dem Keller und Schnupf und Zigarren aus dem Estrich holen. Und er war anständig genug, es nicht auf der Rechnung zu vermerken. Was heute getrunken, geraucht und gegessen würde, ginge aufs Haus. Der Wert der Worte vier mächtiger Herren, dessen war sich Hotelier Keller bewusst, liess sich nicht in läppischen Franken beziffern. Nach jeder weiteren Flasche Wein, die entkorkt wurde, nahm die Lautstärke der Gespräche zu. Selbst Linder, der ja mitüüri kein Mann der grossen Worte war, steckte auf einmal in einem Dialog mit Alois von Rotz, der es auch tatsächlich verdiente, Dialog genannt zu werden. Es ging ums Fischen. Was nicht geschah, aber hätte geschehen müssen, war, dass man sich über das austauschte, was sich in diesen Tagen zugetragen hatte. Die Gespräche manövrierten in alle Herrgottshimmelsrichtungen, tangierten hie und da zwar das Geschehnis am Bahngeleise und drehten sich um die alltägliche Polizistenarbeit. Niemand getraute sich aber, bis zum Kern des Falls vorzudringen. Das änderte sich erst, als sich Weinzäpfli plötzlich erhob und die Gespräche binnen Bruchteilen einer Sekunde verebbten wie der Portemonnaie-Inhalt des Süffels nach dem Zahltag. Sie schauten teils erwartungsvoll, teils verängstigt, aber allesamt angespannt zu ihm hoch. Von Rotz zückte das Taschentuch, Zgraggen legte die Pistolenhalterung auf den Tisch, Brändli verschränkte die Arme. Weinzäpfli brauchte gar nicht erst etwas zu sagen. Er stand einfach nur da. Damit hatte das Erklimmen der Wand, der Ausstieg aus dem Loch begonnen, in dem sie sich seit dem Treffen mit Frau Bütler befunden hatten. Und mit dem Ausstieg begann auch die Entflechtung des eigenartigsten und grausamsten Falles, der sich jemals in den Leben der drei Zentralschweizer Kriminalbeamten zutragen sollte.

Kapitel 21

«Gestatten Sie mir, dass ich Ihnen eine ganz grundsätzliche Frage stelle, Herr … ähh … Hauptkommissar?» Es war die brüchige Stimme des Zgraggen Isidor, die die Stille durchbrach. «Sie denken also wirklich, es war Mord und nicht bloss ein Zugunfall. Gehen wir offiziell davon aus?»

Weinzäpfli schüttelte den Kopf.

«Offiziell tun wir gar nichts, denn es gibt kein *Wir* und es gibt erst recht kein *Offiziell.* Es gibt nur ein verheerendes Si-Sa-Sugg-Spiel und eine Gemeinschaft von Deutern, die zusammengefunden hat, um einem Rätsel auf die Schliche zu kommen.»

Der Leutnant der Zuger Kriminalpolizei fühlte sich missverstanden. Er rümpfte die Nase und fuchtelte mit den Händen hysterisch durch die Luft, wie wenn er einen unsichtbaren Stechmückenschwarm in die Flucht schlagen wollte.

«Das ist mir klar, darauf wollte ich nicht hinaus. Meine Frage ist, ob wir uns sicher sind, dass unser Toter ermordet wurde.»

Weinzäpfli gefiel es, dass er den Toten soeben auch als den Seinen bezeichnet hatte. Das war ein gutes Zeichen. Die Verbrüderung war im Gang.

«Vieles deutet zumindest darauf hin, dass es kein Unfall war», antwortete er.

«Mit *Vieles* meinen Sie, dass die Uhr des Toten eine andere Zeit anzeigt, als der Lokomotivführer als Augenblick der Kollision angegeben hat», schaltete sich Brändli ein. In seiner Stimme schwang Spott mit. Der Spott war aber zu höflich getarnt, als dass ihn Weinzäpfli hätte detektieren können, weshalb er die bissige Bemerkung als eine Frage deutete und grediaus in die Falle rannte.

«Die Armbanduhr, die vergifteten Weggen, die Birnenwegge im Mund des Toten …», begann Weinzäpfli etwas unbeholfen, brach die Erklärung aber ab, als er Brändlis und Zgraggens verwunderten Gesichter bemerkte. Die Sache mit der Birnenwegge war für beide wohl neu. Für Zgraggen, weil er den Bericht noch nicht erhalten, für Brändli, weil er ihn offenbar zu wenig genau gelesen hatte. Weinzäpfli wandte sich an Friedli.

«Können Sie die Herrschaften auf den neusten Stand bringen?»

Friedli nickte.

«Die Gerichtsmedizin in Luzern legte in ihrem ersten Bericht dar, dass sich im Mund des Toten eine klebrig-süsse Substanz auf Basis von Birnen und Zucker befunden habe. Diese könnte, so die Vermutung des Kollegen von Rotz, von einer Birnenwegge stammen, einer Süssspeise, die man in der Zentralschweiz gerne zu sich nehme, auch wenn es uns Bernern beim blossen Gedanken daran, man könnte ein Weggli und eine Birne mutwillig miteinander verpaaren, schon gehörig im Gaumen chötzelet. Ist es nicht so, Herr Hauptmann?»

Von Rotz war der Meinung, dass er sich für heute genügend hatte provozieren lassen, überhörte die Bemerkung zu den Birnenweggen deshalb und bejahte den Rest der Aussage mit einem langen Nicken.

Friedli fuhr fort: «Dass es sich beim Inhalt im Gaumen des Toten tatsächlich um zerquetschte Birnenweggen handelte, ist insofern eine plausible Annahme, dass wir mittlerweile wissen, dass der Tote – ein gewisser Hans Bütler – in der Weggenfabrik in Meggen gearbeitet hat.»

Zgraggen riss seine Augen weit auf und wollte etwas erwidern. Friedli bat ihn aber mit einer Handbewegung darum, noch kurz zu warten.

«Die Sache hat einen Haken», erklärte er und hielt eine Fotografie Hans Bütlers in die Höhe. Er tippte auf das Porträt. «Bütler schmeckten Birnenweggen überhaupt nicht …»

«Woher kennen Sie die Esspräferenzen des Toten?», zischte Brändli durch die geschlossenen Kiefer hindurch. Er hatte den Bericht tatsächlich nicht genügend gründlich gelesen, das schleckte keine Geiss weg, denn die Sache mit den Birnen war ihm entgangen. Dass man ihn deswegen aber vor allen blossstellte, erzürnte ihn.

Von Rotz legte eine Mappe auf den Tisch und erwiderte: «Frau Emilia Bütler, die Witwe des Toten, hat ausgesagt.

Steht alles im Protokoll, Sie können eine Kopie mitnehmen. Aber dann lesen Sie sie bitte auch.»

Brändli wäre am liebsten direkt über die Tischplatte auf den Schwyzer Polizisten gehechtet und hätte ihm eine Faust ins Gesicht gepfeffert. Die kleinen, kugeligen Augen des dicken Berner Beamten, der auf den Namen Linder hörte und jede seiner Bewegungen streng fixierte, verhinderte aber, dass sich Brändli getraute, seiner Wut nachzugeben. Stattdessen verschränkte er nur beleidigt die Arme.

«Das ergibt alles keinen Sinn!», meldete sich Zgraggen nun doch noch zu Wort und wurde richtiggehend zitterflattrig.

«Dass wir den Sinn nicht sehen, heisst nicht, dass es ihn nicht gibt, mein Lieber!» Weinzäpfli berührte ihn sanft am Arm.

Plötzlich schoss Chummer aus seinem Stuhl hoch und stellte sich stramm vor sie hin wie ein salutierender Soldat.

«Wir haben etwas übersehen …»

Alle Köpfe drehten sich augenblicklich zu ihm hin.

«Wir sind von einer falschen Konstanten ausgegangen. Wir müssen sie infrage stellen. Wir … ähh … wir …» Chummer stammelte. Er hatte zu früh und zu schnell gesprochen. Er ärgerte sich über seinen Übereifer. Es vergingen ein paar Sekunden, dann fand Chummer den Rank doch noch. «Wir sind davon ausgegangen, dass der Tote vom Zug überfahren und dabei auch die Uhr flachgewalzt und beschädigt wurde», sprach er nun mit etwas ruhigerer Stimme.

Ein Nicken ging durch die Runde. Dem stimmten alle zu. Aber wo lag das Problem?

«Ich glaube nicht, dass es sich so zugetragen hat», offenbarte Chummer seine Sicht. «Ich glaube, wir haben dem Zug von Beginn weg die falsche Rolle zugewiesen.» In seinem Grind hämmerte es. Einen Augenblick lang war er sich nicht mehr so sicher, ob das, was er gleich sagen würde, genügend fundiert war. Er entschied sich für die Flucht nach vorne: «Der Fall mit seinen Widersprüchen und Inkonsistenzen lässt sich klären, wenn wir den Ablauf der Ereignisse ändern … Wenn wir die Rolle des Zuges verändern.»

Friedli verputzte es fast vor Spannung. «Entweder du rückst jetzt mit der Geschichte raus, Gödel, oder ich sehe mich genötigt, dir den Grind zu panieren», platzte er heraus und verschätzte sich vollständig in der Wortwahl, wenn man bedachte, dass er mit seinem Vorgesetzten sprach.

Linder grunzte verstimmt. Er wollte seinem Kollegen Friedli einen Klaps auf den Hinterkopf verpassen, der aber deutlich zu wuchtig ausfiel, sodass Friedlis Kopf nach vorne geschleudert wurde und erst von einer glücklicherweise mit ordentlich Rahm belegten Schwarzwäldertorte in seinem Teller gestoppt wurde. Chummer liess sich nicht beirren. Auch dann nicht, als der bemitleidenswerte Friedli seinen Kopf wieder anhob und Schlagrahm aus seinen Augen und Nasenlöchern quoll. Chummer hatte die Argumentation sauber eingefädelt. Er nahm die Fotografien vom Tatort aus der Akte, die er zuvor studiert hatte, und verteilte sie den Polizisten.

«Schauen Sie sich die Leiche genau an. Betrachten Sie den Arm, an dem die Uhr befestigt war, oder den Oberschenkel, den Kopf, die Füsse … fällt Ihnen etwas auf?»

Weinzäpfli, von Rotz, Zgraggen und Brändli beugten sich über die Bilder und begutachteten sie eingehend. Sekunden verstrichen, aber niemandem fiel etwas auf. Die Herren musterten Chummer schliesslich ratlos.

«Beschreiben Sie, was Sie sehen!», verlangte Chummer.

Von Rotz erbarmte sich, seufzte leise und sprach spontan drauflos: «Die Leichenteile sind schrecklich zerstückelt und flach wie ein Brett, der Zug muss den Bütler Hans voll erwischt haben.»

Chummer winkte sofort ab.

«Halt, halt, nicht so schnell. Die Leichenteile sind zerstückelt und sie sind flach, das ist, was wir sehen», berichtigte er. Die Polizisten wussten nicht, worauf er hinauswollte. Chummer lief vor dem Tisch auf und ab, die Erregung war ihm anzusehen. «Dass Züge, die Menschen überfahren, sie flachdrücken, klingt zwar plausibel, ist aber falsch», erklärte er. «Wir hätten nur denjenigen fragen müssen, der etwas von der Sache versteht. Ich hatte vorhin ein Gespräch mit Ambrosius Knüsel, dem Totengräber. Er hat schon unzählige Zug-Leichen geborgen und er hat mir bestätigt, dass Züge keine Menschen flachwalzen. Züge, die Menschen überfahren, zerfetzen sie, so wie es der Zug mit unserer Leiche gemacht hat.»

Nun hielt es von Rotz nicht mehr aus. Auch wenn er befürchtete, dass sein Grind ebenfalls in seinem Stück Torte landen könnte, fragte er, das Taschentuch gezückt, einen Seitenblick zu Linder werfend, das Gesicht chnütschrot: «Wie kommt es dann, dass unsere Leiche flach ist?»

Auf diese Frage hatte Chummer eine simple, wenn auch noch wenig aufschlussreiche Antwort. «Der Zug hat genau das getan, was wir von Zügen erwarten …», begann er, wurde aber in just diesem Moment von Brändli unterbrochen: «Die Leiche war bereits flach, als der Zug über sie hinwegfuhr. Hans Bütler war tot, als der Zug ihn in Stücke riss.»

Chummer nickte und präzisierte: «Der Mann verstarb in der Walpurgisnacht gegen drei Uhr fünfzehn morgens oder vielleicht auch schon einen Tag früher. Das verrät uns die zerquetschte Armbanduhr.»

«Aber was war die Tatwaffe? Eine Walze?»

Da war er wieder, Brändlis Spott. Chummer war im Gegensatz zu seinem Chef aber sehr wohl in der Lage, solche Botschaften korrekt zu deuten. Er warf dem Luzerner Kriminalpolizisten giftige Blicke zu, antwortete aber nicht.

Ihnen allen war die Überforderung anzusehen. Weinzäpfli bemerkte, dass es für den Moment genug war. Eine Pause war fällig. Die Gehirne mussten verdauen wie nach einem üppigen Mahl. Es folgte ein Blickwechsel mit dem Linder Franz und dieser verstand. Linder watschelte zurück in den Speisesaal, bestellte eine Runde Humpen und versorgte die Herrschaften mit Bier. Es war bitter nötig. Man trank die Gläser in einem Schluck und im Falle des noch nicht so trinkfesten Zgraggen in viereinhalb Schlücken leer. Nur Weinzäpfli verzichtete. Es gab Menschen, für die waren Drogen wie ein Zaubertrank, der die zahlreichen Tragödien des Lebens in blosse Missverständnisse auflösen konnte. Zu diesen Menschen zählte er sich nicht. Die Erfahrungen, die er mit Drogen gemacht hatte, waren keine guten gewesen.

Die Gemütsverfassung der Polizisten verbesserte sich schlagartig. Es folgte eine zweite Runde. Dann eine dritte. Und als der Hotelier merkte, wie gelöst die Stimmung geworden war, trat er zu ihnen an den Tisch, man schnupfte gemeinsam, sagte ein paar grenzwertige Verse auf und irgendeinmal entledigte sich der Chlöisu Friedli in einem Anflug von Euphorie seiner Kleidung und rannte füdlisplitterblutt aus der Bibliothek, über die Veranda und sprang in den See. Die Herren lachten herzhaft laut, sogar der Brändli Joseph klopfte sich angesichts dieses Vorfalles zwei, drei Mal auf seinen Oberschenkel.

Kapitel 22

Die Kriminalpolizisten sassen im Kreis in der Bibliothek des Hotels Seehof du Lac, als die neunte Stunde schlug. Der Rauch ihrer Zigarren vereinte sich unter der Decke zu einem Nebel, der das Licht des Kronleuchters trübte. Als der letzte Glockenschlag verklungen war, setzte von Rotz Alois das Gespräch wieder in Gang: «Auch ich bin mittlerweile überzeugt, dass hier etwas ganz und gar nicht koscher ist. Aber weshalb traf es gerade den armen Bütler? Er hat nichts verbrochen, seine Frau hat nichts verbrochen, seine Familie hat nichts verbrochen. Das alles will mir einfach nicht in den Grind.»

Bei allen, die an diesem Tag zu Besuch bei Frau Bütler in Merlischachen gewesen waren, erwachte der Chrott im Hals wieder zum Leben. Sie wussten, wovon von Rotz sprach. Sie konnten es nicht nur rational erfassen, sondern hatten es selber gefühlt.

Weinzäpfli stand auf und begab sich zu einer der beiden Stellwände, die Philipp Keller für sie aufgestellt hatte. Er nahm einen Stift zur Hand und zeichnete eine Sonne auf das Papier. Neben die Sonne zeichnete er einen Mond. Darunter die Erde. Und darauf ein Strichmännlein. Dann tippte er mit der Spitze des Stiftes auf die Zeichnung und fragte: «Woher wissen wir, dass es die Erde ist, die sich um die Sonne dreht, und nicht umgekehrt, wenn es doch jeden Tag offenkundig wird, wie die Sonne an einem Horizont aufgeht, um abends in entgegengesetzter Richtung wieder zu verschwinden?»

Der Hauptkommissar blickte in fragende Gesichter. Chummer verdrehte die Augen. Brändli schnalzte mit der Zunge und antwortete, sec wie eine Spanplatte: «Wir wissen es, weil wir es durch Forschen und Nachdenken herausgefunden haben.»

Die Übrigen pflichteten ihm bei. Weinzäpfli lächelte unschuldig. «Wir wissen es, weil wir gelernt haben, dass etwas zu *erkennen* nicht einfach bedeutet, zu glauben, was wir sehen», präzisierte er. «Täten wir dies, würden wir nach wie vor denken, dass es die Erde ist, die im Zentrum steht, während sich die Gestirne um sie drehen. Denn das ist, was wir Tag für Tag sehen.» Wieder tippte er mit dem Stift auf das Strichmännlein auf dem Papier. «Es besteht ein wichtiger Unterschied zwischen dem Sein und dem Schein.»

Von Rotz nickte. «Das wird niemand bestreiten. Aber worauf wollen Sie hinaus?»

«Ich glaube, dass in der Regel kein Weg darum herum führt, zuerst den Schein zu verstehen, ehe man bis zum Sein durchdringen kann. Ich glaube, Freunde, wir müssen zu verstehen versuchen, welche Welt es ist, die der Mörder erschaffen will, bevor wir uns fragen, was tatsächlich geschehen ist.»

Die Polizisten schwiegen. Die fragenden Gesichter blieben. Weinzäpfli ging ein paar Schritte vor der Stellwand auf und ab. Schliesslich blieb er vor einem der Bücherregale stehen, nahm ein Buch mit dunkelgrüner Lederumfassung heraus und sprach in Gedanken versunken: «Das Schicksal des Ehepaars Bütler macht uns traurig, aber es verwirrt uns auch. Es verstellt uns den Blick auf die Realität. In dieser Geschichte geht es nicht um Hans Bütler. Es geht nicht um diesen traurigen Kerl, so wenig, wie es um seine Frau oder seine Familie geht. Der Mord galt nicht ihm.»

«Es war ein Versehen?», hakte Brändli postwendend nach. Seine Mimik deutete an, dass er diese Annahme für schwachsinnig hielt.

Weinzäpfli schüttelte den Kopf. «Nein, ich will damit sagen, dass das Opfer ein Symbol ist. Das Opfer ist nur eine unwichtige Nebenfigur in dieser Erzählung. Mit diesem Mord erzählt uns der Mörder *seine* Geschichte!» Weinzäpfli horchte auf, als hätte er etwas gehört. Nach einer kurzen Pause fuhr er fort: «Und darum müssen wir untersuchen, wie und nicht wen er tötete.»

Von draussen war nun deutlicher Lärm zu hören. Es war der Lärm, den eine Gruppe Menschen verursachte, die in der Nacht herumzog. Und der Lärm schwoll mit jeder Sekunde an, bis schliesslich klar die Stimmen der Berner Kollegen auszumachen waren, die sich dem Hotel näherten. Es waren vorwiegend jene Stimmen herauszuhören, die Weinzäpfli keinem konkreten Namen zuordnen konnte. Die Neuen! Sie mussten sich aufspielen, ihre Position im Rudel erkämpfen. Weinzäpfli spürte, dass er zu einem Ende kommen musste. Und er spürte auch, dass ein wesentlicher Moment nahte. Er musste seine Gemeinschaft von Deutern nachhaltig vereinen. Sie hatten ihren Beitrag geleistet, indem sie unaufgefordert an diesen Ort hier gefahren waren.

«Wissen Sie, was mir Sorgen bereitet, Freunde?», fragte er in die Runde. Der Lärm war bereits ins Gebäude vorgedrungen. Die Augen aller blieben aber konzentriert auf ihn gerichtet. Sogar Chummer war wie auf Gufen. Weinzäpfli stellte das Buch zurück ins Regal und gestand: «Ich bin mir ziemlich sicher, dass der Mörder seine Geschichte noch nicht zu Ende erzählt hat. Das war erst der Anfang. Und mit jeder weiteren Seite, die nun folgt, erwartet uns ein weiterer Tod.»

Die Herren wurden von Hühnerhaut befallen.

«Die Scheisse wird uns also um die Ohren fliegen?», fragte Zgraggen.

«Sie wird uns wohl um die Ohren fliegen», mutmasste von Rotz.

«Die Scheisse wird uns mächtig um die Ohren fliegen», bestätigte Friedli.

Es war der Brändli Joseph, dem das Schlusswort gehörte. «Dann wäre es besser, wir würden uns diesem Schafseckel von Mörder gemeinsam entgegenstellen.»

Plötzlich schwangen die beiden Türflügel des Speisesaals auf und eine Horde angeheiterter Frauen und Mannen drängte herein. Und auch wenn es nicht zur Gefühlslage der vier leitenden Kriminalbeamten und ihren Helfern passte: In dieser Nacht stieg eine Chilbi, wie sie das Hotel Seehof du Lac seit 1941 nicht mehr erlebt hatte, als während einiger Zeit eine Kompanie polnischer Soldaten im Hotel interniert gewesen war. Anlass für eine weitere derartige Chilbi sollte es bald keinen mehr geben.

Kapitel 23

Friedli hatte eine eigenartige Angewohnheit. Nachts, wenn sein Bewusstsein aufgrund natürlicher Schwankungen der Schlafphasen für wenige Sekunden aus dem Tiefschlaf auftauchte und die Glockenschläge der Pauluskirche wahrnahm, die zwei Strassen entfernt von seiner Wohnung im Länggassquartier in Bern stand, versuchte er die Schläge zu zählen und sich die Summe aller gezählten Glockenschläge über eine Nacht hinweg zu merken. Anfänglich war ihm das schwergefallen. Meistens wusste er nur noch, dass er Glockenschläge gezählt hatte, nicht aber, wie viele es gewesen waren. Mit der Zeit wurde er besser. Bald schon lag sein Rekord bei über dreissig. Als er realisierte, dass dieses Spiel, das er so zufällig und nonchalant begonnen hatte, für die Qualität seines Schlafes überhaupt nicht förderlich war, war es schon zu spät gewesen. Das Zählen war zu einer Gewohnheit geworden, die jenseits seiner Kontrolle lag. Es war nicht mehr so, dass er den bewussten Entschluss fasste, Glockenschläge zu zählen. Er schlief ein, die Nacht ging vorüber und am Morgen servierte ihm das Unterbewusstsein eine Zahl. Diese eigenartige Angewohnheit jedenfalls war einerseits die Ursache dafür, dass Friedli sich mittlerweile gut mit Kirchenglocken auskannte, weshalb er jene von Küssnacht sofort als «katholisch» einschätzen konnte. Andererseits führte sie dazu, dass er auch in der Nacht auf den 3. Mai 1959 die Schläge der Küssnachter Kirche zählte.

Der Morgen war längst angebrochen, die Sonne erleuchtete jeden Winkel des Zimmers und offenbarte ein ungeheures Chaos. Friedli lag im Bett und schlief. Das Kissen hatte er sich auf das Gesicht gedrückt, mit einem Bein stand er eigenartigerweise noch auf dem Fussboden. Er hatte es am Abend zuvor absichtlich dort platziert, um dem intensiven Heliköpterlen entgegenzuwirken, das der Gersauer Branntwein verursacht hatte. Dort verharrte das Bein als Relikt und Mahnmal zugleich.

Plötzlich erwachte er. Grund war eine Anomalie im Glockenschlag. Die Glocken wurden mit kurzem Unterbruch dreimal nacheinander geschlagen. Zuerst ignorierte er diese Unregelmässigkeit, doch dann geschah es erneut: Glockenschlag – kurzer Unterbruch – Glockenschlag – kurzer Unterbruch – Glockenschlag. Friedli riss das Kissen vom Kopf, stemmte sich auf die Hände und lauschte. Schon wieder: drei aufeinanderfolgende Glockenschläge!

«Zweiundvierzig», murmelte er. Doch die Zahl interessierte ihn nicht. Entweder hatte er immer noch eine ordentliche Chilbi im Grind oder die Glocken taten nicht das, wozu sie da waren. Dies war keine gültige Zeitangabe!

Friedli schlug das Bettlaken zur Seite. Er stand auf und begab sich unsicheren Tritts ans Fenster. Wenn es keine Zeitangabe war, dann musste es eine Botschaft sein. Eine wichtige Botschaft an alle, die sich in Hörweite befanden. Er blickte nach draussen auf den See hinaus. Auf der Oberfläche spiegelte sich das grelle Sonnenlicht, das ihm heller erschien als sonst. Er musste die Augen zukneifen. Durch die halb geschlossenen Augenlider erkannte er die Stelle, an der er am Vorabend in den See gesprungen war. Er hatte saumässiges Glück gehabt. Ein paar Meter weiter links und er hätte seinen makellosen Chöpfler in seichtem Gewässer vollbracht und wäre wohl bolzengredi mit dem Grind im Sand eingesteckt. Auf der anderen Seite ein paar Meter weiter rechts und er wäre in einen jener Pfähle reingerannt, an denen die Matrosen der Kursschiffe jeweils die Taue befestigten.

Wieder schellten die Glocken. Plötzlich beschlich Friedli eine Ahnung. Ein kalter Schauer lief ihm den Rücken hinunter. Rasch stieg er in seine Uniform, rannte aus dem Zimmer und schrie, sodass man ihn bis ins Foyer hören konnte: «Das ist das Totenglöggli.»

Kapitel 24

Der 3. Mai 1959 ging als ein rabenschwarzer Tag in die Geschichte Küssnachts ein. Es brauchte keinen Zeitungsartikel – weder vonseiten des «Freien Schweizers» noch des «Waldstätters» – und ebenso wenig eine Stellungnahme der Schwyzer Kantonspolizei. Die Nachricht, dass drei Männer in der Nacht auf den 3. Mai in einer brutalen Art und Weise ermordet worden waren, die man weder in ihrem tieferen Sinn noch in der technischen Realisierung nachvollziehen konnte, verbreitete sich im Nu. Und der Dreifachmord versetzte Küssnacht in Angst. Die Frauen verriegelten die Türen ihrer Häuser, die Männer luden die Karabiner und die ältesten unter den Küssnachtern verkündeten bereits die Rückkehr dunkler Zeiten, als die Innerschweiz wegen ihrer komplizierten Topografie ein regelrechtes Eldorado für Bettler, Vaganten und Meuchelmörder gewesen war. Die Einzige, die noch unbewaffnet durch das Dorf ging, war das Fräulein Marie-Antoinette, Küssnachts Grabbeterin. Es war die ihr zugetraute Aufgabe, Leichen zu waschen, sie mit ihrem schönsten Gewand zu bekleiden, ihnen Schuhe anzuziehen und sie im schneeweissen, frisch bezogenen Bett aufzubahren. Fräulein Marie-Antoinette hatte weiss Gott schon manch eine Leiche zubereitet, als man ihr aber die neusten drei Leichen zeigte, brach sie ihre Gebete subito ab, spuckte auf den Boden und zündete sich eine Zigarette an. Diese Leichen waren derart flach, dass keine Kosmetik und keine noch so schöne Kleidung mehr hülfen.

Endlich verstanden die Behörden von Schwyz, Luzern und Zug, die bisher noch nicht einmal einen Termin hatten festlegen können, an dem entschieden werden sollte, welches Kriminalkommissariat mit dem Fall betraut werden würde, dass eine Entscheidung getroffen werden musste. Und zwar subito. Die Sicherheitsdirektoren der drei Kantone einigten sich darauf, dass die Schwyzer Kriminalpolizei den Fall übernehmen, die Luzerner Gerichtsmedizin mitsamt dem kriminaltechnischen Dienst als Hilfe zur Seite stehen und die Zuger Polizei bei Bedarf Personal und finanzielle Mittel zur Verfügung stellen sollte. Hauptmann Alois von Rotz wurde kreidebleich im Gesicht, als ihm dieser Entscheid überbracht wurde. Da konnte kein noch so saugfähiges Taschentuch mehr dem Schweissausbruch vorbeugen, weshalb er das Abtupfen gleich bleiben liess.

Der Kanton Schwyz liess sich nicht lumpen, sondern entsandte sofort eine Handvoll Polizisten vom Hauptposten in Schwyz nach Küssnacht und versprach zudem, Personal von den Posten Arth, Sattel, Gersau, Muotathal und von den Ausserschwyzer Posten in Pfäffikon und Einsiedeln abzuziehen. Am liebsten hätten die Schwyzer Behörden gleich auch noch die Armee aufgeboten. Der Vorsteher des Militärdepartements, Bundesrat Paul Chaudet, ging aber gar nicht erst auf diese Anfrage ein. Auch von seinen Kollegen wurde von Rotz nicht im Stich gelassen. Weinzäpflis Arbeit trug Früchte. Zgraggen, Brändli und auch Weinzäpfli selber stellten umgehend Anträge an ihre Vorgesetzten, um von Rotz bei diesem Fall assistierend zur Seite stehen zu können. Immerhin, so das Hauptargument, könne man von einer Mordserie sprechen, deren Ende nicht absehbar sei und kaum Halt an Kantonsgrenzen machen werde. Zug und Bern waren dieser Bitte hantli nachgekommen, wenn auch der Berner Sicherheitsdirektor darauf bestand, dass allerhöchstens eine Handvoll Beamte in Küssnacht bleibe und auf keinen Fall die ganze Belegschaft des Postens Lorraine-Breitenrain. Wer ihnen aber einen Strich durch die Rechnung machte, waren die Luzerner Behörden. Sie lehnten Brändlis Gesuch ab, ohne sich die Mühe zu machen, eine Begründung für diesen Entscheid zu formulieren. Das hatte damit zu tun, dass der zuständige Regierungsstatthalter ein Tubel war, der häufig hemdsärmelig

Erklärungen ohne Substanz herausposaunte. Brändlis Reaktion nach war es vermutlich eine Entscheidung, die die Luzerner Behörden entweder bereuen oder rasch überdenken würden, denn der doch ziemlich rabiate Ex-Doktor verzog sich mit tätschrotem Gesicht kommentarlos in sein Automobil und brauste davon. Weder zur Hauptwache an der Bahnhofstrasse noch zum Gebäude der Kantonalen Verwaltung notabene, sondern zum privaten Wohnsitz des Regierungsstatthalters.

Mit Alois von Rotz und seinen Männern, Isidor Zgraggen, den beiden Küssnachter Polizisten Eichhorn und Seeholzer, einem Dorfpolizisten aus dem Muotathal und den übrig gebliebenen Bernern Friedli, Linder, Chummer und Weinzäpfli quetschten sich letztlich neunzehn Beamte in den kleinen Polizeiposten am Pfarrhausplatz in Küssnacht. Ein durchaus potentes Aufgebot. Was aber fehlte, war die Führung. Von Rotz hielt die Zügel viel zu locker in den Händen, sodass auf dem Polizeiposten bald chaotische Zustände herrschten. Befehle wurden erteilt und zurückgenommen, Beamte herumkommandiert und vermisst, Akten angefordert und nicht gefunden, Telefonate geführt und abgebrochen, Haare gerauft und willkürlich Bleistifte gespitzt. Ziel- und orientierungslos liefen die Herrschaften durcheinander und stiessen dabei immer wieder zusammen wie Billardkugeln. Irgendeinmal wusste der komplett überforderte Küssnachter Polizist aufgrund des akuten Platzmangels nichts Besseres, als die zwei Häftlinge zu entlassen, die in seinen beiden Arrestzellen in Untersuchungshaft hockten. Ein Münzfälscher und der Verleger des «Waldstätters» wohlgemerkt. Chummer schaute dem Spektakel entsetzt, Weinzäpfli neugierig zu. Als Chummer ihn genügend lange flehend bis drohend angeschaut hatte, erbarmte sich Weinzäpfli seiner. Er nickte Linder zu, der umgehend verstand, seine Faust dreimal gegen die Wand knallte, sodass Gips und Mörtel im Raum herumflogen und alle aufgescheuchten Hühner an ihren Platz auf dem Stängeli zurückkehrten, die Köpfe einzogen und schwiegen. Die Aufklärung konnte beginnen.

Kapitel 25

Weinzäpfli hatte die Situation ratzfatz im Griff. Er nahm die beiden Dorfpolizisten Seeholzer und Eichhorn ins Visier: «Herren, können Sie sich bitte im Dorf umhören und herausfinden, wer etwas über die Ereignisse der Nacht weiss? Befragen Sie Arbeitslose, Wirte, Jäger, Bäckermeister und andere Nachtgänger. Sie kennen Ihr Dorf am besten, Sie wissen, wo die Quellen liegen.»

«Ich gehe gleich als Allererstes zum Gasthof Engel. Der Herrgott weiss alles, aber man sagt, der Ängel-Miggel wisse noch mehr», antwortete Eichhorn wie aus der Kanone geschossen und Seeholzer ergänzte ebenfalls etwas übermotiviert: «Und ich befrage jene Casanovas, die sich zu später Stunde mit ihren Gspusis unter die alten Hütten hinter dem ‹Hecht› oder in den Keller der ‹Alten Post› verdrücken.»

Weinzäpfli lächelte ihnen zu.

«Das klingt nach einem formidablen Plan!»

Nun schaute er zu Chummer hinüber: «Zücken Sie Ihre Bleistifte, Herrschaften, mein Kollege Chummer wird ergänzen.»

Chummer trat einen Schritt aus der Deckung und verlor nicht unnötig Zeit: «Um neunzehn Uhr findet im Speisesaal des Hotels Seehof du Lac eine Besprechung statt. Bitte seien Sie dann allesamt vor Ort. Wir müssen möglichst schnell wissen, wer die drei Toten sind, wir brauchen Familiennamen, Vornamen, Alter, Wohnort … so viele Details wie nur möglich halt. Ausserdem benötigen wir Hinweise darüber, ob es Verdächtige oder zumindest eine Gemeinsamkeit zwischen den drei Toten gibt.»

Chummer legte eine Pause ein. Mit Ausnahme des Kritzelns, das die Bleistiftspitzen der Beamten verursachten, die eifrig Notizen nahmen, war es still im Raum. Die Bedingungen waren gegeben, diesem Rätsel mit gebündelter Energie entgegenzutreten. Der Berner Inspektor wandte sich nach rechts, wo Alois von Rotz stand. Es war die stumme Aufforderung, dass auch er seinen Teil ausspräche. Es war wichtig, dass jeder seinen Part verrichtete. Man war eine Gemeinschaft, und nur als Gemeinschaft würde es gelingen, dieses Mysterium zu bodigen.

«Wir gehen derzeit davon aus, dass die drei Morde und der Mord beim Zuggeleise in irgendeiner Art und Weise zusammenhängen.» Kaum hatte von Rotz seinen Satz begonnen, schnellte schon die erste Hand in die Höhe. «Ja, was ist, Ueli?», fragte er irritiert.

«Was, wenn es doch die Rigihexe war?»

Sofort breitete sich Unruhe aus. Es genügte allerdings ein Räuspern Linders, und es war umgehend wieder still.

«Dies ist keine Fragerunde, wir informieren lediglich. Sie führen aus», stellte Chummer klar.

Von Rotz konnte seine Aussage fortsetzen: «Vergessen Sie nicht, auch nach Gemeinsamkeiten mit unserem ersten Opfer, der Zug-Leiche Hans Bütler, zu suchen. Alles, was wir über die Opfer in Erfahrung bringen, tragen wir dort zusammen.» Er zeigte auf ein Papier an der Stellwand und spielte den Ball Zgraggen zu.

Zgraggen träppelte nervös von einem Fuss auf den anderen. Da war er unerwartet in einen Dreifach-, ach was, Vierfachmord gestolpert, in einen Mord, der über die Kantonsgrenzen hinaus für Furore sorgte – und nun sollte er an der Aufklärung mitwirken, ja gar eine Führungsrolle übernehmen! Das war seine Chance, sich unter Beweis zu stellen – und vieles zu lernen! Er war tubetänzig wie das Rüebli im Hasenstall. «Aufgrund dessen … ähh … dass das erste Opfer in der Weggenfabrik in Meggen arbeitete und anderer … ähh … Umstände … bitten wir Sie, auch den Vorfall der vergifteten Weggen nochmals unter die Lupe zu nehmen», staglete er.

Die Polizisten verstauten ihre Notizhefte, und während der darauffolgenden Minute schwenkten ihre Köpfe ziellos hin und her. Sie waren wie Kompasse, deren Nadel gestört wurde und die deshalb ihre Pole nicht fanden. Doch mit dem Verlauf der Sekunden wurden die Bewegungen langsamer, und irgendeinmal zeigten alle Nasen zu Weinzäpfli. Er, der keinen Wert auf Autorität legte, wurde in Krisensituationen als Anker wahrgenommen. Er war der Pol, nach dem man sich ausrichtete. Er war es, von dem man das Schlusswort erwartete.

Weinzäpfli schien diesen Umstand weder mit Erstaunen noch mit besonderem Stolz zu registrieren. Er lehnte mit der Körperspannung eines Härdöpfelsacks an der Wand des Polizeipostens, eine Hand hinter dem Kopf, die andere einen Bleistiftstummel balancierend, und hatte weiterhin sein entspanntes, leicht dümmliches Lächeln aufgesetzt. Doch er enttäuschte den Trupp nicht.

«Meine Herren …», sprach er, wie wenn er geahnt hätte, diese Worte aussprechen zu müssen, «hundertfünfundneunzig Minuten ab jetzt, der Countdown läuft.»

Kapitel 26

Rund eine Stunde war vergangen. Zgraggen, von Rotz und Chummer waren mit der Ausarbeitung des Einsatzplans beschäftigt, Weinzäpfli studierte eine Karte des Bezirks, der Muotathaler Dorfpolizist Manfred Räber-Betschart diktierte und Friedli verfasste das Protokoll, da wurde die Eingangstür aufgerissen und Alois Eichhorn stürmte in den Raum, Wachtmeister Balthasar Seeholzer im Schlepptau. Er eilte quer durch den Polizeiposten, schrieb drei Namen auf Zettel und pinnte sie an die Korkwand. Von Rotz unterbrach sein Gespräch.

«Was gibt's, Kollege?»

Eichhorn verzog das Gesicht zu einer Grimasse, die keine klaren Rückschlüsse auf seine Befindlichkeit zuliess, aber mit Sicherheit nicht normal war. Etwas musste vorgefallen sein, das war von Rotz sofort klar. Und dieses Etwas wollte aus dem Innern dieses Menschen drängen, konnte es aber nicht ohne initiale Unterstützung. Von Rotz musste gewissermassen der Zeigefinger sein, der im Rachen des Grippebefallenen das Gurgeli kitzelte. Der Schwyzer Kriminalpolizist legte Eichhorn die Hand auf die Schulter und nickte ihm aufmunternd zu. Das reichte.

«Wir haben die Namen …», würgte Eichhorn hervor.

Naadisnaa verstummten alle im Raum. Die Blicke schwenkten in die Richtung der Korkwand. Friedli las die Namen laut herunter.

«Klaus Chäppeli, Sämi Holzgang, Josef Kälin.»

Der Moment, in dem zunächst identitätslose Tote auf einmal einen Namen erhielten, war meist beklemmend für die Ermittelnden. Wenn man diesem Beruf nachging und nicht ein Psychopath erster Güte war, so war es für das Gemüt wesentlich einfacher, solange die Leichen keinen Namen und erst recht keine Gesichter besassen. Es gehörte aber zum Beruf dazu, sich Toten mit Namen und Gesicht zu stellen. In ihrem Metier ging es um Menschenleben. Um nicht widerrufbare Schicksale. Reparaturen waren hier nicht möglich. Es ging bestenfalls um eine mehr oder weniger gewisse Erhellung vergangener Umstände. Wie viel diese Erhellung den Hinterbliebenen tatsächlich brachte, konnte zu Recht in Frage gestellt werden. Schliesslich war es aber wohl auch schlichtweg zur Erhaltung des Rechtsstaates notwendig, dass möglichst viele Morde lückenlos aufgeklärt wurden.

«Stammen alle drei aus Küssnacht? Sind sie aus der gleichen Familie? Oder gibt es andere Gemeinsamkeiten? In welcher Verbindung standen sie zu Hans Bütler, der Zug-Leiche? Gibt es da überhaupt eine Verbindung? Und wann sternenföifi gibt es ein Käfeli, und wenn ja, mit oder ohne Seitenwagen?», ratterte Manfred Räber-Betschart in einem so hohen Tempo, dass die Schallwellen sich gegenseitig überholten, ineinander verhedderten und einen zwar grundsätzlich verständlichen, aber dennoch überfordernden Redeschwall verursachten.

Verblüfft betrachteten ihn die anderen. Jetzt verstanden sie, warum man ihn im Muotathal hinten den Maschinegweer-Räber nannte. Für all die Fragen hatte er so viel Zeit gebraucht, wie manch einer für die ersten zehn Silben eines einzigen Satzes aufgewendet hätte.

Räber merkte umgehend, dass er vorgeprescht war. Er hob entschuldigend die Hände und tat dann so, wie wenn er sich selber mit einer Peitsche kasteien würde. Niemand nahm es ihm übel. Glatte Cheibe verzieh man vieles. Friedli entwich sogar ein kurzer Lacher.

«Alles gute Fragen, mein Lieber, aber zu viele aufs Mal», hielt Weinzäpfli fest: «Bitte der Reihe nach, Kollege.»

Eichhorn ächzte. Die Köpfe drehten sich wieder zu ihm. Die Spannung stieg. Chummer half nach.

«Wohnten die Toten hier im Dorf?»

Der Küssnachter Dorfpolizist nickte.

«Stammen sie aus der gleichen Familie?»

Jetzt schüttelte er vehement den Kopf. «Nein, das nicht. Aber die Gemeinsamkeit … oder sagen wir besser eine Gemeinsamkeit … ich kann sie Ihnen nennen.»

«Und was ist diese Gemeinsamkeit?» Chummers Tonfall war scharf wie eine Rasierklinge.

Der Dorfpolizist senkte den Blick. «Also es ist eben keine Gemeinsamkeit zwischen allen … Aber … ähh … Sämi

Holzgang und Josef Kälin … Jeder hier kennt sie … und was sie verbindet, ist, dass sie beide langjährige Arbeiter in der Glashütte waren.»

Stille breitete sich aus. Man wusste nicht, ob diese Verbindung etwas taugte. Eichhorn lief rot an im Gesicht.

«Gute Arbeit, ich danke Ihnen. Was können Sie uns über den Dritten sagen, den Hausi Tschäppeli?», fragte Weinzäpfli.

«Klaus Chäppeli!», korrigierte Zgraggen und zeigte etwas vorwurfsvoll auf die Korkwand, auf der die Namen aller Toten in Grossbuchstaben standen. Weinzäpfli musterte ihn mit seinen grossen Augen.

«Ich musste raten, zu viele Buchstaben, die ich nicht kenne», sprach er hinter vorgehaltener Hand zum Kollegen aus Zug. Und damit war dieser schachmatt gesetzt – hin- und hergerissen zwischen Ungläubigkeit und Entgeisterung.

Jetzt ergriff Seeholzer das Wort. «Chäppeli war etwa gleich alt wie die anderen beiden. Er ist hier geboren worden, Sohn eines Schuhmachers und einer Bauerntochter, war häufig im ‹Widder›-Saal anzutreffen, liebte Filme …», fasste er aus dem Stegreif zusammen.

«Wo hat er gearbeitet?», drängelte Chummer.

«Er half viele Jahre auf dem Hof des Chäsli-Mänz aus, arbeitete aber seit einiger Zeit auch als Hilfskraft in der Weggenfabrik.»

Von Rotz schnappte nach Luft.

«Wie unsere Eisenbahnleiche», japste er.

«Wie unsere Eisenbahnleiche», bestätigte Zgraggen. Er hatte die Frage fallengelassen, ob der Berner Hauptkommissar tatsächlich nur die ersten sechzehn Buchstaben des Alphabets beherrschte, wie man munkelte und er soeben selber angedeutet hatte.

Friedli trat an die Korkwand und visualisierte die Erkenntnisse, indem er einen roten Faden zwischen Hans Bütler und Klaus Chäppeli spannte und einen blauen zwischen den beiden anderen Toten. Dann schrieb er «Glashütte» und «Weggenfabrik» auf zwei neue Zettel und befestigte den ersten über Sämi Holzgang und Josef Kälin und den zweiten über den beiden anderen Ermordeten. Wortlos betrachtete man die Ergebnisse aus der Distanz.

«Aber was ist die Gemeinsamkeit zwischen allen vieren?», murmelte von Rotz und schüttelte den Kopf, sodass sein Hals, der direkt beim Kinn ansetzte und eine konvexe Linie bildend bis zum Jochbein führte, hin und her schwabbelte.

Niemand antwortete. Linder setzte sich auf ein Pult. Es quietschte bedrohlich. Ansonsten war es still.

«Nun gut …», durchbrach Weinzäpfli die Stille. «Von Rotz, halten Sie hier bitte die Stellung. Wimmeln Sie Zeitungen ab, lullen Sie unruhige Politiker und Behörden ein, beruhigen Sie besorgte Bürger. Halten Sie uns den Rücken frei. Ach, und sammeln Sie bitte die eingehenden Berichte, damit sie Friedli heute Abend resümieren kann.»

Weinzäpfli packte Friedli am Arm. «Im Moment brauche ich Sie grad noch anderswo.»

Friedli nickte. Der Berner Hauptkommissar richtete sich wieder an von Rotz und fuhr fort: «Der Maschinegweer-Räber bleibt zur Unterstützung bei Ihnen. Er soll das Telefon hüten. Bombardieren Sie die Anrufer zwar mit den Informationen, aber zu schnell, als dass sie mitschreiben könnten. Sie werden viel zu tun haben. Kollege von Rotz, am besten besorgen Sie einen zweiten Telefonanschluss, der Räber wird sicherlich auch mit zwei Apparaten fertig.»

Von Rotz und der Räber zeigten mit ihren Daumen nach oben.

«Und der Rest teilt sich auf.» Weinzäpfli schaute in die Runde. «Sie, Gödel und Zgraggen, nehmen das Auto und fahren nach Meggen zur Weggenfabrik. Informieren Sie den Chef über den Tod Tschäppelis und finden Sie heraus, was wir über die zwei ermordeten Arbeiter wissen müssen, insbesondere, ob sie miteinander in Kontakt standen.»

«Chäppeli!», korrigierte Zgraggen leise.

«Linder, Sie kommen mit mir zur Glashütte! Friedli, Sie weisen uns den Weg. Er lässt sich ja hoffentlich ohne Auto bewältigen?» Weinzäpfli zwinkerte Linder zu und dieser grunzte erheitert.

Beim Gedanken an die Glasi wurde Friedli von einem unguten Gefühl befallen. Trotzdem nickte er.

«Aber klar, Chef.»

Die Polizisten wollten gerade ausschwärmen, da stiessen sie auf der Treppe wider Erwarten auf Oberleutnant Brändli.

«Oh, Sie sind zurück?», fragte von Rotz erstaunt.

Brändli blieb stehen. Man merkte, er wollte nicht darüber reden.

«Ich habe das hier mitgebracht.» Brändli streckte den anderen eine dünne Akte entgegen. *Vergiftete Weggen in Meggen* stand in Maschinenschrift darauf.

Kapitel 27

Brändli fuhr Chummer und Zgraggen in einem Dienstwagen, einem Jeep-Stationswagen der Marke «Willys-Overland», nach Meggen. Den genauen Plan liess er sich auf der Fahrt dorthin erklären, die rund eine halbe Stunde dauerte.

Die Weggenfabrik befand sich ausserhalb des Dorfes in einer ringsum bewaldeten Senke und war viel grösser, als die drei sie sich vorgestellt hatten. Es war nicht einfach ein speziell grosser Bäckersbetrieb. Es war eine richtige Fabrik. Mitsamt turmhohen Schornsteinen, die ungesund anmutendes Gewölk in den Himmel spien. Die Belegschaft zählte gegen einhundert Mann, die tagtäglich mehrere Tonnen Gebäck produzierten, darunter die berühmten Luzerner Birnenweggen. Von der Romantik, die man Bäckereien und der Arbeit von Bäckermeistern andichtete, war hier nichts mehr übrig. Man suchte auch vergeblich nach Bäckermeistern und Bäckersgehilfen, die gab es nämlich nicht. Dafür wimmelte es von Arbeitern in Kitteln, mit Schutzhandschuhen und Hauben, die einander ähnlich waren wie eine Schraube der anderen. Sie verrichteten ihre zwar nicht sonderlich anstrengende, dafür aber eintönige Arbeit im Schichtbetrieb. In den Öfen brannte rund um die Uhr das Feuer, die Fliessbänder standen niemals still, und jeden Abend fuhren reihenweise Lastwagen von Meggen aus in die ganze Schweiz.

Der Chef der Fabrik hiess Georges Barmettler. Er holte die Kriminalpolizisten persönlich am Eingang ab und führte sie boghälselig durch das Labyrinth, dem die Produktionsanlage gleichkam, bis in sein geräumiges Büro im zweiten Stock, von dem aus man nichts anderes sehen konnte als eine Wand aus Fichten und Weisstannen. Barmettler hatte bereits Kenntnis von den Todesfällen. Mehr als Trauer war es aber Wut, die seine Gefühlslage zu beherrschen schien. Der grossgewachsene Herr mit dem eng anliegenden Anzug, dem rastlosen Gesichtsausdruck und dem viel zu grossen Siegelring, der seinen rechten Mittelfinger zierte, war stinkhässig darüber, dass man zwei seiner besten, langjährigen Mitarbeiter getötet hatte. Er machte auch keinen Hehl daraus, dass es nicht das Schicksal der Personen an sich war, das ihn erzürnte, sondern der Umstand, dass ihr Ausfall seinen Betrieb Hunderte von Franken kosten würde. Ein Unmensch sei er nicht, auch das stellte er klar. Er habe den Angehörigen bereits Kondolenzschreiben, Kränze und das Versprechen übermittelt, dass der Betrieb für die Bestattungskosten aufkommen werde. Aber er sei halt Unternehmer. Und das Überleben seiner Fabrik sah er akut bedroht. Von Neuem. Und hier wirkte der Chef der Weggenfabrik gar etwas hysterisch. Er war der Überzeugung, dass die Gewalttat nicht den Arbeitern, sondern ihm galt. Oder besser gesagt seiner Fabrik. Das war der Moment, in dem die Kriminalbeamten erstmals ihre Notizblöcke zückten. Jemand mochte ihm den Erfolg nicht gönnen, dessen war sich Barmettler sicher. Noch sicherer, als er es bereits im März gewesen war, als Unbekannte seine Weggen mit Gift kontaminiert hatten. Innerhalb von nur wenigen Tagen waren zwei seiner Mitarbeiter getötet worden. Das konnte kein Zufall sein. Der Patron liess seine Fäuste mehrmals hintereinander auf den Schreibtisch knallen, sodass die schier mannshohen Papierberge bedrohlich ins Wanken gerieten und Zgraggen vor Schreck der Bleistift zu Boden fiel.

«Haben Sie denn eine Vermutung, wer hinter den Vergiftungen und den Morden stecken könnte?», wollte Chummer wissen.

Barmettler grinste breit. Das Grinsen passte nicht zur Situation.

«Hören Sie, Herrschaften, es ist so …», klärte er die Polizisten auf. Sein Tonfall hatte etwas Besserwisserisches. «Meine Fabrik hat die Konkurrenz, wenn man sie grosszügigerweise als das bezeichnen will, reihenweise in den Ruin getrieben. Diejenigen, die es noch gibt, kämpfen ums Überleben wie Fische in einer verdunstenden Glungge. Einige ehemalige Bäckermeister verrichten ihre Lohnarbeit mittlerweile sogar bei mir. Es gibt in jedem Dorf im Umkreis von einhundert Kilometern wohl eine Hampfele Leute, die mich am liebsten töten würden.»

Das Grinsen wich nicht aus Barmettlers Gesicht. Er schien offenbar stolz darauf zu sein, von so vielen Menschen umgeben zu sein, die ihn sich in die Hölle wünschten.

Barmettler bemerkte die irritierten Blicke, machte beschwichtigende Gesten und fuhr fort: «Ich habe das nicht gern getan, aber es ist nun mal der Zahn der Zeit. Die Produktivität dieser kleinen Einrichtungen ist zu gering, die

Betriebe sind nicht rentabel, die Bäckereien nicht überlebensfähig. Ich kann es den armen Kerlen nicht verübeln, dass sie mich verabscheuen, aber sie verstehen nicht, wer tatsächlich für die Tragödie verantwortlich ist. Sie haben es verpasst, mit den Entwicklungen Schritt zu halten, und wurden von der Zukunft zerquetscht wie die Frösche unter den Autoreifen.»

Der Chef der Weggenfabrik neigte offenbar zu Sprachbildern, in denen Tiere kläglich verendeten – eine beängstigende Marotte wie Zgraggen fand.

«Haben Sie einen konkreten Verdacht?», insistierte Chummer unbeeindruckt. «Gibt es Personen, denen Sie es zutrauen, dass sie diese Morde vollbracht haben?»

Barmettler wurde nachdenklich. Es verging eine Minute, während der er schwieg. Von der Grossmäuligkeit blieb nicht mehr viel übrig. Die Brutalität der Morde passte nicht zum Motiv, das war Barmettler wohl bewusst. Und sowieso: Warum würde der Mörder dann nicht direkt ihn aus der Welt schaffen, wenn er letztlich doch die Fabrik eliminieren wollte? Warum ermordete er die Arbeiter? Darauf hatte Georges Barmettler keine Antwort.

Über die beiden Opfer, Hans Bütler und Klaus Chäppeli erfuhren die Kriminalpolizisten wenig. Obwohl sie zu seinen langjährigen Mitarbeitern zählten, hatte Barmettler unter dem Strich keine Ahnung, wer sie gewesen waren. Was er wusste, war, dass beide ihre Produktivität im vergangenen Quartal im Vergleich zum Vorjahr um ungefähr einen Achtel verbessert hatten. Dies waren die Kategorien, in denen er dachte, und dies waren die Antworten, die man von ihm bekam. Seine Mitarbeiter waren für ihn Zahlen, weitere Dimensionen gestattete er ihnen nicht.

Als man sich von Barmettler verabschiedete, stiess dieser ein letztes Mal einen Schwall an Flüchen aus und drohte mit dem Wegzug in die Westschweiz, wo die Menschen zwar sprächen, als ob sie bei der Geburt auf den Kopf gefallen wären, dafür gebe es, so seine Meinung, viel weniger von diesen engstirnigen und kleingeistigen Neidern, die es nicht ertragen könnten, wenn einer sie überflügle.

Joseph Brändli nahm auf dem Fahrersitz seines Wagens Platz, schlug die Tür zu, und noch ehe er den Motor startete, meldete sich der Doktor in ihm zu Wort.

«Eines ist klar, dieser Mann wird nicht alt werden, wenn er nicht schleunigst lernt, wie man verhindert, wegen jedem Mückenfurz einen Wutanfall zu erleiden», murrte er.

Es war eine denkbar ironische Einsicht, wenn man bedachte, dass gerade Brändli sie gebar.

Kapitel 28

Im Gegensatz zum Chef der Weggenfabrik in Meggen war jener der Glasi richtiggehend aufgelöst. Die Todesfälle hatten ihn aus der Bahn geworfen. Er empfing die drei Beamten in seinem Büro und liess sich dann gleich wieder in seinen Sessel fallen. Darin hing er in den folgenden Minuten wie ein ausgehängtes Hängeregister. Irgendwann trat ein Assistent in das Büro und überbrachte den Polizisten die verlangten Personalakten. Doch selbst wenn sie daraus einiges mehr über die beiden verstorbenen Angestellten in Erfahrung bringen konnten als ihre Kollegen in Meggen, war auch der Chef der Glasi nicht in der Lage, konkrete Verdächtige zu nennen. Es müsse, so meinte er, um etwas Persönliches gegangen sein. Dass es mit der Glasi zu tun hatte, konnte er sich nicht vorstellen. Dazu gab es schlichtweg weder einen Grund noch Anhaltspunkte. Auf die Frage, ob Holzgang und Kälin in irgendeiner Form miteinander zu tun gehabt hätten, schüttelte er nur den Kopf. Sie seien zwei Küssnachter gewesen, die seit sehr vielen Jahren in der Glasi gearbeitet hätten.

Davon abgesehen könne er sich aber an keine Gemeinsamkeit erinnern. Er habe sie auch nie zusammen privat schwatzen oder Zeit verbringen sehen.

Die drei Beamten bedankten sich für die Unterstützung und wollten ihm zum Abschied der Reihe nach die Hand schütteln. Als Weinzäpfli aber merkte, dass er nur schon bei seinem Händedruck – der ja weiss Gott nur eine mehrbessere Berührung war, weshalb man auf dem Posten Lorraine-Breitenrain auch vom «toten Fisch» sprach – bimene Haar aus dem Sessel fiel, zog er Friedli und Linder an den Ärmeln aus dem Büro und verhinderte damit, dass der Chef der Glasi spätestens von der Pranke Linders zerquetscht worden wäre.

Wie Friedli bei seinem ersten Besuch waren auch Weinzäpfli und Linder fasziniert, als sie durch die riesige Halle mit der Unzahl an Apparaturen, mit dem Lärm und den diszipliniert ihre Routinen abwickelnden Männern gingen. Auf den Weg zum Ausgang sprachen sie einige der Arbeiter an. Sie erhofften sich dadurch etwas über die beiden Opfer Holzgang und Kälin zu erfahren. Das Unterfangen erwies sich aber nicht nur wegen des Lärms als schwierig. Viele verstanden offenbar die Sprache gar nicht. Sie stammten aus Italien, Spanien oder der Türkei. Erst beim sechsten oder siebenten Versuch stiessen sie auf einen Deutschen, der zwar bereitwillig Auskunft gab, die beiden Verstorbenen aber nur flüchtig gekannt hatte.

Plötzlich entdeckte Friedli den Gössi Hans-Peter, der gerade die Toilette verliess, und zerrte Weinzäpfli am Ärmel zu ihm hin.

«Chef, das ist der Gössi Hans-Peter, er war früher mal der berühmteste Leiternbauer weit und breit», machte er die beiden bekannt. Sie schüttelten sich die Hände und Weinzäpfli befragte auch Gössi zu Holzgang und Kälin.

Während die beiden miteinander sprachen, studierte Linder etwas überfordert, aber durchaus interessiert die vollautomatische Glasblasmaschine. Friedli seinerseits blickte sich immer wieder in alle Richtungen um. Und er tat es wohl in auffälliger Weise. Beim Verlassen der Fabrik fragte ihn Weinzäpfli nämlich, was er gesucht habe. Friedli schilderte ihm die Begegnung mit dem ehemaligen Chlaus von Küssnacht. Das Detail, dass er ihm mächtig Angst eingejagt hatte, liess er aus.

Sie hatten das Fabrikgelände gerade erst verlassen, da glaubte Friedli für einen kurzen Augenblick das Antlitz vom Chlaus hinter der Scheibe im Gebäude gegenüber der Fabrik aufblitzen gesehen zu haben. Er blieb wie angewurzelt stehen und starrte zum betreffenden Fenster hoch. Doch da war das Gesicht wieder weg. Und es blieb weg, sodass Friedli nicht mehr mit Sicherheit wusste, ob er es sich nur eingebildet hatte. Der Augenblick reichte aber aus, um sein Gemüt für den Rest des Tages mit einem Schatten zu belegen.

Kapitel 29

Wie frischgebackene Erstklässler hockten die Polizisten hinter ihren Pulten, brav, hilf- und harmlos. Friedli hatte seinen Bericht eben erst beendet. Die Erkenntnisse waren dürftig. Weder die Besuche in der Weggenfabrik und in der Glasi noch der Bericht der Gerichtsmedizin hatten zu nennenswerten Fortschritten in der Ermittlung geführt. Wie Hans Bütler waren auch Klaus Chäppeli, Sämi Holzgang und Josef Kälin offenbar unbescholtene Bürger gewesen, von denen kein Bekannter oder Verwandter auch nur jemanden aufzählen konnte, der ihnen gegenüber Groll gehegt, geschweige denn ein Interesse daran besessen hätte, sie aus der Welt zu schaffen. Die Polizisten wussten nicht, wie es weitergehen sollte. Deshalb schauten sie allesamt verstohlen zu Weinzäpfli, der neben Friedli stand. Schon wieder lagen die kollektiven Erwartungen auf ihm vereint. Das verwirrte den Berner Hauptkommissar. Wie rasch Menschen doch nur ihre Verantwortung abgaben. In seinen Augen war diese Haltung gefährlich. Sie machte aus autonomen Wesen Schafe. Herdentiere, die mangels Eigeninitiative zwar keine Fehler begingen, mit dem Verzicht auf die Möglichkeit, Fehler zu machen, aber auch einen Teil ihres Menschseins beerdigten. Weinzäpfli wollte keine Schafe in seiner Mannschaft und er wusste ohnehin nicht, was er den Schafen hätte geben können. Er selber stand genauso im Schilf, nur ging er anders mit der Situation um. Wer im Schilf stand, war seiner Meinung nach nicht gut beraten, abzuwarten, dass das Schilf sich freiwillig vor ihm verneigte und den Ausweg offenbarte. Wer im Schilf stand, der musste vielmehr losstampfen. Und dabei riskieren, nass zu werden. Hauptsache hü-gib-ihm. Man hatte nicht die Weli.

Weinzäpfli suchte den Raum nach seinem Assistenten Chummer ab. Wenn es einen gab, der nicht mit der Herde ging – jemanden, der so widerspenstig war wie eine Büroklammer im Klettverschluss –, dann war er es. Und tatsächlich: Inspektor Gottfried Chummer sass in der hintersten Reihe, ein längst erloschenes Zigarettli im Mundwinkel. Seine Augen arbeiteten sich gerade durch die Seiten der Akte zu den vergifteten Weggen, die Brändli aus Luzern mitgebracht hatte. So als ob er den Blick seines Chefs gespürt hätte, hob er den Kopf. Und auch wenn Chummer weiss Gott kein Menschenkenner war, hatte er die unterschiedlichen Blicke seines Chefs in der Vergangenheit genügend oft erlebt, sodass er in diesem Moment zwar nicht wusste, was Weinzäpfli dachte, aber sehr wohl verstand, was er von ihm wünschte. Chummer erhob sich aus seinem Stuhl und ging nach vorne zu seinem Chef. Die Dielen knarrten unter seinen schweren Stiefeln.

«Ich schlage vor, dass wir bei den Fakten bleiben», sprach er zur Mannschaft. «Vier Menschen sind gestorben, einer höchstwahrscheinlich in der Nacht auf den 1. Mai, drei weitere gestern Nacht. Allen ist gemein, dass sie flach gedrückt aufgefunden wurden, eine Tötungsart, die uns in dieser Form unbekannt ist. Man hat mir bestätigt, dass weder die Gerichtsmediziner in Bern noch jene in Luzern, Schwyz oder Zug in ihren Archiven einen vergleichbaren Fall finden konnten. Von den vier Getöteten arbeiteten zwei in der Weggenfabrik in Meggen und zwei in der Glashütte hier in Küssnacht. Befreundet waren sie untereinander nicht. Man kannte sich, das war's aber auch schon.»

Ein Nicken ging durch die Reihen. Die Polizisten waren dankbar für diese klaren Aussagen. An ihnen gab es nichts zu rütteln. Das war der feste Grund, auf dem sie ohne Furcht gehen konnten. Der nächste Schritt allerdings führte hinaus in die Sümpfe.

«Eine noch offene Frage ist ...», Chummer zögerte einen Moment, «ob die Morde mit der Vergiftungswelle zusammenhängen, die sich im März in dieser Region ereignet hat. Es ist eine Spur, der wir sicher nachgehen sollten.»

Chummer hielt die Blätter in die Höhe, die er zuvor studiert hatte, wandte sich an Brändli und fragte: «Oberleutnant, Sie haben sich diesen Bericht bereits vorgenommen, nicht wahr? Er ist relativ umfangreich und ich konnte den Inhalt bisher nur überfliegen. Enthält er Ihrer Meinung nach etwas, was uns weiterbringen könnte?»

Weinzäpfli lachte in sich hinein. Ein geschickter Schachzug! Chummer wurde offenbar auch im Umgang mit Menschen allmählich besser. Es war sonnenklar, dass Chummer den ganzen Bericht studiert und keinesfalls nur überflogen hatte. Aber er wollte die Mannschaft wecken, indem er sie teilhaben liess, ihnen Autonomie vortäuschte. Er rüttelte die

Schafe wach. Brändli erhob sich sofort. Er kannte den Inhalt des Berichts à fond.

«Der Mathematikprofessor Professor Doktor Doktor Gugger-Flöss, der den Bericht verfasst hat, konnte darin nachweisen, dass alle Menschen, die sich im März eine dieser üblen Vergiftungen zugezogen hatten, zuvor eine in der Fabrik in Meggen produzierte Birnenwegge gegessen hatten. Das Gift liess sich sogar in einigen Birnenweggen nachweisen und bestimmen. Da es sich um eine Substanz handelte, die weder in der Produktion noch in der Wartung und Reinigung der Maschinen gebräuchlich ist, lag die Schlussfolgerung auf der Hand, dass jemand die Birnenweggen mutwillig mit Gift angereichert hatte, wohl um damit Schaden anzurichten.»

Brändli verstummte.

«Und weiter?»

Friedli konnte nicht glauben, dass eine Ermittlungsakte so endete. Brändli grunzte verstimmt.

«Nichts weiter. Das ist, was im Bericht steht. Die restlichen Seiten sind vollgeschrieben mit Berechnungen, komischen Sternkarten, Tabellen, Gleichungen und Karten, die der Professor dem Bericht als Belege für seine Schlussfolgerungen beigelegt hat.»

«Aber was wurde aus den Ermittlungen?», hakte Friedli nach. Brändli fixierte ihn streng.

«Es gab keine Ermittlungen …», stellte er klar. «Herren, Sie vergessen, dass man anfänglich noch keine Ahnung hatte, woran genau die Menschen erkrankten. Man hatte deshalb auch nicht der Polizei, sondern besagtem Wissenschaftler den Auftrag erteilt, nach der Ursache zu suchen. Er war es, der die Spur bis zur Fabrik in Meggen zurückverfolgte. Doch als sein Abschlussbericht vorlag, hatten die Vergiftungen bereits wieder aufgehört. Unser Polizeikommandant lehnte die Verantwortung für den Fall deshalb ab, er hatte schlichtweg keine Priorität mehr. Und das Ganze ging vergessen.»

Von Rotz seufzte.

«Also bringt uns die Akte auch nicht weiter.»

Brändli setzte sich wieder hin. Wirklich zufriedener wirkte er nicht. Kaum hatte er Platz genommen, zuckte Weinzäpfli zusammen. Seine beiden Zeigefinger schnellten zeitgleich in die Höhe und er sprach mit sperrangelweit aufgerissenen Augen: «Jage nicht dem Rauch nach, wenn du das Feuer suchst.»

Weinzäpflis Bemerkung kam unerwartet, sogar für ihn selber. Wieder waren alle Blicke auf ihn gerichtet.

«Wie meinen Sie das?», fragte Zgraggen.

Chummer zog sich mitsamt der Akte an einen Schreibtisch zurück. Er ahnte, was käme, und darauf hatte er keine Lust.

«Das ist eine alte Indianer-Weisheit», erklärte Weinzäpfli.

«Mag sein, aber was wollen Sie uns damit sagen?», hakte Zgraggen nach.

«Was, wenn es nicht die Akte ist, die wir brauchen? Was, wenn es in Tat und Wahrheit der kluge Kärli dahinter ist … Jener Mann, dem es gelang, das Rätsel um die vergifteten Weggen zu lüften?»

Gemurmel setzte ein.

«Vielleicht schafft es dieser Professor Gugger, auch Ordnung in unser Chaos zu bringen. Vielleicht kann er uns den gemeinsamen Nenner zwischen den vier Toten servieren», mutmasste Weinzäpfli.

Zumindest einen konnte er überzeugen. Alois von Rotz richtete sich plötzlich an seinen Kollegen Brändli.

«Können Sie Professor Doktor Gugger zu uns nach Küssnacht einbestellen?», fragte er ihn.

«Doktor Doktor», korrigierte Brändli.

Kapitel 30

Selbst wenn er tief in seinem Innern vermutet hatte, dass die Schicksalsgemeinschaft die ganze Zeit über unvollständig gewesen und vielleicht gerade deshalb in den Ermittlungen nur harzig vom Fleck gekommen war, hätte Weinzäpfli niemals mit der Wendung gerechnet, die die Geschichte am 4. Mai 1959 nahm. Mit Spannung und auch einer Portion Skepsis erwartete man die Ankunft des Professors. Es war aber kein fremder Professor, der kurz nach dem Mittag den Polizeiposten in Küssnacht am Rigi betrat, sondern ein alter Bekannter. Die Herrschaften auf dem Posten erkannten den wirren Alten mit den flaschenbodendicken Brillengläsern umgehend wieder. Auch wenn er nicht seine Läuferkluft, sondern einen zwar abgenutzten und doch vornehmen Anzug mit Weste, kariertem Einstecktuch und einem schmalen Gravättli trug. Brändli und Zgraggen reagierten auf den unerwarteten Besuch wie das Natrium auf das Wasser. Sie machten sich, zischende Laute ausstossend, auf den Weg, um den vermeintlichen Störenfried gleich wieder aus dem Polizeiposten hinauszuwerfen. Im Unterschied zu den beiden realisierte Weinzäpfli, dass er eben nicht nur der OL-Läufer, sondern zugleich auch der fehlende fünfte Deuter war. Und vielleicht sogar der wichtigste obendrauf, denn er war bereits an diesem Fall beteiligt gewesen, als sie alle noch überhaupt nichts von einem Fall gewusst hatten. Weinzäpfli streckte die Arme aus, trennte das Wasser von den vibrierenden Natriumelementen und verhinderte damit die Explosion. Er blickte in die klugen Äuglein, die von der Brille auf die Grösse eines Stecknadelköpfchens zusammengeschrumpft wurden.

«Welch freudige Überraschung, *Sie* sind es?»

Brändli und von Rotz erstarrten. Zgraggen schaute sich hilflos um, Chummer verschränkte nur die Arme. Keiner verstand.

«Glauben Sie nur nicht, ich hätte etwas davon geahnt», antwortete Professor Doktor Doktor Markus Gugger-Flöss und hielt die Hände schützend vor sich. «Ich hatte keine Ahnung, dass die Leiche am Bahngeleise etwas mit meinen vergifteten Weggen zu tun hat. Erst als mir der Herr Kommandant heute Morgen persönlich telefonierte und die Details schilderte, ging mir ein Lichtlein auf … Wenn auch ein nicht besonders zündkräftiges.»

Weinzäpfli nahm den emeritierten Professor am Arm und begleitete ihn an den Tisch.

«Es freut uns, dass Sie sich Zeit für uns nehmen, und es freut uns, dass sie die Runde der Deuter komplettieren.»

Der Professor blickte von Gesicht zu Gesicht.

«Wenn es mir schon möglich ist, dieser Gemeinschaft zur Aufklärung dieses Falles zu verhelfen, dann bin ich selbstverständlich bereit, meinen Ruhestand zu unterbrechen.»

Weinzäpfli schenkte seinem Gast ein Chacheli Kaffee ein. Für sich selber bereitete er ein sogenanntes Eiswässerchen zu. Sein Lieblingsgetränk an warmen Tagen. Hierzu füllte er frisches Leitungswasser in ein Glas, gab einen Sprutz Zitrone bei, fügte ein Minzblatt und einen halben Löffel Honig hinzu und ergänzte den Trunk schliesslich mit einem grossen Eiswürfel.

Als sich auch die anderen Kriminalbeamten zu ihnen an den Tisch gesetzt hatten, fragte der Professor: «Nun, Herrschaften, was wünschen Sie konkret von mir? Bedenken Sie bitte, ich bin in etwa ein so guter Polizist wie OL-Läufer.»

Weinzäpfli stand auf und setzte sich auf die Tischkante, während er in seinem Eiswässerchen rührte, den Blick auf die Stellwände gerichtet, die mittlerweile zu einem Chaos verkommen waren. Jede Menge Blätter und Fotografien, daktyloskopische Auswertungen der Leichen, angepinnte Seiten aus Akten hingen daran, und überall verliefen vermeintlich beliebig farbige Schnüre.

«Sie müssen kein Polizist sein, sie sollen es gar nicht, davon haben wir schon genug …», erklärte der Hauptkommissar. «Sie sollen uns dabei helfen, einen gemeinsamen Nenner zu finden, Ordnung in dieses Chaos zu bringen, Zahlen zu bigelen und die Lösung zu errechnen.»

Gugger stiess einen triumphierenden Laut aus und klatschte in die Hände.

«Na, wenn es das ist, haben Sie den Richtigen an Bord geholt. Es bereitet mir zwar nach wie vor Mühe, wenn ich die Schuhbändel binden oder die Fingernägel der falschen Hand schneiden soll.» Er zeigte den anderen, quasi als Beweis seiner Unfähigkeit, die in der Tat in massakrierter Weise geschundenen Fingernägel und die beliebig und vermutlich unwiderruflich verknoteten Schnürsenkel. «Wenn es jedoch darum geht, Zahlen zu bigelen, dann gibt es im gesamten Einzugsgebiet des Glütschbaches wohl keinen Besseren als mich.»

Weinzäpfli beugte sich zu Chummer vor.

«Ist das Einzugsgebiet des besagten Glütschbaches gross?», flüsterte er ihm ins Ohr.

«Nein», antwortete dieser postwendend.

Weinzäpfli nickte.

Plötzlich ertönte ein Ächzen. Es war Zgraggen. Seine linke Hand hielt das Kruzifix eng umschlossen.

«Wir brauchen den gemeinsamen Nenner, schon verstanden … Aber mal unter uns, wir wissen immer noch nicht mit Sicherheit, ob es einen gemeinsamen Nenner gibt.»

Wie der Hauptkommissar, so war auch Mathematikprofessor Gugger von schon fast nervig optimistischer Natur. Er liess Zgraggens kritischen Einwand keine Sekunde am Leben, sondern schlug ihn sogleich mit einem Satz zurück, der wegen des profund metaphysischen Charakters in Chummer einen Würgreflex provozierte.

«Sie wissen es nicht, teurer Freund, aber wenn Sie gut in sich hineinhören, werden Sie zugestehen, dass Sie es ahnen!

Deuter bedürfen keines Wissens, es ist die Ahnung, die unser Kompass ist.»

Und als ob diese Aussage an sich den legitimen Anwendungsbereich der menschlichen Sprache nicht schon genügend strapaziert hätte, doppelte Weinzäpfli auch noch nach: «Wir ahnen es, wir spüren es. Alle!»

Daraufhin gebar das Gesicht des Professors Markus Gugger ein derart warmes Lächeln, dass dieses im Direktvergleich eine 60-Watt-Birne glatt überstrahlt hätte. Seine Faust knallte auf den Tisch und er befahl: «Her mit dem Material, her mit den Unterlagen. Ich will wärchen, gopfridstärnesiech!»

Und dem Zgraggen verreiste vor lauter Chlupf glatt ein Sprutz Seich ins Unterhösli.

5. bis 12. Mai 1959

Kapitel 31

Für die bunt zusammengewürfelte Ermittlungsmannschaft war es eine Erleichterung, einen Wissenschaftler in den eigenen Reihen zu wissen, der in der Vergangenheit seine Kompetenzen bereits unter Beweis gestellt hatte. Was man aber nicht wusste, war, dass Professor Doktor Doktor Gugger-Flöss kein herkömmlicher Wissenschaftler war. Er behauptete von sich selber unbescheiden, der erste sogenannte Transzendentalmathematiker seit dem grossen Johannes Kepler zu sein, was konkret bedeutete, dass er in seiner Tätigkeit nicht nur vom reinen Verstand Gebrauch machte, sondern darüber hinaus auf dubiose astrologische Theorien und Hilfsmittel aus dem Spätmittelalter zurückgriff. Eine Folge davon war, dass Gugger ausschliesslich nachts und bei unbedecktem Himmel arbeiten konnte und während seiner Berechnungen ständig zu seinem Teleskop rennen musste, das er auf dem Balkon seines Zimmers im zweiten Stock des Hotels Seehof du Lac aufgestellt hatte. Der emeritierte Professor arbeitete zwar Nacht für Nacht durch, das bedeutete aber noch lange nicht, dass seine Aufklärung auch zügig vorankam. Immer wieder verlor er sich in Details, die den Beamten im Hinblick auf den Fall in etwa so relevant zu sein schienen wie gezupfte Augenbrauen für den Löwendompteur. Und weil Gugger wieder und wieder in alte Fahrwasser geriet, arbeitete man letztlich sogar einen Schichtplan aus, der festlegte, welcher Beamte zu welchem Zeitpunkt in seinem Zimmer Wache schieben und dafür sorgen sollte, dass der Professor nicht vom Kurs abkam.

Nach drei Nächten war Gugger immer noch emsig an der Arbeit. Er hatte in keiner Weise an Eifer eingebüsst, wies aber mächtige Tränensäcke, ein bleiches Gesicht und eine leicht belämmerte Miene auf. Doch all den unleserlich bekritzelten Papierbögen zum Trotz verloren die Polizisten allmählich die Zuversicht. Es war eine Erleichterung gewesen, die Verantwortung jemand anderem aufzubürden, doch mit der Verantwortung hatten sie auch ihre Arbeit verloren. Und die Untätigkeit war kaum zu ertragen. Zwar gingen sie die Befunde, Fakten und Akten immer wieder durch, verhörten Familienangehörige, führten in der Glashütte und der Weggenfabrik mehrere Durchsuchungen durch, patrouillierten in der Nacht durch die Strassen oder beschatteten einige Bewohner, die Vorstrafen hatten. Doch es war eine reine Alibiarbeit. Der Auflösung des Falles kam man nicht näher, was unter anderem daran ersichtlich wurde, dass die Stellwände auf dem Polizeiposten unverändert unübersichtlich blieben. Die Zeitabstände allerdings, in denen sie verstimmte bis gehässige Anrufe von den Behörden vierer Kantone erhielten, wurden kürzer. Luzern drohte mit dem Abzug Brändlis, Zug mit negativer Presse, in Schwyz regierte die Panik und Bern sah den Sinn einer längeren Beteiligung nicht ein und setzte eine Gnadenfrist. Zeitweise gingen die Anrufe gar parallel ein. Von Rotz jedenfalls bereute es, einen zweiten Telefonapparat angeschafft zu haben. Den Stimmen der Obrigkeit, die sich nicht gewohnt war, zuzuhören, sondern primär Beanstandungen bellte, war selbst der Maschinegweer-Räber nicht gewachsen.

Zwei weitere Nächte vergingen. Die Kriminalbeamten Brändli und Zgraggen waren tatsächlich auf Befehl ihrer Kommandanten in ihre Reviere nach Zug und Luzern zurückgekehrt; Brändli zähneknirschend, Zgraggen wie ein geschlagener Hund. Die Erfolglosigkeit hatte die Gemeinschaft der Deuter wie eine starke Meeresströmung auseinandergetrieben. Auch die Beamten aus der Ausserschwyz hatte man abgezogen. Das Personal war knapp. Es gab reihenweise Autounfälle aufzuklären, die Verkehrspolizei kam nicht mehr alleine zschlag. Die Berner wussten, dass ihre Tage in Küssnacht ebenfalls gezählt waren, und in ihrer Verzweiflung unternahmen sie ein letztes Ausschwärmen. Unkoordiniert und nur halbbatzig abgesprochen. Friedli suchte den Sidler auf, in der Hoffnung, dem bedeutendsten Verleger in der Ortschaft wären aus anonymen Quellen irgendwelche erhellenden Informationen zugesteckt worden. Linder setzte sich auf die Terrasse einer Beiz und beobachtete stundenlang die Bewohner Küssnachts. Von Rotz hetzte in einem Polizeiwagen rastlos von Luzern nach Schwyz, von Schwyz nach Zug und von dort wieder zurück und versuchte die Kooperation zwischen den drei Kantonen wiederherzustellen. Insgeheim wusste er aber, dass seine Mission erfolglos bleiben würde. Zumindest solange sich nicht ein weiterer Mord ereignete. Bei diesem Gedanken wurde ihm schlecht. Der Bemitleidenswerteste von ihnen aber war Gottfried Chummer. Er hatte den Auftrag gefasst, seinen Arbeitsplatz am Schreibtisch neben dem Professor zu beziehen, um sicherzustellen, dass sich ihr vielversprechendster Hoffnungsträger nicht verlöre. Eine unsäglich langweilige Aufgabe, die Chummer nur widerwillig ausführte, zumal ihm die Methode dieses Transzendentalmathematikers alles andere als wissenschaftlich vorkam.

Der Einzige, der sich nicht in Polizeiarbeit vertiefte, war Hauptkommissar Theobald Weinzäpfli. Nicht nur hatte er keinen Schimmer, in welcher Weise er für die Aufklärung des Falles hätte dienlich sein können, dazu kam, dass er in jeder der vergangenen Nächte von diesem verfluchten Traum heimgesucht worden war, der nicht nur seinen Schlaf störte, sondern ihn vermehrt auch tagsüber nicht mehr losliess. Er verbrachte den Tag damit, in der Gegend herumzuspazieren, die im Vergleich zum ersten Tag in keiner Weise an Faszination eingebüsst hatte. Das Küssnachter Seebecken mit den fruchtigen, blumigen Wiesen, dem traumhaften Panorama, den unzähligen Obstbäumen, urchigen Gebäuden und endlos langen Wanderwegen war ein Stück Himmel auf Erden. Hier schien alles an seinem Ort zu sein, jeder Baum, jedes Haus, jeder Wegweiser und jede Trockenmauer standen genau dort, wo sie zu stehen hatten. Es herrschte eine beruhigende Ordnung vor. Das Chaos hingegen, das befand sich derzeit in seinem Kopf.

Als niemand mehr damit rechnete, im Morgengrauen vom 11. Mai 1959, endete auf einmal das wirre Gemurmel, das während der vergangenen Nächte gedämpft aus dem Zimmer 26 des Hotels Seehof du Lac gedrungen war. Der Füllfederhalter stoppte sein tage- und kilometerlanges Gekritzel und Professor Doktor Doktor Markus Gugger-Flöss sprang abrupt von seinem Stuhl auf, verpasste der Ekliptikscheibe seiner Armillarsphäre einen flotten Stoss und brüllte «Ich habe die Lösung gefunden!» in den noch jungen Morgen. Gottfried Chummer, der über einer Akte eingenickt war, die alle derzeit verurteilten Straftäter im Kanton Schwyz beinhaltete, erschrak dermassen heftig, dass er instinktiv die Pistole zückte und drei Kugeln in sein eigenes Spiegelbild bäfzgerte. Es knallte laut, der Spiegel zerbarst in eintausend Stücke und die beiden Herren betrachteten sich ein paar Sekunden lang entsetzt. Es bedurfte einiger Momente, ehe Gugger sich wieder daran erinnerte, dass er die Lösung des Rätsels, den gemeinsamen Nenner in den Morden von Küssnacht und Meggen gefunden hatte. Er beschloss zu vergessen, dass er fast versehentlich durchlöchert worden wäre, streckte dieses eine letzte Blatt, auf dem die Lösung notiert war, hoch über seinem Kopf in die Luft und verkündete die berechnete Antwort in dramatischem Ton. Sie war kurz. Die unzähligen Stunden, in denen er fein säuberlich Korrelationen berechnet, Planetenbewegungen studiert, Zahlen bigelet, bedingte Wahrscheinlichkeiten errechnet, Horoskope angefertigt und Gleichungen gebodigt hatte, waren in ein einziges Ergebnis, in einen einzigen Namen gemündet. Und dieser Name lautete Benedikt Steinhauser.

Kapitel 32

Das Schicksal konnte ab und zu ein richtig perfider Schafseckel sein. Gerade als die Freude über die zwar langwierige, aber immerhin fruchtbare Berechnung des Professors aufgekeimt war, trampelte besagter Schafseckel das Pflänzchen gleich wieder platt. Noch bevor es ein erstes Blättchen ausbilden konnte. Es ereignete sich ein neuer Mord. Dieses Mal stammte das Opfer aus Weggis, einem Dorf, das zum Kanton Luzern gehörte und am Südwestfuss der Rigi lag. Die Leiche fand man aber wiederum am Dorfrand Küssnachts neben der Landstrasse, die nach Meierskappel führte. Ein mit Namen versehener Ehering hatte es möglich gemacht, den Toten rasch zu identifizieren. Behrli David hiess der Mann, «Bäre-Dävel» wurde er genannt. Sechzigjährig, ebenfalls langjähriger Mitarbeiter der Glashütte, vier Kinder, ursprünglich aus Altdorf, seit über vierzig Jahren wohnhaft in Weggis. Mit dem Mord war die temporäre Lethargie subito wie weggepustet. Panik machte sich dieses Mal aber nicht breit, zumindest nicht unter den Polizisten. Man sah den Mord vielmehr als eine neue Gelegenheit, die Ermittlungen fortzusetzen und dieses Mal hoffentlich auch zu einem Ende zu führen.

Die Erkenntnis des Professors galt es für einen Moment zurückzustellen. Mit dem neuen Toten mussten zunächst einmal andere Sachen prioritär behandelt werden. Nicht unbedingt, weil sie diese Priorität verdienten, sondern weil es Gesetzestexte und Richtlinien so verlangten und Formalitäten abgewickelt werden mussten. Da mit diesem Toten plötzlich auch wieder die Behörden des Kantons Luzern in den Fall verwickelt waren, wurden die Dienstwege in etwa so intransparent wie das Milchbüechli eines Mafiabosses. Die verbliebenen Beamten teilten sich die Aufgaben untereinander auf und doch brauchten sie fast anderthalb Tage, um allen Pflichten nachzukommen. Es war Wachtmeister Balthasar Seeholzer, dem man die Aufgabe erteilte, in der Zwischenzeit den ominösen Steinhauser Benedikt aufzusuchen und nicht mehr aus den Augen zu lassen.

Professor Doktor Doktor Markus Gugger-Flöss blieb dem Ermittlungstrupp erhalten. Er hatte die einerseits schauderhaft präzisen Ergebnisse seiner Untersuchung und die andererseits mysteriös-metaphysischen Methoden ausführlich dargelegt und seinen Vortrag vor den Polizisten mit den mahnenden Worten geschlossen, dass dieser besagte Benedikt Steinhauser zwar jener Faktor gewesen sei, auf den die meisten untersuchten Parameter hindeuteten, dass das aber noch lange nicht bedeute, dass er auch der gesuchte Mörder sei. Obwohl seine Arbeit damit eigentlich erledigt war, machte er keine Anstalten, ins Urnerland und in den Ruhestand zurückkehren zu wollen. Im Gegenteil. Er mietete sich für eine weitere Woche in das Hotel Seehof du Lac ein und verbrachte die Nächte jetzt auf dem Polizeiposten, wo er die neuen Unterlagen studierte, die es zum neuen Toten gab. Ein neuer Toter bedeutete auch eine neue Datenlage; also neue Faktoren, neue Parameter – neues Material für seine Berechnungen. Der Füllfederhalter ging wieder seine weiten, schwungvollen Wege und das meditative Gemurmel erfüllte den Raum.

Es war am Mittwoch, dem 13. Mai, als Isidor Zgraggen und Joseph Brändli von ihren Vorgesetzten endlich die Erlaubnis erhielten, nach Küssnacht zurückzukehren und sich erneut der Mannschaft anzuschliessen, wodurch die Ermittlungen volle Fahrt aufnehmen konnten. Die Mannschaft legte eine weitere Akte an, eine dritte Stellwand wurde neben die beiden anderen gestellt, neue Fäden wurden gesponnen und neue Verhöre durchgeführt.

13. bis 16. Mai 1959

Kapitel 33

«De hends uf Imisee hindereghyd», meinte Balthasar Seeholzer, als ihn Chummer vor versammelter Mannschaft nach dem Wohnort Benedikt Steinhausers befragte. Eichhorn verpasste Seeholzer sofort einen Schlag in die Rippen und erklärte, dass dies eine Redewendung dafür sei, wenn man einen Küssnachter in das Armenhaus in Immensee überwiesen habe. Chummers Blick war finster. Er war schlecht gelaunt. Er ärgerte sich darüber, dass man fast zwei ganze Tage hatte verstreichen lassen, ehe man nun endlich diesen Steinhauser aufsuchen und etwas genauer unter die Lupe nehmen würde. Chummer glaubte immer noch, dass die Methoden Guggers zumindest zur Hälfte esoterischer Schwachsinn waren. Falls Steinhauser aber tatsächlich der Mörder war, hätte er in dieser Zeit ein weiteres Mal zuschlagen können. Dass sie dieses Risiko eingegangen waren, erachtete er als fahrlässig. Dennoch machte Chummer niemandem einen Vorwurf. Seit am Montag die neue Leiche entdeckt worden war, war in ganz Küssnacht und Umgebung das Chaos ausgebrochen. Abgesehen vom «Waldstätter» und dem «Freien Schweizer» berichtete nun auch die nationale Boulevard-Presse über den «Walzen-Mörder aus dem Rigiland», was die Arbeit erheblich erschwerte. Überall lauerten Journalisten, Fotografen und Gaffer. Und die Bevölkerung wurde unruhig. Sie verlangte Antworten. Und sie verlangte Fortschritte.

Es war nur eine kleine Delegation, die sich auf die Reise nach Immensee aufmachte. Von Rotz lenkte das Automobil, das der Kriminalpolizei Schwyz gehörte: einen kleinen Zivilwagen der Marke Volkswagen. Mit ihm fuhren Weinzäpfli, Chummer und Friedli. Am liebsten wären sie alle zusammen nach Immensee gefahren. Aber man beschloss, dass es – wie es Friedli im Berner Volksmund treffend beschrieb – ordentlich neben dem Füdle rausgeschissen gewesen wäre, mit einer fünfzehnköpfigen Entourage an Kriminalbeamten aus vier Kantonen auszurücken, nur um einen alten Mann zu vernehmen, dessen Name die Berechnungen eines wirren Professors mit Hang zur Pseudowissenschaft ausgespuckt hatten. Das leuchtete allen ein.

Steinhauser war im Moment die einzige heisse Fährte, wohl wahr. Bei ihm liefen die Fäden zusammen. Subtrahierte man ihn vom Fall, so blieben wiederum nur zusammenhangslose Morde übrig. Chummer warnte seine Kollegen aber ausdrücklich davor, dass das gemeinsame Auftreten von Gegebenheiten noch lange nicht bedeute, dass auch eine Ursächlichkeit zwischen ihnen bestehen müsse. Aus dem Umstand, dass Steinhauser in beiden Betrieben Hilfsarbeiten verrichtete, durfte nicht ohne Weiteres abgeleitet werden, dass er auch etwas mit den Morden zu tun haben musste. Genauso wenig, wie aus dem Umstand, dass das Wetter schlecht wurde, wenn das Barometer anstieg, folgte, dass das Barometer die Ursache des schlechten Wetters war.

Auf der Fahrt nach Immensee kamen sie an der geschichtsträchtigen Hohlen Gasse vorbei. Als von Rotz erfuhr, dass keiner seiner Mitfahrer jemals die Hohle Gasse beschritten hatte, hielt er den Wagen sofort an, damit sich die Berner diese Sehenswürdigkeit ansehen konnten.

«Nur hurtig! Nur ganz hurtig …», ahmte er ihren Dialekt mit einem Grinsen auf dem Gesicht mehr schlecht als recht nach.

In Chummers Augen war dieser Zwischenhalt Zeitverschwendung. Seine Argumente blieben aber ungehört, und so stieg schliesslich auch er aus, schmallippig und töipelend. Weinzäpfli hörte sich von Rotzens Kurzzusammenfassung gebannt an, als wäre es das erste Mal, dass er von der Legende rund um Wilhelm Tell hörte. Doch auch Friedli, der immerhin ein abgebrochenes Geschichtsstudium vorweisen konnte, lernte Dinge, von denen er nichts gewusst hatte. Unterhalb der Hohlen Gasse lag offenbar eine Flur, die den Namen Galgenried trug, weil dort lange Zeit der Galgen stand, mit dem man Delinquenten früher den Garaus gemacht habe. Ein unheimlicher Gedanke.

Die Polizisten betraten den steinigen und unebenen Weg. Auch wenn sie beim Durchschreiten der Hohlen Gasse ein Gefühl der Ehrfurcht befiel, war es eigentlich eine Farce, denn es war nicht die ursprüngliche Hohle Gasse, die sie begingen, sondern eine Rekonstruktion. Bundesrat Philipp Etter hatte sie 1937 nach altem Vorbild wiederhergestellt. Von Rotz hielt diese Information zurück. Nicht weil er seine Begleiter belügen wollte. Er würde es ihnen später sagen. Beiläufig. Hier und jetzt war nicht der Moment dafür.

Am Ende der Hohlen Gasse befand sich ein Rastplatz mit steinernen Tischen und einer Toilettenanlage, die man für den zunehmenden Touristenaufmarsch gebaut hatte. Auch einen Kiosk gab es. Und eine kleine Kapelle. Chummer nutzte die Gelegenheit, kaufte Tabak und rauchte ein längst fälliges Zigarettli. Von Rotz und Friedli stiegen die Treppe hoch zur Kapelle. Unter dem Vordach war ein Gemälde zu sehen, das Gesslers Tod darstellte. Weinzäpfli interessierte sich nicht für die Kapelle. Er ging an ihr vorbei, um ein Gebüsch herum, hinter dem feine Rauchschwaden aufstiegen, und begegnete einer Gruppe Schüler in Uniform, die auf dem Boden sassen, Zigaretten pafften und in Büchern lasen. Die Knaben lächelten ihm freundlich zu, sagten aber nichts, sondern widmeten sich wieder fleissig ihren Büchern. Weinzäpfli folgte dem Weg auf eine asphaltierte Strasse, die ihn vor ein Gebäude führte, an dessen Seite ein Turm stand. Auf einer Mauer vor dem Eingang sassen zwei Männer, vermutlich waren es Lehrer. Einer von ihnen war kleingewachsen, schlecht rasiert mit leicht dunklem Teint. Der andere in die Länge gezogen mit Brille und elegantem Jackett. Als sie Weinzäpfli bemerkten, wirkten sie überrumpelt. Einen Moment lang tauschten die drei Blicke. Dann zeigte der Kleine entschuldigend auf die Kaffeetasse, die er in Händen hielt. Weinzäpfli grinste.

Kapitel 34

Der Volkswagen hielt auf einem Parkplatz vor dem Hotel Schlüssel. Es nachtete bereits ein, nur die obersten Spitzen des Rossbergs leuchteten zum Abschied des Tages noch kurz auf. Die vier Kriminalpolizisten wurden von einem in totaler Perfektion kahlen Geistlichen in Empfang genommen, der sich als Pater Ammann vorstellte. Er hatte ein freundliches Gesicht und eine zarte Stimme und wippte mit seinem Kopf regelmässig leicht nach vorne, wenn er sprach, was ihn unterwürfiger erscheinen liess, als er in Tat und Wahrheit wohl war. Chummer war er auf den ersten Blick suspekt. Seiner Meinung nach hatte Ammann etwas Heimlifeisses an sich. Der Reihe nach schüttelte er ihnen die Hand und begleitete sie vom Hotel zum Armenheim.

Auf dem Weg erklärte der Pater den Polizisten, dass in diesem Gebäude eine bunte Tschuppelete unterschiedlichster Menschen lebte: Verarmte, Alte, Alkoholiker, Frauen und Männer, Bauern, Arbeiter, Kranke und Tagelöhner. Es gab sogar einige Kinder. Die Kinderabteilung würde aber, so Ammann, in Kürze geschlossen. Auch wenn die Bewohner des Heimes sehr unterschiedlich waren, teilten sie die Eigenschaft, dass sie sich am Rande der Gesellschaft befanden. Vielen von ihnen wurde die Existenzberechtigung abgesprochen. Sie waren eine Belastung für die Gemeindekassen. Das sagte ihnen natürlich niemand direkt ins Gesicht. Aber es war, was viele dachten. Der Pater verblieb in seiner stoischen Haltung, als er ihnen diese Informationen ungefragt mitteilte. Er öffnete das Tor und betrat den grossen Garten, dann senkte er seine Stimme.

«Dieses neue Mödeli, allem ein Preisschild anhängen zu wollen, als wäre es möglich und wünschenswert, dass jedes Ding im Kosmos einen klar bemessbaren Wert besitzt … das geht mir gehörig auf den Zeiger.» Er schüttelte den Kopf. Mit seinen Händen wies er auf das Armenheim und fuhr fort: «Das Tüpfli auf dem i ist, dass man diese Denkweise immer mehr auch auf Menschen überträgt. Alles wird vermessen und bewertet. Plötzlich will man sogar wissen, was denn der Nachbar, die Bäckersfrau oder eben der Vagant im Armenhaus für einen Wert besitze; einen Wert, der bestimmt, ob etwas rentiert, ob etwas zu leben verdient oder nicht.»

Der Pater machte einen kurzen Halt, ging in die Knie und ergriff einen Regenwurm, der verloren auf dem Kiesweg lag, hob ihn hoch und legte ihn im Gras wieder ab. Dann rümpfte er die Nase und drehte sich zu den Polizisten um.

«Ausserdem, was soll es denn sein, was einem Lebewesen Wert verleiht? Die zufällig geerbten Gaben? Die zufällig gerade gefragten Fähigkeiten? Oder der mindestens ebenso zufällige Geburtsort?»

Niemand antwortete. Vor der Treppe zum Gebäude angelangt, blieb Ammann stehen und blickte sie der Reihe nach an. Weil die Polizisten aber beharrlich schwiegen, setzte er seinen Monolog fort.

«Wer die Frage nach dem Wert eines Menschen stellt, hat sich meines Erachtens schon in der Frage auf logische Irrwege begeben, er begeht einen Denkfehler, einen Kategorienfehler.»

Chummer runzelte die Stirn. Einerseits begann er sich zu fragen, was der Pater beabsichtigte; warum er ihnen das alles erzählte. Er wurde den Verdacht nicht los, dass der Mann ein klares, wenn auch geschickt getarntes Ziel verfolgte. Er versuchte sie zu beeinflussen. Andererseits interessierte ihn dieser Kategorienfehler. Ihm war, als ob der Geistliche über ein Phänomen spräche, das auch ihn beschäftigte, für das er bisher aber keine Bezeichnung gekannt hatte: der missbräuchliche Umgang mit dem Instrument der Sprache. Auch wenn Chummer sich ziemlich sicher war, dass die Aufklärung dessen, was ein Kategorienfehler war, auf einer ganz anderen Schiene verlief als die Aufklärung der Morde, war die Neugierde doch zu gross. Er ärgerte sich über sich, schon bevor er die Worte fertig ausgesprochen hatte.

«Was meinen Sie mit ‹Kategorienfehler›?»

Der Pater antwortete mit einer Gegenfrage. Einer sehr eigenartigen Frage, die Chummers Runzeln nur noch tiefer werden liess.

«Wie viele Liter rote Farbe benötigt man, um die Güte Gottes rot einzufärben?»

Das war genau die Art Aussagen, die Chummer zur Weissglut trieben. Er schnaubte verächtlich, antwortete aber nicht.

«Einen Kategorienfehler begeht, wer die Spielregeln der Sprache verletzt, indem er ihre Begriffe in einer Weise verwendet, die nicht zulässig ist. So, wie ich es soeben getan habe», klärte der Pater Chummer auf. Er fuhr sich über die Glatze. «Wir sind alles Gottes Geschöpfe, und was uns ausmacht, ist die Würde, die er uns gab. Und die Würde ist etwas, das man nicht messen, nicht aufsummieren, nicht teilen, nicht verlieren oder verkaufen kann. Eine Schachtel Katzenzüngli beispielsweise kann ich mit dem Lineal vermessen, ich kann Ihnen zwei Schachteln oder drei Schachteln davon schenken, ich kann die Katzenzüngli mit Ihnen teilen oder ich behalte sie für mich. Ich kann die Schachtel beim Einkaufen in Küssnacht liegen lassen, oder ich kann sie Ihnen verkaufen, für fünf Rappen oder zehn. Wenn ich so spreche, so habe ich offenbar keinen Fehler begangen, ich habe mich innerhalb der Spielregeln bewegt, die die Sprache an die Begriffe stellt. Was für Katzenzüngli gilt, gilt aber nicht für die Würde. Sie ist kein Objekt. Wer sie messen und aufsummieren, teilen oder bewerten will, verhält sich wie jemand, der die Menge an roter Farbe berechnen will, die nötig ist, um die Güte Gottes einzufärben. Der Mensch ist keine Ware, ihm kann kein Wert zugeschrieben werden.»

Der Pater hob seinen Kittel etwas an und begann die Treppe zum Armenheim hochzusteigen. Die Polizisten hatten ihm alle zugehört, doch nur einer schien zu verstehen. Für von Rotz waren die Sätze viel zu kompliziert gewesen, er hatte aufgegeben, für Chummer beinhalteten sie zu viele Wörter, deren Bedeutung er nicht unmissverständlich ausmachen konnte, weshalb er sie überhörte und somit letztlich ein für ihn unverständliches Ausstossen von Lauten vernahm. Friedli hatte etwas Rückstand zur Gruppe gehabt und rein akustisch nur die zweite Hälfte der Aussage vernommen. Weinzäpfli aber wurde von den Aussagen des Paters berührt. Er verstand etwas, was er zuvor nicht gewusst, worüber er sich auch noch nie Gedanken gemacht hatte. Die Menschen waren im Begriff, eine fürchterliche Grenze zu überschreiten: die Unterwerfung des Menschen unter das Joch der Zahl. Es blieb ihm aber keine Zeit mehr, um diesem verstörenden Gedanken nachzugehen, denn plötzlich blieb Ammann auf der Treppe stehen: «Wen suchen Sie eigentlich?»

«Den Steinhauser Benedikt!», antwortete von Rotz sofort. «Er müsste um diese Zeit hier sein, hat man uns gesagt.»

Zu ihrem Erstaunen wandte sich Ammann vom Eingang zum Armenhaus ab und zeigte in Richtung Zugersee.

«Herr Steinhauser ist dort auf dem grossen Stein am Ufer, wie fast jeden Abend, und wirft den Fischen Brotfetzen zu.»

Die vier Polizisten drehten sich in die Richtung, in die der Finger des Paters wies, und als Friedli sah, wer er war, dieser Steinhauser Benedikt, schnappte er nach Luft und machte einige Schritte rückwärts, bis sein Rücken gegen das Geländer stiess. Er konnte es kaum fassen. Die Spur hatte sie zu jenem Küssnachter geführt, den er sich am wenigsten anzutreffen gewünscht hätte, zum ehemaligen Chlaus von Küssnacht.

Kapitel 35

Chummer, von Rotz, Friedli und Weinzäpfli zwängten sich in die Stube des Armenheims, die sich im ersten Stock befand. Weinzäpfli musterte den Raum. Die getäferte Wand erzeugte ein Gefühl, als befände man sich in einem Chalet fernab der Zivilisation, irgendwo in den Bergen. Der abgewetzte Parkettboden unter ihren Füssen knarzte bei jedem Schritt laut. Leicht vergilbte Vorhänge mit bäuerischen Stickmustern dämmten die Lichtstrahlen einer Strassenlaterne, die durch die doppelt verglasten Fenster ins Innere der Stube drängten. An einer Wand stand ein Klavier mit goldenen Verzierungen und zwei Kerzenständern aus Messing, daneben ein Bücherregal. Die Buchrücken reihten sich nahtlos aneinander, Lücke war keine zu sehen. Weinzäpflis Blick schwenkte in die Mitte der Stube. Dort stand ein grosser Tisch aus massivem Holz. Er hatte mehr Furchen und Wirbel, Näggi, Ritzen und Astlöcher als ein Hundertjähriger Runzeln, und man hätte den Tisch wohl stundenlang betrachten und immer wieder neue Eigentümlichkeiten entdecken können. Er war das Gegenteil jener massgefertigten Tische, die die Leute neuerdings kauften, in der Meinung, es seien Schnäppchen, was aber nur auf die kurze Sicht zutraf, da sie bei der erstbesten unvorhergesehenen

Belastung zusammenkrachten wie der Lärmsensible an einem Posaunenkonzert. Anders dieser Eibenholztisch. Ihn hatte es vermutlich schon vor einhundert Jahren gegeben. Er hatte mehrere Male den Besitzer und noch mehr Male den Standort gewechselt und höchstwahrscheinlich stünde er noch im nächsten Jahrtausend in einer Stube, irgendwo auf dieser Welt, während die anderen Tische längst Brennholz geworden waren.

Auf der einen Seite des Tisches sassen eng beieinander sieben greise Bewohner des Heims, wobei einer schrulliger aussah als der andere. Die Kriminalbeamten setzten sich ihnen gegenüber hin. Zumindest was die Sitzordnung betraf, ähnelte die Szene bereits einem Verhör, nur dass der Verdächtige am falschen Ort, nämlich am Tischende sass. Wie ein Zuschauer. Mit verschränkten Armen und grimmigem Blick. Seine Lippen formten stumm Worte. Friedli wusste, was er sprach.

«Mänz Mänz Mänz Bodefridimänz.»

Pater Ammann setzte sich am anderen Tischende hin. Ein Stuhl blieb leer. Der Pater lächelte nach wie vor sanft. Allerdings machte sich auf seinem Gesicht auch Anspannung bemerkbar. Chummer wurde den Verdacht nicht los, dass er seine Rolle in diesem Spiel noch nicht offengelegt hatte. Er tat so, als wäre er unbeteiligt – als wolle er umsverreckt nicht auffallen. Aus seiner langjährigen Erfahrung wusste Chummer, dass die auffällig Unauffälligen häufig jene waren, die mehr wussten, als sie behaupteten, und denen man deshalb besser auch mal auf die Füsse tschalpte. Seiner Meinung nach fokussierten viele Polizisten in ihren Ermittlungen zu stark auf eine andere Kategorie von Menschen. Auf die offenkundig Auffälligen. Das war insofern problematisch, als man dann Gefahr lief, einen derjenigen armen Kerle zu erwischen, die mit weniger Selbstvertrauen ausgestattet waren als ein magersüchtiger Sumoringer und dieses

Charakterzuges wegen selbst dann in Schweissausbrüche verfielen, wenn sie komplett unbeteiligt waren, und deswegen ständig in den Dunst der Verdächtigen gerieten, bis sie irgendeinmal aus Schusseligkeit vielleicht tatsächlich zu Delinquenten wurden.

Auch wenn allesamt gespannt darauf warteten, was sich ereignen würde, geschah vorläufig nichts. Das Problem war Friedli. Normalerweise hätte er die Gesprächsleitung übernommen und in seiner rhetorisch gekonnten Art und Weise eine Einleitung in das Verhör vorgenommen, die jeweils derart gewitzt aufgebaut war, dass diejenigen, die verhört wurden, nicht merkten, wie ihnen geschah. Heute aber versagte er komplett. Er sass nur duuch auf seinem Stuhl und schaute sich nervös um. Die übrigen Beamten waren nicht vorbereitet auf den Ausfall ihres Kollegen und verpassten den Einstieg. Darum war es einer der Alten, und zwar der rüstige Mann mit den imposanten Augenbrauen und der beachtlich tiefen Stimme, der stattdessen als Erster das Wort erhob. Er rückte seinen Stuhl zurecht, räusperte sich und sprach:

«Die Versammlung der Weisen von Immensee freut sich über den Besuch, auch wenn die Herren Polizisten von einem Menschenschlag sind, dem unsereins eher mit zünftig Argwohn begegnet.»

Die Alten kicherten und gugeleten sofort drauflos und auch der Sprecher selber langte sich an den Bauch, riss den Kopf zurück und lachte viel zu übertrieben laut. Als das Gelächter verebbt war, fuhr er fort:

«Darf ich vorstellen, Herrschaften, das sind der Jaistler, der Geifer-Toni und der Chischte-Edi.»

Bei jedem Namen, den er aussprach, machte seine Nasenspitze eine Bewegung nach weiter rechts. Jaistler und der Geifer-Toni nickten kurz, der Chischte-Edi hob seinen ausgemergelten Arm, an dem die Haut herunterhing wie ein Leintuch an der Wäscheleine. Die Nasenspitze des Alten wandte sich scharf nach links und er fuhr mit seiner kratzigen Stimme fort:

«Und hier sind, oben am Tisch, Steinhauser, daneben der Chälbeli-Pius, der Ochse-Peter, und dieser Schönling neben mir, das ist der Baschen-Kari.»

Steinhauser blickte finster in die Runde. Pius und Kari grüssten stumm. Der Ochse-Peter ignorierte die Besucher, spannte unter der Lampe eine Zeitung auf und begann darin zu lesen, wie wenn er den Kriminalpolizisten dadurch veranschaulichen wollte, dass ihm ihr Besuch am Allerwertesten vorbeiging.

«Nehmen Sie es nicht persönlich, der Ochse-Peter ist der gescheiteste Kopf hier im Armenhaus. In besseren Tagen war er einmal Offizier der Genfer Feuerwehr. Einige Jahre führte er dann in Ammans Schopf eine Flickschusterei, trank aber mehr, als er Leder klopfte, versilberte schliesslich Maschinen und Werkzeug, und in flüssiger Form rann der Ertrag durch die ewig durstige Kehle. So landete er zum Schluss, wo er landen musste: im Armenhaus. Und wer ihn für sich gewinnen will, der muss entweder selber ein Armenhäusler sein oder aber mindestens einen selbstgebrannten Zwätschgeler mitbringen.»

Geifer-Toni riss lachend seinen gewaltigen Mund auf und stellte die schwarzen Überbleibsel seines Gebisses zur Schau. Chälbeli-Pius wackelte zustimmend mit seinem aufgedunsenen Mostkopf, während Baschen-Kari mit der ihm eigenen schleppenden Stimme meinte: «Einmal Armenhäusler, immer Armenhäusler.»

Ochse-Peter reagierte nicht. Seine Augen folgten den Zeilen in der Zeitung von oben links nach unten rechts, dann befeuchtete er den rechten Zeigefinger und blätterte um. Es war eine Ausgabe des «Freien Schweizers». Auf der Titelseite prangte eine Fotografie der Weggenfabrik in Meggen. Darunter nahm Alois von Rotz in einem Kurzinterview Stellung. Von Rotz ignorierte sein eigenes Abbild auf der Zeitung, beugte sich nach vorne und sah sich stattdessen den Ochse-Peter etwas genauer an. Er war sorgfältig gekleidet, zu den fast schwarzen Hosen des Stationsvorstandes trug er den glänzenden Schwalbenschwanzfrack des Küssnachter Pfarrhelfers und den dunklen Hut aus der Garderobe des Bäckers Koch. Insgesamt eine kuriose, aber doch irgendwie auch vornehme Erscheinung.

«Und mein Name ist Alois Trutmann, aber man nennt mich Hafner-Wisi», schloss der Sprecher die Vorstellungsrunde ab und verschränkte die Hände ineinander, wie wenn er ein Gebet spräche.

«Er ist der einzige mir bekannte Mensch, der drei Schnäuze hat, zwei über den Augen und einen unter der Nase», fügte der Chischte-Edi an und die Runde verfiel erneut in schallendes Gelächter.

«Und wer sitzt normalerweise hier?», meldete sich Weinzäpfli wie aus heiterem Himmel zu Wort. Er zeigte auf den leeren Stuhl.

Die Stimmung im Raum kühlte sich im Nullkommanichts ab. Die Augen der Herren schauten zu Boden, ihre Lippen formten Worte, ohne dass man aber etwas gehört hätte. Einen Moment lang schien es, als würde niemand etwas erwidern wollen. Schliesslich sprach der Hafner-Wisi:

«Wir stellen diesen Stuhl für den Schnorzli-Herbert auf. Er war einer von uns, wenn auch nur für kurze Zeit. Er war ein echter Armenhäusler. Wir wollen ihn nicht vergessen, diesen tonners Cheib.»

Leises Gemurmel setzte ein, der Chischte-Edi rieb sich eine Träne aus den Augenwinkeln, der Ochse-Peter legte die Zeitung nieder und bekreuzigte sich. Weinzäpfli studierte Steinhausers Reaktion. Sein Blick war noch finsterer als zuvor, die Hände hatte er zur Faust geballt. Wer gut hinhörte, konnte hören, wie er etwas vor sich hinmurmelte. Der Gedanke an den ehemaligen Gefährten weckte irgendeine potente Energie in ihm, eine gesteigerte Form von Wut.

So munter der Abend auch begonnen hatte, das Gespräch erlangte die Unbeschwertheit nicht mehr zurück. Aus dem munteren Sprücheklopfen wurde ein Gejammer. Die kollektive Kritik der greisen Armenhäusler richtete sich gegen die Jungen, die faul und frech waren, gegen die Politik, die durch Korruption und Abgehobenheit glänzte, gegen den allgemeinen Sittenzerfall, der sich sinnbildlich am «Widder»-Saal in Küssnacht aufzeigen liess, welcher in ein ständiges Kino umgewandelt worden war. Aber allem voran richtete sich der Unmut gegen die Art und Weise, wie heute gearbeitet wurde, die teilweise nur noch wenig zu tun hatte mit fachmännischem Handwerk. Die Armenhäusler wurden mit jedem gesprochenen Satz unzufriedener und es war der Hafner-Wisi, dem es als Erstem den Nuggi raushaute.

«Diese elenden Ölfeuerungen stehen schon in jedem Haushalt und das Öl liefern irgendwelche Scheichs in fernen Ländern, deren Namen unsereins nicht einmal korrekt aussprechen, geschweige denn auf einer Landkarte finden kann», lamentierte er und begann wild zu gestikulieren. «Und keine Öfen bedeutet auch keine Arbeit. Ich bin nun überflüssig, ich wurde auf die Seite gestellt wie ein alter Besen. Sogar hier … hier im Armenheim.»

Seine Hand wies abschätzend zu den Kachelöfen, die offenbar nicht mehr in Betrieb waren. Es war Verbitterung, die aus ihm sprach. Der Hafner-Wisi erhob sich, stülpte den grauen Lismer über seinen Kopf, schob die Füsse in die ausgetretenen Hausschuhe und verliess die Stube. In Moment, in dem der Alte verschwand, packte Friedli Weinzäpfli am Ärmel und zog ihn zu sich heran.

«Chef, können wir kurz draussen reden? Alleine … Es ist wichtig», raunte er ihm zu. Sein Chef nickte. Die beiden standen auf und gingen hinaus.

Chummer liess Steinhauser und den Pater nicht aus den Augen. Ammann zeigte keine ungewöhnlichen Regungen. Steinhausers Blick begleitete Friedli und Weinzäpfli, als wollte Steinhauser ihnen am liebsten folgen. Er war auch Chummer nicht geheuer. Der Mann weckte in ihm Unbehagen. Chummer holte sein Notizbuch hervor und schrieb einen Gedanken nieder. Als er das Büchlein wieder verstaut hatte und seinen Blick hob, realisierte er, dass ihn der Steinhauser musterte. Und sein Blick liess nicht mehr von ihm ab. Chummer wurde es unwohl in seiner Haut und er rutschte nervös auf dem Stuhl hin und her.

Kapitel 36

Der Polizeiposten in Küssnacht war in Dunkelheit gehüllt. Einzig eine Lampe hinter einem Fenster im ersten Stock spendete etwas Licht, scheiterte aber hochkantig beim Unterfangen, den ganzen Raum zu erleuchten. Darum schwebte ihr Lichtkegel verloren inmitten der Schwärze. Das Licht beschien einen Schreibtisch, auf dem sich Akten, Ordner, uralte Bücher, Zeitungsartikel und lose Blätter stapelten. Dahinter sass eine hagere Gestalt. Sie hatte die eine Hand im Haar vergraben, die andere kritzelte ein Blatt nach dem anderen mit langen Zahlenreihen und Symbolen voll. Immer wenn sich die Gestalt nach vorne beugte, um ein neues Blatt von einer Ablage zu nehmen, wurde das Gesicht vom Licht erfasst und zeigte einen alten Mann mit dicken Brillengläsern, der in einem zerknitterten Anzug steckte. Seit mehreren Nächten sass er nun schon dort und führte Berechnungen durch, beobachtete Planetenbahnen und Sternkonstellationen und blätterte in antiken Büchern, die astrologische Theorien beinhalteten, welche heutigen Astronomen so suspekt waren wie dem Hals-Nasen-Ohren-Arzt die Wünschelrute. Manch einer der Polizisten wunderte sich darüber, wie er diesen Rhythmus durchhielt, und keiner verstand, woran genau er arbeitete. Er hatte den gemeinsamen Nenner zwischen den sonst zusammenhangslosen Morden aufgedeckt und den Polizisten einen Namen serviert. Sein Auftrag war zu Ende, der Lohn ausgezahlt, er hätte nach Flüelen zurückkehren können, wo er seit seinem Ruhestand ein kleines Häuschen am See bewohnte. Das war aber offenbar nicht, was ihm vorschwebte. Und niemand hatte Zeit und Lust, ihn zu fragen, weshalb.

Professor Gugger schaute kurz vom Blatt auf. Wie lange war es her, dass er durch seine Berechnungen auf Benedikt Steinhauser gestossen war? Zwei Tage? Vier Tage? Eine Woche? Er hatte keine Ahnung. Sein Zeitgefühl lief wie der Rest des Organismus auf Sparflamme. Er registrierte, wann sein Körper eine Pinkelpause verlangte, und er hörte, wenn der Magen derart rumorte, dass er sich eine getrocknete Aprikose oder eine andere Dörrfrucht zwischen die Kiefer warf, die er in seiner Jackentasche aufbewahrte. Um sich mit den Reizen der Aussenwelt zu befassen, stand ihm schlichtweg nicht genügend Energie zur Verfügung. Selbst die Entscheidung des Schlafengehens überliess er vollumfänglich dem Körper. Irgendeinmal im Morgengrauen verchuttete es ihn jeweils, der Kopf knallte auf die Blätter und er schlief ein paar Stunden. Wenn er dann am späten Nachmittag wieder erwachte, arbeitete er nahtlos weiter. Die gesamte überschüssige Energie, die sein Körper generierte, verbrauchte das Gehirn. Und dies zu Recht. Schliesslich waren es dessen Leistungen, die in diesem Moment gefragt waren. Denn was die Polizisten nicht verstanden, war, dass sich die Ausgangssituation mit dem neuen Toten schlagartig geändert hatte. Jeder zusätzliche Ermordete bedeutete eine Vergrösserung der Datengrundlage. Und das war zumindest aus mathematischer Sicht eine gute Sache. Auch der neue Tote hatte eine Körpergrösse, ein Alter, einen Arbeitgeber, einen Aszendenten und ein Sternzeichen. Und vielleicht, so Guggers Hoffnung, verrieten diese neuen Informationen auch ein neues, bisher verborgen gebliebenes Muster. Ein Muster, das jenseits der Zufälligkeit lag und das allenfalls sogar zum Mörder führte. Was, wenn Benedikt Steinhauser nicht die Lösung, sondern lediglich ein Zwischenresultat gewesen war? Das war die Frage, die Gugger antrieb wie das Rüebli den Esel.

Gugger legte seinen Füllfederhalter nieder und streckte sich, was ein schauerliches Geräusch zur Folge hatte, weil schier alle Gelenke zeitgleich knackten. Er wollte gerade ein weiteres Blatt zur Hand nehmen, da fiel sein Blick auf die farbigen Schnüre, mit denen der Polizist Friedli die Namensschilder auf der Stellwand verbunden hatte. Gugger folgte den Fäden von einer Person zur nächsten und tünkelte derweil den Füllfederhalter in das Fässlein. Plötzlich kam ihm ein Gedanke.

«Was, wenn das Muster gar nicht zwischen den Menschen, sondern in der Zeit verborgen ist?», murmelte er.

Sofort suchte er in seinen Unterlagen nach den wichtigsten Angaben zu den bisherigen Toten, die er eigens auf einem Blatt resümiert hatte. Er beschloss seinen letzten Trumpf auszuspielen. Es war kein Nell, dessen war er sich sicher, und erst recht nicht ein Bauer. Am ehesten, so schätzte er, wäre es ein Schuflesibni. Eine gnietige Karte an und für sich, auf die man in aller Regel keine hohen Erwartungen gesetzt hätte, da sie weder besonders stach noch wertvoll war. Aber selbst ein Schuflesibni konnte mächtig sein, wenn sie die letzte Schuflekarte und somit Bock war. Der Kontext war entscheidend. Einmal mehr. Gugger nahm sein Pendel zur Hand und liess es über den Zahlenreihen kreisen. Dann nickte er zufrieden. Es verging eine weitere Stunde, in der er Papiere beschrieb. Als die Glocken der Kirche Küssnachts Viertel vor zwölf schlugen, hielt der Füllfederhalter abrupt inne und der Professor starrte auf das Pult, wie wenn sich dort ein singender Nussgipfel befunden hätte.

«Eh, du verreckter Siech!», entfuhr es ihm. Er hob den Blick und starrte direkt in die Lampe. So verharrte er einige Momente regungslos. Dann zuckte er zusammen und durchwühlte die Unterlagen auf seinem Schreibtisch, bis er zwei Listen in den Händen hielt. Es waren die Personalakten der Weggenfabrik in Meggen und der Küssnachter Glasfabrik. Sein Zeigefinger visierte die Spalte an, in der das Anstellungsdatum aller Mitarbeitenden der Weggenfabrik aufgeschrieben war. Dann raste der Finger zuerst die Liste hinunter, die mehrere Seiten lang war. Anschliessend wiederholte sich das Prozedere bei der zweiten Liste. Auf einmal hielt der Finger an. Gugger riss die Seite aus der Akte, warf die erste Liste in hohem Bogen weg und holte seine letzten Berechnungen hervor. Schliesslich legte er beide Seiten nebeneinander und wiederholte: «Eh, du verreckter Sautonnerssiech!»

Erneut verstrichen einige Augenblicke, bis Gugger, der zwar passionierteste, aber zugleich untalentierteste OL-Läufer weit und breit, von seinem Stuhl hochschoss, die beiden Blätter ergriff und quer durch den Polizeiposten in Richtung Ausgang rannte, aufgrund seiner maulwurfhaften Dioptrie und der Dunkelheit im Raum das Ziel aber verfehlte und fadengerade in ein Fenster rannte, dessen Doppelverglasung durchbrach, sodass er schreiend in die Nacht hinausflog und kurz vor einem schmerzhaften Aufprall glücklicherweise im Geäst einer Buche hängen blieb.

Kapitel 37

Theobald Weinzäpfli und Chlöisu Friedli standen nebeneinander auf dem morschen Steg, der auf den Zugersee hinausführte. Über ihnen leuchteten die Sterne, im Rücken befand sich eine Zilete Bäume, alles Buchen, noch weiter hinten lag der Dorfkern Immensees und ganz im Hintergrund ragte der Schatten der Rigi in die Höhe. Am südlichen Ende des Sees waren die Lichter von Arth zu sehen, gegenüber jene von Walchwil. Die Stadt Zug, in der Isidor Zgraggen lebte, war verdeckt von einer Landzunge, die bis weit in den See hinaus reichte und diesen für den Unwissenden in zwei einzelne Gewässer teilte. Um diese Uhrzeit war die Landzunge kaum zu erkennen. Kein einziges Lichtlein brannte dort, denn sie war unbewohnt und überwachsen vom Chiemenwald. Von Rotz hatte den Bernern erzählt, dass im Volksmund zahlreiche Schauergeschichten über diesen Ort existierten. Schmuggler und verbrecherische Schnapsbrenner, Diebe und Vaganten, aber auch Hexen und Dämonen, Teufel, Zwerge und Feen bevölkerten laut Legenden dieses Gehölz. Weinzäpfli schien dies aus mindestens zwei Gründen unplausibel zu sein. Nüchtern betrachtet bot die Halbinsel kaum genügend Platz für eine derartige Artenvielfalt. Zudem war es undenkbar, dass diese Wesen, die sich ja nicht gerade durch ihre moralische Integrität auszeichneten, über all die Jahre friedlich miteinander im Chiemenwald hätten koexistieren können. Viel wahrscheinlicher wäre ein Massaker sondergleichen gewesen.

Der Hauptkommissar wandte sich Friedli zu und musterte ihn von der Seite. Er sah niedergeschlagen aus. So, wie wenn er einen gewichtigen Stein mit sich schleppen würde, der ihm nicht einmal mehr erlaubte, den Blick zu heben. Einen Stein, der ihn im schlimmsten Fall irgendeinmal im Erdreich versenken würde. Ohne Vorwarnung kamen in Weinzäpfli Erinnerungen hoch. Die Erinnerungen überfielen ihn nicht zum ersten Mal. Es war, als ob sie wie eine Horde hinterhältiger Brandstifter vor der Pforte seines Bewusstseins lauerten und hereindrängen wollten, wenn er auch nur durch einen Spalt hinausglüüsslete. Wie jedes Mal, wenn dies geschah, knallte Weinzäpfli die Tür schlagartig zu, und die Gedanken waren verdrängt.

«Chef, ich war stets loyal zu Ihnen und habe Ihren – Sie verzeihen – weiss Gott nicht immer nachvollziehbaren Befehlen Folge geleistet wie ein gut dressiertes Daggeli», sprach Friedli auf einmal mit einer Stimme, die verriet, dass die Worte über längere Zeit in ihm herangereift sein mussten.

Weinzäpfli entwich ein kurzer Lacher. «Das weiss ich, mein Guter», bestätigte er.

Friedli nickte und fuhr fort: «Jetzt kommt der Augenblick, in dem sich das Ganze umkehrt. Ich muss *Sie* um einen Gefallen bitten!»

Weinzäpflis Augen weiteten sich. «Da bin ich aber gespannt.»

Es entstand eine Pause.

«Normalerweise würde ich nicht mit einer solchen Bitte an Sie herantreten», begann Friedli zögerlich und erklärte: «Denn Sie werden von mir keine triftigen Argumente, keine überzeugenden Begründungen hören. Und zwar, weil ich keine triftigen Argumente und keine überzeugenden Begründungen habe.»

Weinzäpfli winkte ab. «Lassen Sie das mein Problem sein, mein Lieber. Sagen Sie, was Sie so sehnlich wünschen, und stüdelen Sie es nicht hinaus.»

Einen Moment lang schien es, als ringe Friedli mit sich selbst und würde einen Rückzieher machen. Dann liess er die Katze aber aus dem Sack. «Ich bitte Sie, den Steinhauser zu verhaften, und zwar umgehend, denn er ist der Mörder.»

Weinzäpfli war augenblicklich perplex. Damit hatte er nicht gerechnet. Sie schwiegen beide. Die Wellen im Zugersee platschten sachte gegen die Holzpfeiler, die den Steg auf gut zwei Metern über Wasser hielten. Von irgendwoher in der Ferne war das Gelächter einer Gruppe von Männern zu vernehmen. Eine Schafherde graste auf den saftigen, aber steilen Weiden am Fusse der Rigi. Von fern her war das muntere Schellen ihrer Glöcklein zu hören.

«Wie kommen Sie denn zur Vermutung, dass es der Chlaus gewesen ist?», fragte Weinzäpfli.

«Es ist keine Vermutung, ich weiss es! Und wie ich schon sagte: Gute Gründe kann ich Ihnen keine nennen», erwiderte Friedli mit lauter Stimme und sichtlich erregt.

Weinzäpfli erschrak. Dass Friedli die Contenance verlor, kam nicht häufig vor. Seine linke Hand griff nach dem Bernstein, den er an einem Lederband um den Hals trug. Plötzlich erinnerte er sich daran, dass ihm Friedli vor ein paar Tagen von einer Begegnung mit dem Chlaus erzählt hatte.

«Erzählen Sie mir doch, was damals vorgefallen ist, als Sie ihn in der Glasi angetroffen haben.»

Friedli verzog das Gesicht zu einer gequälten Miene. Er antwortete nicht auf Weinzäpflis Frage, sondern sagte stattdessen: «Hören Sie, Chef, ich weiss, dass *er* der Grund ist, weshalb an diesem beschaulichen und friedlichen Ort Menschen sterben.» Er warf einen flüchtigen Blick zurück zum Armenhaus, senkte die Stimme und fuhr fort: «Der Steinhauser ist der Mörder und wissen Sie, was das Schlimmste ist? Er ist unersättlich. Er wird nicht damit aufhören. Darum ist es wichtig, dass wir ihn umgehend verhaften.»

«Warum denken Sie, dass er weiter töten wird?»

«Er wird nicht aufhören, weil es ein aussichtsloser Kampf ist, den er führt.»

«Und wer ist sein Feind? Haben Sie eine Vermutung?»

Friedli atmete schwer aus. «Nein!»

Es entstand wieder eine Pause.

«Vielleicht ist es gar kein Mensch, vielleicht bekämpft er eine Idee oder jagt einem Hirngespinst nach, wer kann schon wissen, was im Kopf dieses Verrückten vor sich geht!»

Friedli hatte seine Stimme wieder angehoben, und Weinzäpfli befand, dass es für den Moment genug war. Er ging bis ans Ende des Stegs, setzte sich hin und deutete mit einer Handbewegung an, Friedli solle neben ihm Platz nehmen. Dieser leistete ihm Folge. Und so liessen die beiden ihre Füsse über der Wasseroberfläche bambelen und blickten hinunter in die Tiefe des Zugersees, die man weder in der Nacht noch bei Tag so richtig ergründen konnte. Manche bezeichneten den Zugersee wegen der schlechten Wasserqualität auch als die grösste Kloake der Schweiz. Allem Schmutz zum Trotz spiegelte seine Wasseroberfläche die Sterne vortrefflich.

«Das, worum Sie mich bitten, ist nicht ganz so einfach», begann Weinzäpfli nach einer Weile. «Wir müssen Kollege von Rotz überzeugen, Sie wissen, dass er die Ermittlungen leitet und die Entscheidungen fällt.»

Friedli grunzte beleidigt. «Ich denke nicht, dass das das Problem ist. Das Problem ist, Sie glauben mir nicht.»

Diese Anschuldigung mochte der Hauptkommissar nicht auf sich sitzenlassen. «Wie Sie selbst sagen, Kollege, uns fehlen derzeit die triftigen Gründe. Wir können den alten Mann doch nicht einfach mir nichts, dir nichts hinter Gitter sperren?», verteidigte er sich, doch Friedli konterte subito: «Uns fehlen die triftigen Gründe, genau, aber Sie könnten darauf vertrauen, dass Ihr langjähriger Helfer und treuer Freund die Wahrheit spürt, selbst wenn Sie selbst es nicht tun!»

Mit einem müden Ton, der weder ein Seufzen noch ein Stöhnen war, beugte sich Weinzäpfli vor. *Wahrheit.* Er war an diesem Begriff hängengeblieben. Wessen Wahrheit war *die* Wahrheit? Gab es sie überhaupt? In einem Punkt hatte Friedli recht: Wenn die Wahrheit fehlte, dann blieb nur das Vertrauen.

«Lassen Sie mich mit dem Steinhauser sprechen», begann Weinzäpfli nach einem Weilchen. «Lassen Sie mich ihn verhören. Er wird mir zwar keine verständlichen Erklärungen abgeben, aber das heisst noch lange nicht, dass er mir nicht antworten kann. Und wer weiss, vielleicht spüre ich dann, was Sie spüren, und dann sind wir auf einmal zwei Esel, die gemeinsam am Karren ziehen.»

Mit dieser Aussage fielen die Sorgen von Friedli ab. Er deutete ein Grinsen an und berichtigte: «Wir werden nie zwei Esel sein, das wissen Sie haargenau. Sie sind … nun ja … der Hengst und ich, ich bin das Daggeli.»

Weinzäpfli lachte laut und herzhaft auf. Damit standen sie auf und gingen zurück zum Armenheim.

Kapitel 38

Als sie sich dem Armenheim näherten, hörten sie dumpf, wie drinnen auf einem Klavier wenig wohlklingende Melodien geklimpert wurden, die von einer schönen, aber in einer chatzfalschen Tonlage singenden Stimme begleitet wurden. Weinzäpfli und Friedli betraten das Gebäude, da wurde der Gesang abrupt unterbrochen.

«Das C tönt schief», schrie jemand im ersten Stock. Auch das Klavierspiel hörte jetzt auf. Ein in die Länge gezogener Seufzer war zu hören.

«Jeden Abend dasselbe Gliir mit dir», erwiderte eine zweite Stimme giftig.

«Das C tönt nicht schief. Das C tönt wie ein C zu tönen hat. Schief ist höchstens etwas in deinem Grind, verdammt noch mal!»

Weinzäpfli und Friedli tauschten verwunderte Blicke, zuckten gleichzeitig die Schultern und stiegen mit einem Schmunzeln auf dem Gesicht die Treppe hoch.

«Das C klingt eindeutig schief. Dieses Klavier taugt nichts», insistierte der Sänger.

Sie kamen gerade in die Stube hinein, da erhob sich der Mann am Klavier vom Stuhl und knallte wutentbrannt den Deckel zu. Weinzäpfli und Friedli blieben erschrocken stehen. Chummer und von Rotz schossen von ihren Stühlen hoch. Pater Ammann und die übrigen Armenhäusler hingegen blieben sitzen. Sie waren sich dieses Spektakel wohl gewohnt. Der Mann am Klavier war der Baschen-Kari. Und sein schönes, aber ordentlich ins Alter gekommenes Gesicht war rot wie die Blütenblätter einer Mohnblume.

«Das Klavier taugt sehr wohl. Es ist ein Original Rordorf, Baujahr 1918 in Stäfa!», brüllte er.

Chischte-Edi, der Sänger, verschränkte die Arme, wandte sich beleidigt von ihm. «Der Grädel Franz-Peter sagt, Rordorf könne man chüblen», murmelte er, genügend laut, damit es der Kari auch sicher hörte. Es war eine offensichtliche Provokation. Und der Baschen-Kari liess sich provozieren.

«Grädel? Was weiss der Schafseckel schon», fluchte er und drohte mit erhobenem Zeigefinger.

«Er ist immerhin ein meisterhafter Klavierbauer», entgegnete Edi.

«Ja, ein Klavierbauer, der im Krieg in einem feindlichen Artilleriegefecht einen Hörsturz erlitt, sodass er nicht mehr zwischen dem Piepsen einer Maus und einem Gewehrschuss unterscheiden kann.»

Die beiden wollten aufeinander losgehen, da erhob sich Pater Ammann flink vom Stuhl und ging gerade noch rechtzeitig dazwischen.

«Herrschaften, das ist doch kein Grund, sich zu streiten. Es gibt kein schiefes C da draussen in der Welt und genauso wenig gibt es einen schiefen Gesang», besänftigte er die zwei Streithähne und legte ihnen beiden eine Hand auf ihre Schulter. «Da draussen ist nichts als Schall, die Töne hingegen befinden sich nur in unserem Kopf.» Er tippte sich an die Schläfe. «Und geben Sie mir recht, Herrschaften, einander wegen ein wenig Schall die Köpfe einzuschlagen wäre gehörig übertrieben, oder etwa nicht?»

Baschen-Kari und Chischte-Edi beruhigten sich sofort. Zwar murmelte der Kari noch das eine oder andere Schimpfwort vor sich her. Die Handgreiflichkeit war aber vom Tisch. Die Kriminalpolizisten staunten nicht schlecht. Dieser Geistliche wusste, wie man einen Streit schlichtete, potz mänt, da konnte sich manch ein Tschugger eine Scheibe abschneiden.

«Pater Ammann …», meinte Weinzäpfli auf einmal. «Wir möchten gerne mit Herrn Steinhauser sprechen. Allein.»

Ammann musterte ihn einen Moment lang. Das freundliche Lächeln verblieb in seinem Gesicht, wie wenn er gar nicht anders könnte. Dann nickte er den Armenhäuslern der Reihe nach zu und diese verliessen kommentarlos die Stube, einzig der Chlaus blieb auf seinem Stuhl sitzen. Ammann selbst machte aber nicht etwa Anstalten, den Steinhauser allein mit den Polizisten zurückzulassen. Im Gegenteil, er ging zu ihm hin und setzte sich neben ihn auf einen Stuhl. Das Lächeln verschwand.

Kapitel 39

Weinzäpfli ging vor dem Chlaus auf und ab wie ein hungriger Kater. Das Verhör hatte einen unbefriedigenden Verlauf genommen. Seine Absicht war es gewesen, Friedlis Gefühle nachzuempfinden, einen Grund zu finden, warum der Steinhauser eingesperrt gehörte; wenigstens für ein paar Tage. Und dazu hatte er einen Kommunikationskanal zu ihm errichten wollen. Dies liess Steinhauser aber partout nicht zu. Verdrossen beschränkte er sich darauf, die Berner Polizisten der Reihe nach finster anzustarren. Auf Weinzäpflis Fragen hin nickte er entweder trotzig oder schüttelte den Kopf. Mehr gab er von sich nicht preis. Deshalb schwieg Weinzäpfli immer wieder minutenlang, bevor er wieder eine Frage stellte. Nach einer erneuten längeren Pause, in der sie sich lediglich angeschwiegen hatten und die anderen Polizisten allmählich die Geduld verloren, blieb Weinzäpfli vor dem Steinhauser stehen und fragte:

«Sie haben alle Toten persönlich gekannt, ist das korrekt?»

Steinhauser nickte.

«Hatten Sie jemals eine Auseinandersetzung mit einer dieser Personen?»

Steinhauser reagierte nicht. Weinzäpfli verstand, die Frage war zu unpräzise. Er warf einen Blick in die Akte.

«Hatten Sie eine Auseinandersetzung mit dem Bütler Hans?»

Steinhauser schüttelte den Kopf.

«Mit dem Chäppeli Klaus?»

Er verneinte wieder.

«Mit dem Holzgang Sämi? Mit dem Kälin Sepp? Mit dem Behrli David?»

Steinhauser schüttelte jedes Mal beharrlich den Kopf. Weinzäpfli schloss die Akte und gab sie dem von Rotz Alois zurück.

«Wie Sie sicherlich vernommen haben, waren die Toten eigenartig zerdrückt … Können Sie sich erklären, weshalb die Leichen so zugerichtet waren?», fuhr er fort.

Steinhauser reagierte nicht. Weinzäpfli überlegte, ob er schon wieder eine unklare Frage gestellt hatte.

«Haben Sie eine Vermutung, was genau diesen Menschen widerfahren sein könnte?», formulierte er die Frage um.

Steinhausers Reaktion war schwierig zu deuten. Es war kein beipflichtendes Nicken, aber auch kein Kopfschütteln. Es schien, als würde er abwägen, welche der beiden ihm zur Verfügung stehenden Antworten die angemessenere wäre.

«Ich glaube, das reicht für heute, Sie ermüden den Mann», intervenierte Pater Ammann.

Der Hauptkommissar musterte zunächst den Pater und dann den Chlaus. Er wirkte tatsächlich müde.

«Eine letzte Frage noch …»

Weinzäpfli ging wieder einige Schritte durch das Zimmer. Er tauschte Blicke mit Chummer und von Rotz. Dann blieb er vor Steinhauser stehen. Er beschloss, alles auf eine Karte zu setzen.

«Herr Steinhauser, ich erinnere Sie daran, dass Sie die Pflicht haben, die Wahrheit zu sagen, haben Sie das verstanden?»

Er nickte widerwillig.

Weinzäpfli holte Fotografien aller Verstorbenen aus einer Mappe heraus und legte sie vor Steinhauser auf den Tisch.

«Haben Sie einen dieser Menschen getötet?»

Steinhauser hielt seinem Blick ohne Probleme stand. Dann schüttelte er langsam den Kopf. Ohne zu zögern, aber auch ohne auch nur einen Blick auf die Fotografien geworfen zu haben. Von Rotz trat etwas brüsk an den Tisch heran und tippte mehrmals auf eine Fotografie, die den Bütler Hans mit seiner Frau zeigte.

«Schwören Sie es auf die Ehre aller Chläuse von Küssnacht, die es jemals gab und auf immer geben wird, dass Sie ihn nicht getötet haben? Schauen Sie ihn sich an!»

Steinhauser nickte bestimmt.

«So, das reicht!»

Pater Ammann erhob sich und ebenso der stumme Chlaus. Er ging kommentarlos an ihnen vorbei. Sein letzter Blick galt nicht Weinzäpfli und auch nicht von Rotz oder Chummer. Er galt Friedli, der etwas abseits im Schatten stand. Weinzäpfli gelang es nicht, Steinhausers Blick zu deuten. War es Spott gewesen oder Abscheu? Oder war es schlichtweg die innere Unzufriedenheit, die er immer mit sich trug und die gar nicht gegen eine bestimmte Person gerichtet war? Er wusste es nicht. Friedli hingegen spürte, dass sich die Schlinge um seinen Hals zuzog.

Kapitel 40

Friedli verschwand, ohne sich von jemandem zu verabschieden. Weinzäpfli nahm es ihm nicht übel. Er brauchte ebenfalls Zeit für sich. Zeit unter den Sternen. Er brauchte die Einsamkeit der Nacht. Während die Nacht für viele Menschen ein Grauen war, weil dann all die bösen Geister aus ihren Verstecken hervorkrochen, empfand er die Dunkelheit als sehr beruhigend. Sie besass die Macht, ihm zum Fokus zu verhelfen, den Blick für das Wesentliche zu schärfen. Er teilte Chummer und von Rotz mit, dass er den Weg zurück nach Küssnacht zu Fuss gehe, doch unglücklicherweise anerbot sich Pater Ammann, ihn ein Stück weit zu begleiten. Er wohnte im Missionshaus Bethlehem, oben bei der Tells-Kapelle, dort, wo die Hohle Gasse endete. Also gingen sie nebeneinanderher, stumm und zackig wie ein Ehepaar, das sich längst alles gesagt hatte und deshalb bei einem auf Gegenseitigkeit beruhenden Schweigen angelangt war.

Weinzäpfli fühlte, wie Groll in ihm aufstieg. Friedli hatte etwas Unmögliches von ihm verlangt. Er hätte den Chlaus beim besten Willen nicht verhaften können. Es fehlten die Beweise. Es gab keinen handfesten, dringenden Tatverdacht. Und solange dies der Fall war, konnte auch niemand verhaftet werden. So lauteten die Spielregeln. Wie konnte Friedli nur von ihm erwarten, dass er solche Grundsätze einfach überging? Weinzäpfli wusste, dass dieser Groll nur vordergründig gegen Friedli gerichtet war. In Tat und Wahrheit ärgerte er sich über sich selbst. *Er* hatte versagt. Allerdings: Wenn der Steinhauser ein Mörder war, dann wäre er auch ein Lügner, und zwar ein sehr unverfrorener. Er hatte ihm geglaubt und glaubte ihm nach wie vor. Dieser Mann hatte keinen Menschen getötet. Oder etwa doch?

Auf einmal stellte Weinzäpfli fest, dass sich seine Schritte und jene des Pfarrers einander angeglichen hatten. Die Füsse gingen synchron. Weinzäpfli war jemand, dem synchrone Bewegungen, dem das Konforme, das Normale und Gleichmässige nicht behagte. Er mochte die Widerständigen, die Einzigartigen, die Juwelen, die Genies und Visionäre, aber auch die Randständigen, die Vaganten, Trunkenbolde, die Deserteure und Tunichtgute: diejenigen, die gegen den Strom schwammen, Leute wie den seltsamen Alten, der kein anderes Wort ausser «Bodefridimänz» von sich gab. Weinzäpfli wurde trümlig. Es gelang ihm nicht, den Gedanken weiterzuspinnen. Der Gleichschritt irritierte ihn zu sehr. Er versuchte ihn zu vermeiden, indem er seine Schrittlänge variierte. Doch der Erfolg war nicht von langer Dauer. Kaum löste Weinzäpfli die Aufmerksamkeit von seinem Gang, passten sich seine Schritte wieder wie durch Geisterhand den Schritten Ammanns an.

«Im Sommer 1949 starb hier in Immensee ein zehn Wochen alter Säugling, der in eine protestantische Familie geboren worden war», sagte der Pater auf einmal. Weinzäpfli wandte sich ihm zu und vergass den Gleichschritt. «Die Bestattung wurde angemeldet, die Bewilligung erteilt, das Grab ausgehoben. Hier, auf diesem Feld gleich neben uns.» Erst jetzt erkannte Weinzäpfli, dass sie an einem Friedhof vorbeigingen. Die Silhouetten der Grabsteine und der Kreuze waren zu erkennen. «Doch der damalige Pfarrer Adalbert Josef Durrer machte Bedenken geltend. Er wehrte sich dagegen, dass der Leichnam des andersgläubigen Kindes der geweihten Immenseer Erde übergeben werde. Ein solcher Akt, so sagte er, sei den Katholiken von Immensee nicht zuzumuten; beim Friedhof handle es sich schliesslich um eine konfessionelle Stiftung und die Bestattung Andersgläubiger sei nicht nur rechtlich unstatthaft, sondern den Pfarreimitgliedern gegenüber auch rücksichtslos und grausam; nach der gültigen Rechtsordnung, so seine Forderung, hätten Nichtkatholiken ihre letzte Ruhestätte gefälligst auf einem anderen Friedhof zu suchen.» Ammann faltete die Hände vor seiner Brust. «Der Pfarrer siegte, bestattet wurde das unschuldige Wesen schliesslich unten in Küssnacht.»

Weinzäpfli hatte keine Ahnung, weshalb Ammann ihm das erzählte. Ihm war nicht einmal klar, worin genau der Unterschied zwischen diesen beiden Konfessionen lag, geschweige denn, inwiefern sie eine derartige gegenseitige Intoleranz innerhalb von ein und demselben Stück Land legitimierten. Trotzdem, die Geschichte gab ihm zu denken. Er erwiderte aber nichts.

Nach rund zehn Minuten gelangten sie auf einen Hügel, von dem aus man tagsüber wohl eine gewaltige Aussicht hatte, auf die Küssnachter Bucht auf der einen Seite und auf den Zugersee auf der anderen. In ihrem Rücken führte ein bewaldeter Hang hoch bis zum Kulm der Rigi. Ammann blieb stehen. Das freundliche Gesicht war auch im Mondlicht zu erkennen. Er legte seinen Kopf in den Nacken und Weinzäpfli folgte seinem Blick hinauf in den Nachthimmel.

Der Hauptkommissar kniff die Lippen zusammen. Die Nacht hatte ihre Wirkung noch nicht entfaltet. Sein Bewusstsein sprang wirr von Gedanke zu Gedanke. Er dachte an den Chlaus, an die Glashütte, an Friedli, an die Leiche auf der Wiese und landete plötzlich in der Stube des Armenheims. Um den Tisch sassen die alten Weisen. Ein Stuhl war leer geblieben.

«Wer war der Chnorzli-Herbert?», fragte Weinzäpfli plötzlich.

Der Pater musterte ihn erstaunt. Es war offenbar keine Frage, die er erwartet hatte. Weinzäpfli meinte, ihm ansehen zu können, dass die Frage eine Abweichung von seinem Drehbuch darstellte. Das Erstaunen hielt aber nicht lange an, sondern platzte so abrupt wie ein Seifenblääterli am Stacheldrahtzaun.

«Sie meinen den Schnorzli-Herbert?», berichtigte er. «Er war ein ehemaliger Bäckermeister aus Küssnacht, der Anfang dieses Jahres seine Bäckerstube schliessen musste. Er arbeitete zwar noch ein paar Wochen in der Glashütte, verfiel aber dem Trinken und endete schliesslich bei uns im Armenheim.»

«Und wo ist er jetzt?»

Der Pater räusperte sich. «Er hat vor zwei Wochen beschlossen, seinem Leben ein Ende zu bereiten.»

Weinzäpfli hatte es geahnt. Der Schnorzli-Herbert war also tot. Ohne genau zu wissen, weshalb, befiel ihn ein schwindelähnliches Gefühl. Es war nicht so, dass er diesen Worten hätte konkrete Erkenntnisse entziehen können, aber ihm schien, als drehe sich diese Geschichte immer schneller im Kreis. Schon wieder war die Glashütte betroffen. Und die Weggenfabrik auf ihre Weise wohl auch. Und selbst das Armenhaus spielte offenbar eine Rolle. Weinzäpfli hatte nicht den Hauch einer Ahnung, wie das Ganze zusammenhing, er hatte keine freie Sicht in diesem fürchterlichen Gnuusch. Aber er war sich sicher, *dass* alles zusammenhing. Statt sich noch schlimmer im Gnuusch zu verfangen, stellte Weinzäpfli die Frage, die ihm seit dem Gespräch mit dem Alten keine Ruhe liess.

«Pater Ammann, kann ein Chlaus lügen?»

Für kurze Zeit war das Lächeln weg. Trotzdem war ihm anzusehen, dass ihn diese Frage nicht aus der Spur warf. Sie war wieder Teil des Drehbuchs. Er hatte sie vorhergesehen. Der Pater wandte Weinzäpfli das Gesicht zu und schaute ihn lange an.

«Hören Sie, Herr Hauptkommissar, ich kann Ihnen beim besten Willen nicht sagen, ob Steinhauser der Mann ist, den

Sie suchen», gestand er mit ruhiger Stimme und schloss: «Aber ich kann Ihnen versichern, dass ein Chlaus nicht lügt, niemals lügen würde.»

Kapitel 41

Die Zeit verstrich und nichts tat sich. Friedli grüpelete im Schatten eines Hauses, keinen Steinwurf entfernt vom See, und observierte den Eingang des Armenheims. Es war schon mehr als eine Stunde her, seit das letzte Licht in der ersten Etage erloschen war. Seither herrschte Ruhe im Gebäude, in dem in dieser Nacht wieder einmal all jene Unterschlupf gefunden hatten, die sonst nirgendwo erwünscht waren. Alle fünfzehn Minuten verliess Friedli sein Versteck und ging in sicherem Abstand um das Armenheim herum auf die Rückseite, wo sich der Hintereingang befand. Doch auch dort war seit Beginn seiner Überwachung niemand ein oder aus gegangen. Friedli war sich im Klaren darüber, dass er womöglich mehrere Tage durchhalten musste, ehe ihm der Chlaus in die Falle gehen würde. So war nun mal die Polizistenbüez: zwei Prozent Nervenkitzel, dreissig Prozent Routinearbeit und der Rest Langeweile. Vermutlich wäre Steinhauser aufgrund des Besuches der Polizisten nun ohnehin vorsichtiger und würde Zeit verstreichen lassen, bevor er seine Mission fortsetzte und das nächste Opfer tötete. Vielleicht war sein Drang aber auch zu stark. Friedli hatte sich auf alle Fälle geschworen, den Alten nicht mehr aus den Augen zu lassen. Es würde kein weiteres Opfer geben. Nicht, solange er unter den Läbigen weilte.

Die Kirche von Immensee läutete. Es war halb eins. Das war das Zeichen, Platz zu wechseln. Friedli erhob sich, ging auf leisen Sohlen um das Armenhaus herum und versteckte sich hinter einer fein säuberlich aufgehäuften Scheiterbeige.

Ein abgesägter Baumstrunk diente ihm als Sitzgelegenheit, seine Schirmmütze legte er sich auf den Schoss. Er bereute es, keine Jacke angezogen zu haben. Der Sommer deutete sich tagsüber zwar an, blieb in den Nächten aber noch fern.

Plötzlich ging tatsächlich die Tür auf. Nur einen Spalt weit, doch das Quietschen der Türscharniere war deutlich zu vernehmen und störte für einen Moment die Stille der Nacht. Friedli war augenblicklich hellwach. Er sah, wie sich eine Gestalt durch die Lücke schob, die Tür hinter sich zuschloss und zu einem Schöpfli ging, das ostseitig an das Armenhaus angebaut worden war. Die Gestalt verschwand im Innern des Schöpflis und kehrte wenig später zurück. Jetzt zog der Schatten etwas hinter sich nach. Friedli liess keine weitere Sekunde verstreichen und nahm die Verfolgung auf. War es also doch schon wieder so weit? Oder würde sich Steinhauser lediglich die Beine vertreten? Warum hatte er dann den Hintereingang benutzt? Und was hatte er im Schöpfli geholt? Friedli war wie auf Gufen. Als die Gestalt auf die Strasse einbog und vom Schein einer Laterne erfasst wurde, sah er, was Steinhauser hinter sich nachzog. Es war ein Leiterwägeli. Das Leiterwägeli, mit dem er tagsüber im Dorf Altmetall einsammelte!

«Aber natürlich ...», schoss es Friedli durch den Kopf. «Damit konnte er die Leichen transportieren. Allein. Ohne Komplizen.»

Dafür, dass er ein alter Mann war, war Steinhauser erstaunlich geschwind unterwegs. Auf der Höhe der Kirche verliess er zügig die Strasse, wie ein Getriebener. Er schlug einen Weg durch ein Quartier ein und betrat schliesslich eine ungemähte Wiese. Friedli bemerkte nicht, wie seine Füsse nass wurden vom Tau. Zu aufgeregt war er, zu sehr damit beschäftigt, sein Ziel nicht aus den Augen zu verlieren. Sein Herz schlug ihm bis in den Hals. Dass der Chlaus durch eine Wiese ging, war zwar insofern ein Vorteil, als

Friedli nur den Spuren zu folgen brauchte, die das Leiterwägeli im Gras hinterliess, und sich somit einen etwas grösseren Abstand erlauben konnte. Andererseits fehlte jetzt der Sichtschutz. Er musste vorsichtiger sein. Dummerweise stand der Mond hoch am Himmel und sein Schein tauchte die Landschaft in ein mattes, milchiges Licht.

«Nicht umdrehen, jetzt bitte nur nicht umdrehen …»

Auf einmal merkte Friedli, dass weder der Zugersee noch der Kulm der Rigi zu sehen waren. Seine wichtigsten Referenzpunkte waren verschwunden. Er musste sich eingestehen, dass er keine Ahnung mehr hatte, wo er war. Glücklicherweise ging Steinhauser keine verwinkelten Pfade, sondern schritt mehr oder weniger geradeaus mitten durch die Wiese. Friedli meinte aus der Ferne die gedämpfte Stimme des alten Chlaus zu hören. Schauerlich tönte dieser ewiggleiche Dreiklang: «Mänz Mänz Mänz Bodefridimänz.»

Es mussten gegen die zwanzig Minuten verstrichen sein, da endete die Wiese abrupt und Steinhauser betrat eine Strasse. Auf der linken Seite war die Rigi wieder zu sehen. Irgendwo vor ihnen mussten also Küssnacht und der Vierwaldstättersee liegen. Friedli verkürzte den Abstand. Plötzlich bog Steinhauser von der Strasse ab, betrat den Garten eines kleinen Häuschens und blieb vor dem Eingang stehen.

«Hoffentlich ist die Türe verriegelt!», dachte Friedli.

Steinhauser stellte das Leiterwägeli ab und drückte die Türfalle. Die Tür schwang auf.

Kapitel 42

Obwohl Weinzäpfli ein gewohnter Nachtgänger war, benötigte er über eine Stunde für den Marsch von Immensee nach Küssnacht. Der Grund war aber nicht, dass er sich verirrt hätte. Es war vielmehr so, dass er schlichtweg nicht ankommen wollte. Immer wieder blieb er auf Bänken sitzen, ging Wegabschnitte mehrmals auf und ab, legte sich ins Gras oder drehte ein paar Runden im Kreis. Allen Zusatzrunden und Schlenkern, Pausen und Umwegen zum Trotz blieb das Gnuusch in seinem Kopf bestehen. Irgendeinmal erreichte er eine Abzweigung. Auf der einen Seite führte der Weg auf die Seebodenalp und auf der anderen Seite hinunter nach Küssnacht. Eine Tschuppelete Geissen weidete hier seelenruhig, so als ob es das Normalste der Welt wäre, sich auch inmitten der Nacht noch die Bäuche vollzufressen. Der heitere Klang ihrer Glöcklein beschallte die ansonsten stille Nacht. Weinzäpfli bog nach rechts ab. Fünf Minuten später erreichte er die ersten Häuser. Nochmals fünf Minuten später gelangte er an die Ecke Oberdorfstrasse und Seebodenstrasse, an welcher der Schneidermeister Sepp Knüsel Radiogeräte verkaufte und reparierte. Weinzäpfli hatte ihn bei einem seiner Rundgänge durch Küssnacht kennengelernt. Durch die kleinen Fenster, die sich nicht als Schaufenster eigneten, sah er eine Vielzahl an Radiogeräten unterschiedlichster Art. Weinzäpfli staunte, zu welch verblüffenden Wunderwerken die Menschenhand geführt hatte. Da gab es also tatsächlich ein Instrument, das in der Lage war, Stimmen aus der Luft aufzufangen, die Hunderte von Kilometern weit entfernt gesprochen wurden, und so klar wiederzugeben, dass man meinte, die Person stehe direkt vor einem. Und als ob dies nicht schon genügend erstaunlich war, gab es neuerdings auch noch Geräte, die sowohl Ton wie auch bewegtes Bild übertragen konnten. Knüsel hatte ihm von jenem historischen 21. September vor sechs Jahren berichtet, als der Küssnachter Zahnarzt Harald Imgrüth auf einem selbst gebauten Apparat erstmals Fernsehsendungen aus Zürich empfangen konnte.

Auf den Strassen trieb sich um diese Uhrzeit niemand mehr herum, und auch in den vereinzelten Beizen, an denen Weinzäpfli vorbeiging, waren die Lichter gelöscht, die Stühle hochgestellt worden, die Zapfsäulen vorübergehend versiegt. Als er das Pfrundhaus am Pfarrhausplatz erreichte und seinen Weg die Gasse hinunter zum See fortsetzen wollte, wo das Hotel Seehof du Lac lag, vernahm er urplötzlich eine Stimme aus dem Himmel. Weinzäpfli blieb wie versteinert stehen. Zwar hatte er nicht gehört, *was* die Stimme zu ihm gesprochen hatte, aber er hatte sie sich auf keinen Fall eingebildet. Es war eindeutig eine Stimme gewesen. Eine Stimme, so real wie der Gehörschaden eines pensionierten Sprengmeisters. Die Vermutung, dass es eine göttliche Offenbarung sein könnte, verflüchtigte sich, als Weinzäpfli realisierte, *was* die Stimme zu ihm sagte: «Uhuli, hier bin ich … hier drüben, Sie verwirrtes Schaf … hier im Baum oben!»

Weinzäpfli drehte sich um und lokalisierte endlich den Ursprung der Stimme. In der Baumkrone einer mächtigen Buche, die vor dem Polizeiposten in den Himmel ragte, hing eine Person im Geäst.

«Würden Sie mir bitte helfen, vom Baum runterzukommen?»

Dem Hauptkommissar entfuhr ein erheitertes Glucksen.

«Potzmänt am Stecken, was tun Sie denn da oben? Gibt es keine besseren Aussichtspunkte?»

Professor Doktor Doktor Markus Gugger-Flöss seufzte.

«Sie suggerieren, dass ich mich absichtlich hierher begeben hätte.»

Weinzäpfli stutzte.

«Suggerieren? Hat das etwas mit Suggen zu tun?»

«Äh, da bin ich überfragt, aber wohl eher nicht.»

«Es wäre auch nicht sonderlich erhellend gewesen.»

«Wie meinen Sie das?»

«Na, der Satz wird tendenziell nicht viel klarer, würde man davon ausgehen, dass Suggerieren von Suggen stammt.»

«Woher wollen Sie das wissen, wenn Sie doch sagen, nicht zu wissen, was Suggerieren bedeutet?»

«Ich weiss es nicht. Aber sagen Sie es mir doch, was bedeutet dieses Wort?»

Hätte jemand die beiden Herren zu dieser späten Stunde belauscht, wie sie über die Bedeutung eines Wortes debattierten, dessen Verschwinden keinen nennenswerten Verlust bedeutet hätte, wäre es von einem Tag auf den anderen aus dem Sprachgebrauch aller existenten Lebewesen gefallen, so hätte die Person sicherlich vermutet, sie sei auf zwei hagelblau betrunkene Freunde gestossen. In Tat und Wahrheit waren beide aber so nüchtern wie Hochseiltänzer vor dem Salto mortale. Was Suggerieren bedeutete, sollte der Hauptkommissar aber nicht erfahren, denn plötzlich wurde Professor Gugger zitterflatterig. Er begann mit den Armen auf und ab zu wedeln.

«Was haben Sie, Herr Professor, ist Ihnen kalt?»

«Neeeeinnnn … Wir haben keine Zeit für solches Gerede, lieber Herr Hauptkommissar, ich muss Ihnen unbedingt etwas zeigen. Unbedingt! Uuuuuunbedingt!»

«Was genau haben Sie herausgefunden?»

Wieder fuchtelte der Professor mit den Händen durch die Luft.

«Ich muss es Ihnen zeigen, doch dazu müssen Sie mir erst einmal dabei helfen, hier runterzukommen.»

In der Stimme war deutliche Erregung zu spüren. Weinzäpfli versuchte den Fuss des Professors zu fassen, merkte aber schnell, dass er zu weit oben festhing.

«Ich weiss nicht, wie ich Ihnen helfen kann», gestand er und schlug vor: «Wenn wir keine Zeit haben, dann erzählen Sie mir doch, worum es geht!»

Der Professor ächzte und begann wirres Zeug zu quasseln, von dem Weinzäpfli weder den Inhalt noch den Zusammenhang verstand. Er redete von Zahlen, von Berechnungen, von Ursachen, von Aszendenten, von Homogenitäts- und anderen Bedingungen; von Variablen, Störfaktoren und vielen weiteren Dingen, die dem Berner Kriminalpolizisten so fremd waren, dass er sich in dieser Materie so verloren fühlte wie eine Schneeflocke im Krematorium. Selbst wenn Weinzäpfli nichts davon verstand, was der Professor sagte, verstand er doch allemal, dass ihm zwei Optionen offenstanden: Entweder gelang es ihm doch noch, den Professor aus diesem Baum zu befreien, damit er ihm zeigen konnte, was er entdeckt hatte. Oder aber er holte Hilfe und verständigte jemanden, der die Sprache des Mathematikers verstand und ihm übersetzen konnte, was er sagte. Einen kurzen Moment lange wog Weinzäpfli die Optionen ab. Er blickte abwechselnd zum Baum und dann wieder in die Richtung, in der das Hotel Seehof du Lac lag. Dann schrie er lauthals in die Nacht hinaus: «Bleiben Sie, wo Sie sind, ich hole Hilfe … ich hole den Übersetzer … ich hole einen, der Sie versteht.»

Und Weinzäpfli rannte los, so schnell ihn seine Beine trugen. Der Professor, der nach wie vor an seinen Hosenträgern im Geäst der Buche hing, stellte das wilde Hampeln abrupt ein. Er schaute dem Hauptkommissar nach.

«Keine Sorge, mein Freund, ich rühre mich nicht von der Stelle.»

Kapitel 43

Im Schutz einer Hecke sah Friedli zu, wie der Chlaus im Haus verschwand, in dem sein nächstes Opfer vermutlich tief und fest schlief, jener Mensch, den Steinhauser aus unerklärlichen Gründen und mit unerklärlichen Mitteln flachwalzen würde. Wenn Friedli bereits zuvor sicher gewesen war, dass Steinhauser der Ursprung der Mordserie war, dann waren nun auch die letzten Zweifel weg. Umso mehr wünschte er sich, er wäre in diesem Moment nicht alleine unterwegs. In all seinen Dienstjahren unter der Leitung Theobald Weinzäpflis hatte er dabei mitgeholfen, eine unzählbare Fülle an Delikten aufzuklären. Darunter auch viele Morde. Er hatte bei Beschattungen mitgemacht, Prügeleien, Ehedramen, Erpressungsversuche, Geiselnahmen, Verfolgungsjagden und sogar ein paar wenige Schiessereien erlebt. Aber er war nie alleine gewesen. Wenn er doch nur schon seinen Kollegen Linder an seiner Seite gewusst hätte. Die Angst, die ihn befallen hatte, wurde mit jeder Sekunde stärker und sie war kurz davor, sich in Panik zu wandeln. Friedli spielte mit dem Gedanken, Verstärkung zu holen. Schliesslich verwarf er diese Idee. Er würde diesen Halunggen stellen, noch bevor weitere Menschen starben. Dafür würde er persönlich sorgen. Friedlis Hand legte sich um den Griff seiner Pistole und er betrat den Garten des Hauses.

Kapitel 44

Auch mit Chummers Unterstützung gelang es nicht, den Professor vom Baum runterzuholen. Da half selbst die formidabelste Räuberleiter nicht. Weinzäpfli erinnerte sich an den Mann, den er in der Glasi kennengelernt hatte und der früher Wagner und Leiternbauer gewesen war. Wie hiess er? Gössi? Hans-Peter Gössi? Vielleicht hätte dieser Mann eine geeignete Leiter bei sich zu Hause rumliegen. Mit einer Leiter, die fünfzig Seigel besass, könnte man den Professor bestimmt ohne Weiteres retten. Weinzäpfli wollte Chummer gerade fragen, was ein Seigel überhaupt sei, da wurde ihm wieder bewusst, weshalb er seinen Kollegen Chummer holen gegangen war. Er hatte einen Dolmetscher gebraucht, jemanden, der in der Lage war, aus dem Kauderwelsch eines Wissenschaftlers sinnvolle Worte zu destillieren.

«Können Sie dem Chummer Gottfried nochmals sagen, was Sie mir vorhin gesagt haben?», sprach er in den Nachthimmel hinauf, sodass es tatsächlich den Eindruck erweckte, als befände er sich in einem Gespräch mit Gott.

Gugger liess sich nicht zweimal bitten. Ohne Vorwarnung sprudelten die Worte aus seinem Mund, die Arme vollführten den bekannten Tanz. Chummer wartete nicht einmal die erste Atempause ab.

«Sprechen Sie langsamer, lauter und deutlicher, ich verstehe Sie sonst nicht», unterbrach er Gugger harsch.

Weinzäpfli fühlte sich bestätigt. «Na, hab ich's Ihnen nicht gesagt? Das ist kein ordentliches Deutsch, was er da spricht», flüsterte er Chummer zu.

Selbst wenn er darauf brannte, herauszufinden, was der Professor ihnen berichten wollte, war er erleichtert darüber, dass auch Chummer nicht schlau wurde aus diesem Wortschwall, der sich nahezu ausschliesslich aus Fremd- und Fachwörtern und andergattig Kuriositäten zusammensetzte.

Die Armbewegungen setzten aus. Einen Moment lang war es still. Man konnte erahnen, wie Gugger sich zusammenzureissen versuchte und seine Worte süferli auf der Zunge präparierte. In ihm drin herrschte die Hysterie, und der Grund war wohl die verrinnende Zeit. Auf einmal sprach er tatsächlich wesentlich deutlicher und ohne Hast, dafür mit dem einen oder anderen Unterbruch:

«Die neue Leiche … der neue Tote. Ich habe seine Attribute in die Berechnungen aufgenommen und alles nochmals durchgerechnet, die Planetenbahnen konsultiert und mein Pendel geschwungen. Dabei habe ich etwas rausgefunden.»

Chummer wurde nun auch chribbelig.

«Ist etwa doch nicht der Benedikt Steinhauser unser Ziel?», fragte er vorsichtig.

Weinzäpfli riss erwartungsvoll die Augen auf. Doch Gugger schüttelte mit Vehemenz den Kopf: «Nein, das will ich damit nicht sagen, darum geht es nicht.» Er winkte ab. «Ich bin kein Kriminalbeamter, kein Naturforscher oder Pfaff, es sind nicht die Ziele, die Ursachen oder die Zwecke, die ich erforsche. Ich bigele lediglich Zahlen, vergleiche Werte, konsultiere den Kosmos und bestimme statistische Zusammenhänge. *Sie* sind dann verantwortlich dafür, die richtigen Schlüsse zu ziehen.»

Der Professor verlor erneut die Kontrolle über sich. Er sah aus wie ein Hampelmann unter Stromschlägen. Chummer verlor die Geduld.

«Kommen Sie zum Punkt. Was haben Sie herausgefunden?», murrte er.

«Aber meine Herren … meine Herrschaften, hören Sie doch zu … Hören Sie jetzt unbedingt zu!» Guggers Stimme war jetzt sehr laut. Er war schon dem Schreien nahe. «Es besteht ein Zusammenhang und ich Depp habe ihn übersehen. Mit dem neuen Toten … Beim erneuten Berechnen der Korrelationen … da ist mir dieser Zusammenhang ins Auge gestochen, denn er ist so eindeutig und so signifikant wie der Arsch eines Pavians.»

Weder Weinzäpfli noch Chummer vermochten den Sinn dieser Analogie zu ergründen. Ersterer, weil er nicht wusste, was die Begriffe «Korrelation» und «Signifikanz» bedeuteten, Letzterer, weil er keinen Hauch einer Ahnung hatte, wie die Wörter «Signifikanz» und «Pavianarsch» in einem einzigen Satz untergebracht werden konnten, an den man auch die leiseste Erwartung stellte, einen Sinn und eine Bedeutung zu besitzen. Chummer verabscheute Analogien und Metaphern von Grund auf. Seines Erachtens waren sie ein gefährlicher und unverzeihlicher Missbrauch der menschlichen Sprache. Da die Menschen aber offenbar im Kollektiv dazu neigten, diesem Missbrauch zu frönen, hatte Chummer den Kampf längst aufgegeben und stattdessen damit begonnen, solche Wortspiele zu überhören. Sie waren nichts als ein lästiges Hintergrundrauschen, das ihn ab und zu zwar etwas verstimmte, auf das er aber nicht einging.

«Und weiter?», hakte er nach.

Der Hampelmann zuckte wie wild und schrie nun vollends enthemmt: «Es handelt sich um eine perfekte Reihe, hören Sie? Eine Reihe, ohne Ausnahme, ohne Fehler! Die Toten ergeben sie … die Reihe. Es sterben die beim jeweiligen Betrieb am längsten beschäftigten Arbeiter. Von alt nach neu, sozusagen. Schön der Reihe nach. Naadisnaa. Rübisundstübis. Ratzfatz.»

Weinzäpfli wurde trümlig. Er verstand immer noch nicht, was der Professor meinte, aber da war dieses Gefühl, wonach sich da etwas unghüür Verrecktes anbahnte. Chummer bewahrte die Ruhe. Zumindest äusserlich.

«Sie sagen, dass die Arbeiter, die am längsten in der Weggenfabrik oder in der Glasi arbeiteten, zuerst starben und dass mit jedem weiteren Toten die Anzahl Jahre im Betrieb abnimmt?»

Gugger betrachtete ihn entgeistert.

«Aber genau das habe ich ja gerade gesagt!», schrie er. Seine Worte hallten über den Pfarrhausplatz. Es würde nicht mehr lange dauern und die ersten Nachbarn würden mit grimmigen Mienen aus ihren Fenstern schauen. Das interessierte in diesem Moment keinen der drei Männer. Diese Nonchalance war aber fahrlässig, da die Küssnachter einerseits doch auch bekannt dafür waren, dass ihnen die Nachtruhe heilig war, und andererseits allesamt in ihren Schlafzimmern über geladene Gewehre des Typs Karabiner 31 verfügten.

«Ich weiss nicht so recht …», wandte Chummer ein. «Es ist doch auch möglich, dass es ein Zufall ist. Meinen Sie nicht auch?»

Der Professor lachte auf, erstaunlich forsch für sein ansonsten so zynismusfreies Wesen.

«Klar. Und es ist auch möglich, dass ich mit blosser Hand in ein Kaminfeuer greife, um eine Kohle herauszuholen, ohne mich dabei zu verbrennen.»

Chummer schnalzte mit der Zunge. Er konnte sich nicht recht dazu überwinden, grosse Erwartungen in diese neue Erkenntnis zu legen. Vor allem, weil es seines Erachtens keine wirkliche Erkenntnis war. Seiner Meinung nach war es plausibler, diesen Umstand auf einen Zufall zurückzuführen, Wahrscheinlichkeit hin oder her.

Professor Gugger konnte offenbar nicht verstehen, wie man angesichts dieser Offenbarung noch untätig an Ort verbleiben konnte. Sein Körper schaukelte, ausgelöst durch die Armbewegungen, immer rassiger hin und her, wie auf einem Ritiplampi. Das Geäst knarzte und ächzte, das Laub raschelte, irgendwo uhute ein Uhu.

«Herrgottstärnefüdli, Sie verstehen die Relevanz dieser Einsicht wohl nicht, oder?»

Das Schreien des Professors war heiser geworden. Die beiden Berner Beamten wechselten Blicke. Der Hauptkommissar übernahm:

«Was meinen Sie? Erklären Sie sich doch, mein Lieber. Ich kann nicht in Ihren Schädel schlüpfen und mein Kollege Chummer hält nichts von Sternkarten und Pendeln.»

Gugger begann, sich die Schläfe zu massieren. Und es wirkte. Er beruhigte sich etwas. Endlich sprach er mit lauter, deutlicher und klarer Stimme: «Ich meine, dass wir nun, wenn wir die Reihe fortsetzen, den nächsten Toten prognostizieren können.»

Die Erkenntnis traf Chummer wie ein Schlag mitten ins Gesicht. Und als er endlich verstand, was ihnen der verrückte, aber ohne Zweifel gewiefte Professor seit geraumer Zeit mitzuteilen versuchte, war ihm auf einmal auch klar, warum dieser es pressant hatte.

Just in diesem Moment der Erleuchtung brach jener Ast, an dem sich Guggers Hosenträger verfangen hatten. Es ertönte ein kurzer Schrei, der Professor stürzte vom Baum und landete direkt vor ihren Füssen auf seinem Hosenboden. Ein paar kleinere Äste und jede Menge Laub begleiteten seinen Sturz. Mit etwas Verzögerung segelte ein Blatt Papier aus der Baumkrone und blieb auf den Knien des Professors liegen.

Gugger räusperte sich und rezitierte plötzlich mit theatralischer Stimme: «Täglich steht der Tod mir bevor, wohl weiss ich es sicher. Doch wenn ich schau, wie der Chor kreisender Sterne sich schlingt, fühl ich mich aufwärts gehoben, ich sitze an himmlischer Tafel.» Er platzierte die Brille neu, die ihm von der Nase gerutscht war, entfernte ein paar Blätter von seiner Kleidung und schloss: «Johannes Kepler.»

Weinzäpfli schaute ihn erstaunt an. Chummer hingegen ignorierte das Zitat. Er bückte sich zu Gugger hinunter und sprach, ohne Rücksicht auf die Gefühle des pensionierten Mathematikers:

«Rücken Sie raus mit der Sprache! Wer ist es?»

Der pensionierte Professor griff mit zittrigen Fingern nach dem Blatt Papier vor sich und streckte es den beiden Berner Kriminalpolizisten entgegen, wie wenn er sich damit auch von einer Bürde befreien wollte. Weinzäpfli las den Namen, und sein Herz setzte einen Schlag aus.

Kapitel 45

In diesem Augenblick wünschte sich Friedli, er wäre ein Geist, der sich in vollständiger Geräuschlosigkeit bewegen und jederzeit auch wieder durch die Wände hindurch auf die Flucht begeben könnte. Er war aber ebenso wenig ein Geist wie die Eisenbahn, die den Bütler Hans überfahren und zerhudlet hatte. Deshalb verschob Friedli sein Fleisch und Blut halt so geräuschlos, wie es ihm nur möglich war, durch die offene Tür ins Innere des Hauses. Drinnen wartete er einen Moment ab und lauschte allfälligen Geräuschen, während sich die Augen an die dunkle Umgebung gewöhnten. Er konnte nichts Auffälliges hören. Friedli ging Schritt für Schritt vorwärts, seine Fersen setzte er nicht ab. Bei jedem noch so leisen Knarren des Parkettbodens klammerte er sich noch fester am Griff seiner Pistole fest. Als er auf einmal eine Veränderung unter seinen Fusssohlen bemerkte, atmete er erleichtert auf. Gott sei Dank, er hatte einen Teppich betreten. Friedli ging zwei, drei Schritte auf dem Teppich, blieb dann stehen und horchte. Nichts. Wo mochte Steinhauser nur hingegangen sein? Passte er ihn etwa schon ab? Wartete er hinter der nächsten Ecke auf ihn? Friedlis Beine begannen zu zittern. Mittlerweile erkannte er Umrisse im Inneren des Hauses ziemlich deutlich. Er stand in einem Gang, es gab ein grösseres Zimmer auf der rechten und zwei kleinere auf der linken Seite. Die Tür zum grossen Zimmer stand offen. Vermutlich war es die Stube. Vor ihm befand sich eine Treppe, die in den ersten Stock hochführte. Höchstwahrscheinlich zum Schlafzimmer des Hausbesitzers. Wie der Rest des Hauses war auch die Treppe aus Holz gefertigt, was bedeutete, dass sie ihn vermutlich schon beim Betreten der ersten Stufe durch ihr Knarren und Knarzen verraten würde. Friedli versenkte die Schneidezähne in der Unterlippe. Er konnte nicht abwarten, bis der Steinhauser den Bewohner dieses Hauses tötete. Er musste handeln. Was aber sollte er tun?

Während er fiebrig über mögliche Handlungsoptionen nachdachte, vernahm er irgendwoher das leise Klicken und Rattern einer Mechanik. Es gelang ihm nicht, das Geräusch zu identifizieren, aber es kam ihm vertraut vor. Ein kühler Luftzug drang durch die offene Haustür ins Innere. Die Sekunden verstrichen und Friedli stand unschlüssig unten an der Treppe. Auf einmal veränderte das Klicken und Rattern den Rhythmus und wurde lauter. In diesem Moment verstand Friedli, was es war und dass sich ihm jetzt die Chance bot, unerkannt nach oben zu gelangen. Während die Wanduhr im Korridor mit einem tiefen Gong und zwei hellen Glockenschlägen die Zeit verkündete, huschte er flugs die Treppe hoch und erreichte den Fussboden der ersten Etage mit dem letzten Glockenschlag. Wie eingefroren blieb er stehen. Leicht geduckt, der Lauf seiner Pistole zielte in die Dunkelheit. Friedli wagte kaum zu atmen. Hatte ihn der Steinhauser gehört? Er spürte, wie sein Herz gewaltsam gegen den Brustkorb schlug. Erneut wurde er von Panik befallen. Friedli verfluchte den Moment, in dem er entschieden hatte, auf eigene Faust zu ermitteln. Glücklicherweise erlangte er die Ruhe mit jeder Sekunde, in der sich nichts ereignete, allmählich zurück. Er versuchte sich zu orientieren. Die Raumaufteilung schien gleich zu sein wie im Erdgeschoss. Ein Gang, ein Zimmer auf der einen, zwei kleinere Räume auf der anderen Seite. Der Unterschied war, dass die Dachschräge in diesem Stockwerk den effektiv zur Verfügung stehenden Raum verringerte. Hier wohnte bestimmt keine Grossfamilie, vermutlich eine Einzelperson, allerhöchstens ein Ehepaar. Er wagte ein paar Schritte durch den Korridor. Als er an einem Gumödeli vorbeikam, erkannte er urplötzlich eine Silhouette zu seiner rechten Seite. Er zuckte zusammen, schwenkte den Lauf der Pistole in diese Richtung und schlug dabei ein Buch um, das auf der Kommode gestanden hatte. Das Buch stürzte zu Boden, wo es mit einem dumpfen Knall landete. Erst jetzt verstand Friedli, dass es sein eigenes Spiegelbild war, das ihn erschreckt hatte. Er stand mit erhobener Waffe sich selbst gegenüber. Noch bevor er sich über sein Missgeschick ärgern konnte, fiel ihm eine gerahmte Fotografie auf, die auf der Kommode stand. Friedli konnte nicht erkennen, wen sie zeigte, dazu war es zu dunkel. Es war ein Mann, der an eine hohe Leiter gelehnt neben einem Haus stand. Ohne die Pistole zu senken, griff Friedli mit der freien Hand nach dem Bild und hielt es schräg vor sein Gesicht, sodass es vom Mondschein beschienen wurde, der schwach durch ein Fenster in den Gang fiel. Nun erkannte er, wer auf der Fotografie abgelichtet war. Und er verstand zugleich, in wessen Haus er sich befand, wer das nächste Opfer sein würde. Der Moment der Einsicht währte aber nicht lange. Ein pickelharter Gegenstand traf ihn mit voller Wucht am Hinterkopf, Friedli sackte zusammen und blieb auf dem Boden liegen. Die letzten Worte, die er vernahm, ehe er das Bewusstsein verlor, bescherten ihm ein Unbehagen, wie er es zuvor noch nie erlebt hatte.

«Mänz Mänz Mänz Bodefridimänz.»

Kapitel 46

«Jetzt erwischen wir dich!», dachte sich Chummer, während sie die Strasse hinunter in Richtung Hotel rannten. Er platzte beinahe vor Aufregung. Es war das erste Mal, dass sie dem Mörder nicht unbeholfen hinterherhinkten, sondern sogar seinen nächsten Schritt kannten. Selbst wenn die Beweggründe des Mörders weiterhin unbekannt blieben und Chummer den Sternkarten, Horoskopen und Pendeln nicht traute, auf die der Professor in seinen Berechnungen zurückgegriffen hatte, war die Reihe, die Gugger aufgedeckt hatte derart auffällig, dass Chummer davon ausging, dass man korrekt prognostizieren konnte, wer als Nächstes getötet werden würde. Die Frage war nur, wann dies geschähe.

Chummer betrat das Hotel, Weinzäpfli und Gugger folgten ihm auf den Fersen. Im Foyer angelangt, drehte sich Chummer zu den beiden anderen um.

«Telefonieren Sie bitte den Kriminalpolizisten von Rotz, Zgraggen und Brändli. Sie sollen sofort hierherkommen!», sprach er zu Gugger, wartete gar nicht erst eine Reaktion ab, sondern richtete sich an Weinzäpfli.

«Helfen Sie mir dabei, die Mannschaft zu wecken?»

Auch wenn es Chummer vorkam, als dauere alles viel zu lange, war die Geschwindigkeit, in der sich der Ermittlungstrupp versammelte, beeindruckend. Vor allem, wenn man bedachte, zu welch später Stunde die Mannschaft zusammengetrommelt worden war. Die Wanduhr schlug zwei Uhr, da standen sie allesamt im Speisesaal des Hotels Seehof du Lac. Unfrisiert und übernächtigt, aber dennoch gespannt wie die Stimmbänder einer Primadonna während dem hohen C. Linder war anwesend, ebenso Eichhorn und Seeholzer, der Maschinegweer-Räber und natürlich Gugger, Weinzäpfli und Chummer. Zgraggen, Brändli und von Rotz befanden sich auf dem Weg nach Küssnacht. Nur von einem Beamten fehlte jede Spur.

«Hat jemand den Friedli gesehen, in seinem Zimmer war er nämlich nicht?», wollte Weinzäpfli wissen. Niemand antwortete ihm, die Polizisten schauten sich nur gegenseitig an.

«Der Schlüssel seines Hotelzimmers hängt hier am Brett, er ist offenbar gar nicht aus Immensee zurückgekehrt. Vielleicht ist er in einer Spelunke versumpft?», ertönte die Stimme des Keller Philipp. Der Besitzer des Seehof du Lac befand sich in tadellos gebügeltem Anzug, aber mit verstrubbelter Frisur hinter der Rezeption. Ihn hatte niemand wecken müssen. Es war, als ob er derart verbunden war mit seinem Hotel, dass er fühlen konnte, wenn im Innern der Hotelmauern Ungewöhnliches vonstattenging.

Weinzäpfli wusste, dass Friedli jemand war, der gute Gesellschaft mochte und infolgedessen durchaus ab und zu in einem Wirtshaus hängenblieb. Trotzdem bereitete ihm Friedlis Abwesenheit Sorgen. Er blickte durch die Verandafenster hinaus auf den Vierwaldstättersee, der nichts war als eine schwarze Suppe.

«Wir warten noch auf Hauptmann von Rotz, dann fahren wir los», verkündete Chummer bereits zum dritten Mal. Er zündete sich ein neues Zigarettli an und begann damit, nervös durch den Saal zu gehen. Der Parkettboden quietschte unter seinen Stiefeln, Zigarettenrauch umwölkte sein Gesicht. Der Rest des Trupps stand reglos und bolzengredi im Saal. Die eine oder andere Hand lag bereits am Holster der Pistole. Man wusste: Bald würde es losgehen. Und tatsächlich, plötzlich schwangen die gewichtigen Türflügel auf und von Rotz stürmte in den Raum, mit rotem Grind wie ein englischer Tourist, einen Nasenlumpen in jeder Hand, mit denen er abwechslungsweise zur triefenden Stirne fuhr, als ob er soeben einen Lauf durch den Regenwald gemacht hätte. Es waren noch nicht alle Hände geschüttelt und Morgengrüsse ausgesprochen, da trafen auch Zgraggen und Brändli ein und das Händeschütteln und Grüssen ging von Neuem los. Chummer konnte es nicht ertragen, dass einmal mehr wegen gesellschaftlicher Gepflogenheiten, die jeglicher Rationalität entbehrten, wichtige Sekunden vergeudet wurden. Zwar gab es keine Garantie, dass es tatsächlich gemäss Guggers Reihe weitergehen würde, und erst recht nicht, dass dies heute Nacht geschehen würde, doch bekanntlich war Vorsicht besser als Nachsicht. Wenn man keinen weiteren Toten riskieren wollte, musste jetzt gehandelt werden. Chummer unterbrach das Begrüssungsritual etwas barsch und erklärte allen Anwesenden so knapp wie nur möglich die Sachlage. Professor Markus Gugger begab sich an seine Seite und hielt während Chummers Erklärungen mit einer Hand Papierbögen hoch, deren Inhalt zwar niemand lesen, geschweige denn verstehen konnte, die aber das Gesagte offensichtlich untermauerten, während er mit der zweiten Hand ein kleines Pendel hin und her schwang. Dann wurden Befehle erteilt. Niemand interessierte sich in diesem Augenblick für Hierarchien und Zuständigkeiten – es gab sie nicht mehr, die Grenzsteine.

Im milchig trüben Mondlicht verliess die Tschuppelete Kriminalbeamte wenige Stunden vor dem Morgengrauen mit entsicherten Pistolen das Hotel Seehof du Lac. Zuvorderst Chummer und Zgraggen, in der zweiten Reihe von Rotz und Brändli, dann Gugger und Weinzäpfli und zuhinterst die Uniformierten Linder, Eichhorn, Seeholzer und der Maschinegweer-Räber. Hotelier Keller blieb am Eingang stehen, ein Cognac-Glesli in der Hand, und beobachtete, wie die Polizisten drei Fahrzeuge bestiegen. Autotüren fielen zu, Reifen quietschten, Motoren heulten auf und die Automobile brausten davon. Einer der Wagen fuhr geradeaus in die Strasse Richtung Immensee, die beiden anderen bogen nach links ab und fuhren quer durch das Dorf zum Haus derjenigen Person, die das nächste Glied in der Reihe sein sollte.

Kapitel 47

Chummer stiess die Wagentür auf und rannte mit grossen Schritten durch den Garten. Seine Pistole hielt er fest umklammert. Von Rotz und Weinzäpfli folgten ihm tifig, für Linder ging alles etwas zu schnell. Er stapfte mit einigen Metern Rückstand hinterher. Auch der zweite Wagen hielt nun auf der Matte neben dem Haus. Der Maschinegweer-Räber, Professor Gugger und Alois Eichhorn stiegen aus. Als Chummer die Schwelle betrat, blieb er stehen. Man musste kein Kriminalbeamter sein, um festzustellen, dass hier etwas nicht stimmte. Die Tür stand offen. Jemand war ins Haus eingedrungen! Ob sich diese Person noch im Haus befand, war unklar. Ob sie bewaffnet war, ebenso. Chummer deutete den anderen mit einem Zeichen an, sich leise vorwärtszubewegen, holte seine Taschenlampe hervor, zündete sie aber noch nicht an. Keiner der Polizisten gab auch nur einen Laut von sich und doch war allen klar, was es zu tun galt. Von

Rotz und Eichhorn huschten an Chummer vorbei und sicherten die Rückseite des Hauses, wo sich ein Gartenhäusli befand. Weinzäpfli bezog hinter Chummer Position, Linder gleich daneben. Linder war der Einzige, dessen Pistole noch im Halfter steckte. Dafür waren die Ärmel zurückgekrempelt, die Fäuste geballt, die Muskeln angespannt. Wenn er schoss, dann mit einer Streuung, die ihn zur Gefahr für alle Menschen im Umkreis machte. Seine Schusstechnik liess keine Unterscheidung zwischen Freund und Feind zu, darum hatte er schon lange aufgehört, die Pistole einzusetzen.

Das Haus war zwar zweistöckig und besass einen Keller und doch hatten es die Kriminalpolizisten in weniger als zehn Minuten komplett durchsucht. Raum für Raum hatten Chummer, Weinzäpfli und Linder die oberen Stockwerke durchgekämmt, während von Rotz, Eichhorn und Räber den Keller abgesucht hatten. Fündig wurde man nicht. Vom Gössi Hans-Peter, dem Leiternbauer, fehlte jede Spur. Ebenso vom Mörder. Im Innern des Hauses deutete auf den ersten Blick nichts darauf hin, dass ein Kampf ausgetragen worden wäre. Der Laie wäre vielleicht auf die Idee gekommen, zu vermuten, dass man sich geirrt habe – dass Gössi gar nicht in seinem Zuhause, sondern anderswo übernachtet habe, und die Hysterie folglich unangebracht war. Dem erfahrenen Kriminalbeamten fielen aber die kleinen Ungereimtheiten auf, die die Wahrheit verrieten: Im Obergeschoss lag ein Buch auf dem Boden, an einer Stelle, an der kein Buch zu liegen hatte. Daneben winzige Glassplitter. Und was noch viel wichtiger war: Chummer hatte die Matratze im Schlafzimmer befühlt und zweifelsfrei feststellen können, dass diese noch Wärme gespeichert hatte.

Die Polizisten versammelten sich im Garten vor dem Haus, die Läufe ihrer Pistolen waren zu Boden gerichtet.

«Wo könnte er ihn hingebracht haben?», fragte Chummer in die Runde.

Professor Gugger, der das Ganze aus Distanz mitverfolgt hatte, gesellte sich nun ebenfalls zu ihnen und vervollständigte den Kreis. Er sagte aber nichts. Gugger wusste nicht, wie er in dieser Situation hätte dienlich sein können. Es war einer jener Momente, in denen die Ratschläge eines Theoretikers so sinnvoll waren wie ein Kettenpanzer für den Perlentaucher. Seiner Meinung nach waren es die Praktiker, die jetzt auf die Schnelle Handlungsempfehlungen abzugeben hatten.

«Warum wählt er seine Opfer nach dem Zeitpunkt ihrer Einstellung in der Glasi und der Weggenfabrik aus? Und weshalb tötet er sie auf diese Art und Weise? Was will er damit sagen?», murmelte Weinzäpfli und fügte an: «Und welche Rolle spielt der Schnorzli-Herbert in dieser Geschichte?»

Er fuhr sich mehrmals durch sein Haar und schloss seine Augenlider. Der Hauptkommissar grübelte in eine ganz andere Richtung, als es sein Untergebener Chummer tat.

Alois Eichhorn reagierte verwundert: «Schnorzli-Herbert? Wie kommen Sie denn auf ihn? Was hat der mit der Sache zu tun?»

«Wo könnte er ihn hingebracht haben?», ging Chummer dazwischen, bevor Weinzäpfli antworten konnte, so als ob er damit die Zwischenfrage seines Chefs im Bewusstsein der anderen überschreiben wollte. Er konnte nicht verstehen, weshalb der Umweg über das Motiv gegangen werden musste. Wenn sie der Spur des Mörders folgen konnten, würden sie früher oder später auch auf das Opfer treffen. Und wenn sie sich sputeten, erreichten sie es, bevor er es töten konnte. So einfach war die Sache. Es existierte keine Notwendigkeit, die verwirrende und verstörende Welt der Beweggründe zu betreten. *Warum* der Steinhauser etwas tat, war seines Erachtens irrelevant. Entscheidend war, dass sie genau verstanden, *was* er tat!

Plötzlich war Motorenlärm zu hören. In der Ferne tauchten zwei Scheinwerfer auf, die sich durch die Nacht tasteten. Wenig später fuhr ein Dienstwagen der Kantonspolizei Schwyz die Strasse runter und hielt unmittelbar neben ihnen an. Die Türen flogen auf. Drei Silhouetten verliessen den Wagen.

«Er ist weg … Der Steinhauser ist verschwunden!» Es war die erregte Stimme des Zgraggen Isidor. «Wir haben das ganze Armenheim durchsucht. Keine Spur von ihm, keine einzige Spur …»

Das war das Stichwort, Chummer richtete sich an den nun vollständigen Trupp: «Niemand kann einen erwachsenen Menschen wegbringen, ohne eine Spur zu hinterlassen. Vielleicht hatte er selber ein Automobil oder ein Mofa, ein Pferd, was auch immer … Suchen Sie den Garten nach Spuren ab und schauen Sie, wohin sie führen. Die Erde ist feucht und matschig, es muss hier irgendwo Spuren geben.»

Das Vorgehen leuchtete allen ein. Sofort holten sie ihre Taschenlampen hervor. Hätte ein Nachbar in diesem Moment aus dem Fenster geblickt, hätte sich ihm ein eigenartiges Bild geboten. Helle Punkte, die inmitten der Dunkelheit einen wilden Tanz vollführten.

Der Einzige, der bei der Spurensuche nicht mitmachte, war Theobald Weinzäpfli. Er hatte sich wieder im Gnuusch in seinem Kopf verfangen. Deshalb verharrte er mit geschlossenen Augen im Garten und versuchte Ordnung in seine Gedanken zu bringen. Dass der Steinhauser der Mörder sein sollte, konnte er nicht glauben. Oder er wollte es zumindest nicht. Weinzäpfli musste sich aber eingestehen: Im Moment deutete vieles darauf hin, dass dieser die gesuchte Person war. Das beunruhigte ihn. Hätte er ihn verhaften sollen, so wie es Friedli von ihm verlangt hatte? Würde er jetzt die Schuld tragen, wenn der Steinhauser auch den Gössi Hans-Peter tötete? Weinzäpfli schüttelte sich, wie wenn er sich dadurch von den unangenehmen Gedanken befreien könnte. Er atmete tief ein und startete einen neuen Versuch, die Gedanken zu klären. Alles hatte mit den vergifteten Weggen in Meggen angefangen. Irgendetwas hatte den Mörder damals dazu bewogen, der Weggenfabrik den Krieg zu erklären. Die Vergiftungswelle war nach ein paar Wochen aber verebbt. Ruhe war eingekehrt, bis zur Walpurgisnacht, als der Mörder einen Mitarbeiter besagter Weggenfabrik tötete. Oder flachwalzte, besser gesagt. Was war in der Zwischenzeit geschehen? Was hatte den Täter veranlasst, erneut zuzuschlagen? Warum hatte er seine Herangehensweise geändert? Und warum nahm er sich seither die Mitarbeitenden vor? Und weshalb die am längsten Beschäftigten zuerst? Und was hatte die Glashütte mit der Sache zu tun? Auf keine dieser Fragen wusste er eine Antwort.

Weinzäpflis Gedanken kehrten zum Gössi Hans-Peter zurück; zum berühmtesten Leiternbauer in der Region, der zunächst Opfer dieser neuen Welt geworden war, die keine Fachmänner und Meister mehr verlangte, sondern sich mit billigen Arbeitern begnügte, und der in Kürze vermutlich auch noch Opfer eines irren Mörders werden würde. Weinzäpfli stutzte. *Er war ein Opfer dieser neuen Welt geworden*. Weinzäpfli blieb an diesem Gedanken hängen. Und der Gedanke war ein Sprungbrett zu einem nächsten; zu einem Ausspruch, den Pater Ammann von sich gegeben hatte. «Plötzlich will man sogar wissen, was denn der Nachbar, die Bäckersfrau oder eben der Vagant im Armenhaus für einen Wert besitze; einen Wert, der bestimmt, ob etwas rentiert, ob etwas zu leben verdient oder nicht.» Weinzäpflis Gehirn spielte verrückt, seine Gedanken gerieten ausser Kontrolle. Der leere Stuhl im Armenheim kam ihm in den Sinn. Der Stuhl des Schnorzli-Herbert. Eichhorn hatte wissen wollen, was der mit der Sache zu tun hatte. Und plötzlich sah sie Weinzäpfli, die Gemeinsamkeit zwischen dem Gössi Hans-

Peter und dem Schnorzli-Herbert. Sie zählten beide zu den Wertlosen! Das Gnuusch begann sich zu entwirren, Weinzäpfli wusste aber noch nicht, ob er mochte, was darunter zum Vorschein kam.

Kapitel 48

Erschrocken mussten die Polizisten feststellen, dass sie im Zuge der Durchsuchung bereits den halben Garten zertrampelt hatten. Ihre Befürchtung, sie könnten dabei alle Spuren zunichtegemacht haben, erwies sich aber zum Glück als unbegründet. Es war Räber, der Muotathaler, der die Fährte als Erster fand.

«Daher, Herrschaften, sofort daher! Ich habe sie. Ich habe sie! Hört mich denn niemand? Ich habe die Spur gefunden, oh läcktschäpperstonnersmillionen, hier ist sie. Kommen Sie doch hierher. Nicht lahmärschelen, herkommen, heeeeerkommen», ratterte seine helle und rasant beschleunigende Stimme durch die Nacht.

Die anderen Polizisten eilten zu ihm. Und tatsächlich: Im Gras am Ende des Anwesens waren frische Abdrücke von zwei dünnen Rädern zu sehen. Chummer folgte den Spuren mit dem Strahl hoch zur Strasse. Auch auf dem Asphalt hatten die Räder einen Abdruck hinterlassen. Es waren nicht nur die Spuren der Räder, sondern auch Fussabdrücke zu sehen. Die Fussabdrücke von nur einer einzigen Person. Unter den Polizisten breitete sich helle Aufruhr aus. Man begann eine Diskussion über die Frage, welches der nächste sinnvolle Schritt sei. Räber beteiligte sich ebenso wenig daran wie Weinzäpfli. Der Muotathaler legte sich stattdessen ins feuchte Gras und studierte die Spuren aus nächster Nähe. Die Taschenlampe zwischen den Kiefern eingeklemmt, schob er sorgfältig Grashalm für Grashalm zur Seite, wie eine Laustante, die auf dem Wuschelkopf eines Buben nach der letzten Nisse sucht.

«Die Spuren sind tief, da wurde zweifelsohne schwere Fracht transportiert», berichtete er.

Die Diskussionen der Polizisten verstummten.

«Das war kein Töff und sicher auch kein Auto. Aufgrund des Abstandes zwischen den Rädern und der Tatsache, dass sich die Schuhabdrücke auf der Strasse fortsetzen, tippe ich auf ...» Räber hielt kurz inne, als müsste er im Kopf durchgehen, welche Transportmittel alle in Frage kämen, schaute dann zu den anderen Polizisten hoch und mutmasste: «Ich glaube, unser Mörder zog sein Opfer auf einem Leiterwägeli in diese Richtung.»

Chummer hätte dem Dorfpolizisten aus dem Muotathal am liebsten anerkennend auf die Schultern geklopft. Es war zwar schwierig, dem Tempo, in dem er sprach, folgen zu können, er hatte aber hilfreiche Informationen aufgedeckt.

«Er ist also nicht motorisiert unterwegs», sagte Chummer, «das ist gut für uns, sehr gut sogar. Er wird nur langsam vorankommen, er kann noch nicht allzu weit weg sein, schliesslich lag der Gössi bis vor Kurzem im Bett.»

Und von Rotz ergänzte nahtlos: «Und wir wissen, in welche Richtung wir gehen müssen. Nämlich diese Strasse entlang, die nach Meierskappel führt.»

Auch wenn man ihm äusserlich nichts ansah, Chummer war hocherfreut. Die Mannschaft funktionierte. Jedes Mitglied leistete seinen Beitrag. Für einen kurzen Moment huschte sein Blick zu Weinzäpfli. *Der* war nicht beteiligt, im Gegenteil: Er stand einfach nur rum und starrte ins Nichts. Oder so schien es vermutlich demjenigen, der ihn nicht kannte. Weinzäpflis Auftritt würde aber schon noch kommen, das wusste Chummer. Oder zumindest war es in der Vergangenheit immer so gewesen. Chummer war sich im Klaren darüber, dass es ein logischer Fehlschluss war, von der Vergangenheit in die Zukunft zu schliessen. Hätte er aber eine Wette aussprechen müssen, er hätte darauf gewettet, dass Weinzäpfli seine Rolle noch finden und diese nicht von geringer Bedeutung sein würde. Zgraggens Stimme holte Chummer aus seinen Gedanken.

«Aber wohin geht er denn? Will er nach Meierskappel oder was liegt in dieser Richtung sonst noch? Das Armenhaus ist es auf alle Fälle nicht.»

In diesem Augenblick gab es einen lauten Knall. Es war aber keine Pistolenkugel, die abgefeuert worden war, sondern Alois Eichhorn, der seine Handfläche wuchtig gegen seine Stirn geklatscht hatte.

«Aber natürlich», schrie er auf. «Ich weiss, wohin er will. Ich Depp, warum ist mir das nicht früher eingefallen.»

Von Rotz legte seine Hände auf die Schultern Eichhorns, starrte ihn eingehend an und fragte: «Wohin? Wohin will er, Kollege? Was ist Ihnen in den Sinn gekommen?»

«Die Familie Steinhauser … Der Vater von Benedikt Steinhauser hatte eine kleine Werkstatt … Sie war … Er hat dort allergattig Sachen repariert, Telefone, Grammofone, Funkstationen und Automobile … Alle Apparate, die unsereins für kaputt hielt, hat er wiederbelebt. Er war … Er war ein meisterhafter Mechaniker.»

Eichhorn gelang es nicht, auch nur einen Satz ohne Unterbruch zu formulieren. Und er kam auch nicht zum Punkt. Von Rotz verstärkte den Druck auf seine Schultern. Eichhorn setzte seine Erklärung fort:

«Doch dann starb er … der Alte. Und der Sohn … unser Chlaus … nun ja, er hat nicht dasselbe Talent, er war schlecht in der Schule, Schreiben lernte er nie … und er ist auch ein sehr mittelmässiger Mechaniker, hielt sich knapp über Wasser. Als er aber wegen des Schleglis … Sie wissen schon … seine Stimme und sein Amt als Chlaus verlor, musste er auch die Reparaturwerkstatt schliessen. Noch heute ist die

Werkstatt … das verlotterte Ghütt besser gesagt … aber in seinem Besitz. Doch repariert wird dort längst nichts mehr, der Steinhauser sammelt stattdessen Schrott.»

«Und die Strasse führt zu dieser Werkstatt?», hakte von Rotz nach. Sein Ausdruck änderte sich allmählich von Neugierde zu Besorgnis.

«Genau, die Werkstatt liegt unten am Erlibach, etwa eine Viertelstunde Fussmarsch von hier entfernt in diese Richtung.»

Eichhorns Zeigefinger zeigte genau in die Richtung, in der auch die Abdrücke auf der Strasse führten.

«Und wie lange dauert es mit einem Leiterwägeli bis zu dieser Werkstatt?», wollte Brändli wissen und präzisierte sogleich: «Einem voll beladenen Leiterwägeli.»

Der Küssnachter Dorfpolizist zuckte die Schultern. Brändli richtete sich an Gugger.

«He Sie, Professor, wie lange benötigt man mit einem schwer beladenen Leiterwägeli für eine Strecke, die zu Fuss eine Viertelstunde dauert? Sie können das doch sicher ausrechnen!»

Gugger machte nicht einmal Anstalten, sich dieser Berechnung stellen zu wollen. Er schüttelte sich, wie wenn ihn jemand mit einer ekligen Flüssigkeit begossen hätte.

«Aber bitte, das kann man doch nicht aus dem Stegreif rechnen», sagte er unwirsch. «Zu viele Unbekannte, zu viel Empirie. Mit Bestimmtheit kann ich nur sagen, dass ich mehr Zeit bräuchte, um in Besitz aller notwendiger Angaben zu gelangen, als Sie benötigen, den Mann einzuholen, egal ob er nun ein voll beladenes Leiterwägeli mit sich führt oder in einem Propellerflugzeug reist. Also, worauf warten Sie, machen Sie sich endlich auf die Socken!»

«Er sammelt dort Schrott, sagten Sie?»

Wie aus heiterem Himmel war Hauptkommissar Theobald Weinzäpfli hinter ihnen aufgetaucht. Eichhorn zuckte erschrocken zusammen.

«Ja, er sammelt alles Mögliche, Kupfer, Stahl, Metallrohre. Ob er viel davon verkauft, weiss ich nicht. Der Schrott türmt sich jedenfalls überall im Garten auf», erwiderte er kleinlaut.

«Findet man in einer solchen Werkstatt auch Werkzeuge, mit denen man die Mehrdimensionalität aus Menschen quetschen könnte?», wollte der Hauptkommissar wissen.

«Äh, bitte was?»

Eichhorn blickte ihn ratlos an.

«Erklären Sie sich bitte», forderte Chummer seinen Chef bestimmt auf. Er wollte nicht riskieren, dass Weinzäpfli die Mannschaft wieder verwirrte.

Der Hauptkommissar griff nach dem Bernstein, den er an einem Lederband um seinen Hals trug, und umschloss ihn mit seiner Hand.

«Gibt es in solchen Werkstätten, wie der Steinhauser eine hat, Apparaturen, mithilfe derer man Menschen derart potent zerquetschen könnte, dass sie quasi ihre dritte Dimension einbüssen?», startete er einen neuen Versuch.

Auch wenn Eichhorn die Frage nun verstand, blieb ihm keine Gelegenheit, eine Antwort zu geben, denn auf einmal war aus östlicher Himmelsrichtung ein dumpfes Dröhnen und Scheppern zu vernehmen. Allesamt schauten in die Richtung, aus der der Lärm kam und mit jeder Sekunde anschwoll. Oben am Hang zog ein langer Schatten wie der Leib einer Schlange durch die Nacht.

«Die Eisenbahn», klärte sie von Rotz auf.

Weinzäpfli folgte dem Schatten mit den Augen.

«Sie befindet sich auf der Fahrt zu jenem Ort, an dem alles seinen Anfang nahm und hoffentlich bald sein Ende findet», sagte er plötzlich, wandte sich zu den Polizisten um und schloss: «Dorthin, wohin auch wir gehen müssen. Dorthin, wo der Chlaus sein nächstes Opfer töten wird.»

Weinzäpfli wusste nach wie vor nicht, warum der Alte tat, was er tat. Aber ihn beschlich eine Ahnung.

Kapitel 49

Die drei Wagen rasten in einem derart hohen Tempo über die Strasse durch die Dunkelheit, als wäre die Rigihexe höchstpersönlich hinter ihnen her. Von Rotz, der das Gefährt in der Mitte fuhr, wusste sehr wohl, dass er sein Automobil niemals rechtzeitig zum Stillstand brächte, wenn Brändli im vordersten Wagen unerwartet bremsen würde. Dazu war der Abstand zwischen den Autos zu klein. Die Folge wäre eine Karambolage, die kaum glimpflich für die Insassen ausgehen würde. Von Rotz fixierte die Strasse vor sich, den Fuss nahm er aber nicht vom Gaspedal, im Gegenteil, er drückte es bis zum Ansatz durch. Der Motor heulte. Jede Sekunde konnte jetzt entscheidend sein.

Sie erreichten ihr Ziel keine zehn Minuten, nachdem sie das Anwesen des Gössi Hans-Peter verlassen hatten. Vor ihnen lag ein heruntergekommenes Gebäude mit diversen wackeligen und vom Rost zerfressenen Wellblech-Anbauten. Weinzäpfli wusste sofort, wo sie waren. Er warf einen flüchtigen Blick den Hang hinauf, der sich zu seiner Linken befand. Irgendwo dort oben in der Dunkelheit musste der Ort liegen, an dem sie die erste Leiche gefunden hatten. Steinhausers Werkstatt war zwar in einem schäbigen Zustand, aber nicht unordentlich. Selbst im matten Licht des Mondes war zu erkennen, dass die Berge von Schrott, die sich auf dem Anwesen befanden, fein säuberlich nach Material und Grösse sortiert waren. Diese Besonderheit fiel sonst niemandem auf. Die Aufmerksamkeit der übrigen Polizisten richtete sich auf das Licht im Innern des Gebäudes.

Kapitel 50

Der Trupp stürmte die Werkstatt wie eine Rotte tollwütiger Wildschweine. Und der Ansturm erfolgte mit allem, was ihnen an Personal zur Verfügung stand. Sogar der Professor reihte sich hinter den anderen ein und sprang, die Hände zu Fäusten geballt, als Letzter ins Gebäude hinein. Drinnen fächerte sich die Truppe nebeneinander auf. Die Läufe von vier Pistolen schnellten in die Höhe und zielten auf den Mann, der im hinteren Bereich des Raumes stand und ihnen den Rücken zugewandt hatte. Brändli, von Rotz, Chummer und Eichhorn wollten ihn gerade dazu auffordern, er solle stehenbleiben und die Hände in die Höhe heben, doch der Maschinegweer-Räber kam ihnen allen zuvor.

«Hände hoch, du Halungg, aber tout de suite, oder wir bäfzgern dir ein paar Kugeln in den Ranzen, dass es sprützt und tätscht», schrie er sich die Seele aus dem Leib.

Der Mann drehte sich langsam um und musterte die Eindringlinge mit einem Blick, der schwer lesbar war. Er wirkte überrumpelt, aber in keiner Weise verängstigt.

«Mänz Mänz Mänz ...»

Der finstere Ausdruck, den man sonst vom Steinhauser kannte, fehlte. Er machte keine Anstalten, die Flucht ergreifen zu wollen. Er ergab sich aber auch nicht. Stattdessen blieb er stehen und liess seinen Blick von Polizist zu Polizist schweifen. Weinzäpfli fiel auf, dass die Werkstatt auch im Innern die zwei widersprüchlichen Eigenschaften vereinte: Einerseits war es hier schäbig und heruntergekommen und andererseits in penibler Weise aufgeräumt. Auf seiner rechten Seite stapelten sich auf sortierten Haufen lecke Rohre, gebrauchte Schrauben, defekte Zahnräder, lose Muttern und andere Dinge, zu deren Benennung ihm der Wortschatz fehlte. Links im Raum befanden sich Regale mit unzähligen Werkzeugen, die vermutlich noch aus der Zeit des alten Steinhausers stammten, denn eine dicke Staubschicht lag obenauf. Auch wenn die Glühbirne, die an der Decke hing, nicht die ganze Werkstatt zu beleuchten vermochte, erkannte Weinzäpfli im hinteren Teil ein Automobil. Die Räder fehlten. Der Steinhauser stand daneben an einer rostigen Hebebühne. Weinzäpfli fixierte ihn und spürte, wie die Wut in ihm aufstieg.

Chummer war der Erste, der die Situation einigermassen erfasste. Ihn überlief es eiskalt. Er verstand, dass der Kampf noch nicht gewonnen war, selbst wenn sie zu zehnt waren und ihr Widersacher offenbar nicht einmal eine Waffe auf sich trug. Steinhausers Trumpf lag zu seinen Füssen. Unter der Hebebühne war ein Leinensack eingeklemmt und oben aus diesem Sack schaute ein Büschel grauer Haare heraus. Steinhausers linker Zeigefinger ruhte auf einem Knopf, der seitlich an der Hebebühne angebracht war.

Chummer wurde von Angst gepackt. Es gab verschiedene Szenarien, wie dieser Fall enden konnte. Und eines dieser Szenarien galt es unbedingt zu vermeiden. Selbst wenn sie ihn erschossen, konnte der Chlaus ein letztes grausames Spektakel veranstalten.

«Alle Waffen runter!», befahl Chummer der Mannschaft.

Die Polizisten reagierten irritiert.

«Jetzt!», bellte er.

Zögerlich befolgten die Herren den Befehl.

Chummer ging einen vorsichtigen Schritt auf Steinhauser zu, ohne ihn aus den Augen zu lassen. Sie durften ihn nicht provozieren.

«Ergeben Sie sich, Steinhauser, es ist vorbei. Sie sind verhaftet», sprach Chummer mit ungewohnt milder Stimme.

Steinhauser rührte sich nicht, seine Miene verfinsterte sich aber merklich. So kannte man ihn.

Plötzlich war ein kraftloses Stöhnen zu vernehmen. Der Sack unter der Hebebühne bewegte sich. Prompt verstanden alle den Ernst der Lage.

«Hampi, bist du es? Geht es dir gut?», schrie Eichhorn auf und wollte zur Hebebühne rennen, doch Brändli und Zgraggen hielten ihn zurück. Es gelang ihm nicht, sich aus ihren festen Griffen zu befreien. «Spinnst du eigentlich, Benedikt? Warum der Hampi, was hat er dir getan? Hast du den Verstand verloren?», beschimpfte er Steinhauser aus der Distanz.

Chummer fühlte sich ohnmächtig. Er wusste zwar, dass er vor dem Mörder stand, aber er kannte dessen Beweggründe nicht, er hatte sich nie mit ihnen auseinandergesetzt. Und das wurde ihm jetzt zum Verhängnis. Gerade als er diese Einsicht gebar, trat Weinzäpfli mit energischen Schritten hinter ihm hervor.

«Sie haben mich angelogen!», fuhr er den Steinhauser an. «Sie haben mir gesagt, Sie hätten niemanden ermordet. Sie schworen es auf alle Chläuse, ich habe es mit meinen eigenen Ohren gehört. Wie können Sie nur derart schamlos lügen? Ich kann es nicht fassen.»

In der Werkstatt war es totenstill. Steinhauser war offensichtlich verblüfft. Er betrachtete Weinzäpfli konsterniert. Doch dann wurde aus der Konsternation wieder Ärger. Steinhausers Mundwinkel senkten sich und er schüttelte kräftig den Kopf, wie wenn er entschieden verneinen würde, was ihm vorgeworfen wurde.

Eine Reaktion, die Weinzäpfli irritierte. Seine Wut indes schwoll weiter an: «Aber sicher doch, Sie haben mich angelogen! Oder was haben Sie mit dem armen Mann hier vor?»

Weinzäpflis zeigte auf den Sack, in dem sich der Gössi Hans-Peter befand.

Dem Chlaus wurde offensichtlich unwohl. Er schaute ebenfalls hinunter und verzog das Gesicht. Er schien nachzudenken. Dann schüttelte er wieder den Kopf.

Weinzäpfli verlor die Geduld. Er machte einen weiteren Schritt auf ihn zu, sodass sie nur noch zwei Armlängen trennten. Die anderen Polizisten hielten den Atem an und starrten auf Steinhausers Zeigefinger, der nach wie vor auf dem Knopf ruhte. Eichhorn hielt es nicht mehr aus. Mit einem leisen Wimmern wandte er sich zum Ausgang hin ab. Er wollte nicht Zeuge dieses grauenhaften Ereignisses werden, das womöglich in Kürze stattfinden würde, wenn die Hebebühne den Gössi Hans-Peter unter sich zermalmte. Auch Chummer traute der Situation nicht. Ihm war nicht klar, ob sein Chef wusste, was er da tat. Er hob den Lauf seiner Pistole wieder süferli an. Unauffällig, sodass es der Steinhauser nicht bemerkte. Er wäre bereit. Er würde schiessen. Hoffentlich schnell genug.

«Sie behaupten also nach wie vor, niemanden getötet zu haben. Ist das Ihr Ernst?», fragte Weinzäpfli.

Dieses Mal schüttelte Steinhauser zum Erstaunen aller den Kopf nicht. Stattdessen nahm sein Gesichtsausdruck etwas Qualvolles an. Er gestikulierte mit seiner freien Hand und keuchte: «Mänz Mänz Mänz!»

Weinzäpflis Wut verpuffte und wich dem Gwunder.

«Geben Sie zu, all diese Menschen getötet zu haben?»

Steinhauser schüttelte aufgebracht den Kopf.

Weinzäpfli verstand nicht. Was sagte er da? Das ergab doch keinen Sinn. Er hatte aber keine Gelegenheit, eine weitere Frage zu stellen, denn plötzlich nahm Steinhauser seinen Finger vom Knopf und entfernte sich einen Schritt weg von der Hebebühne. Diese Handlung vermittelte den Polizisten die unmissverständliche Botschaft, dass der Chlaus kapituliert hatte. Wie auf Kommando rannten sie zeitgleich los. Zgraggen, Eichhorn und von Rotz zerrten den Gössi Hans-Peter unter der Hebebühne hervor, Brändli, Chummer und Räber warfen sich auf den Steinhauser, als wäre er ein entlaufenes Tier, und setzten ihn mit gekonnten Handgriffen ausser Gefecht. Weinzäpfli blieb stehen.

Kapitel 51

Hans-Peter Gössi war wohlauf. Mit Ausnahme vereinzelter Schrammen und Blöielen, die er sich beim Transport auf dem Leiterwägeli zugezogen hatte, und abgesehen von der grossen Beule am Hinterkopf, die ihm der Steinhauser zugefügt hatte, war er unversehrt geblieben. Den Kriminalbeamten fiel ein tonnenschwerer Stein vom Herzen. Der Albtraum war zu Ende. Keiner stellte infrage, dass die Spurensicherung bestätigen würde, was allen schon klar war: Hier in dieser Werkstatt, unter der rostigen Hebebühne seines Vaters, hatte Benedikt Steinhauser fünf Menschenleben auf brutale Art und Weise ausgelöscht. Beim Gedanken daran, wie genau er es angestellt hatte, tschuderete es nicht nur die Finöggeli unter den Polizisten.

Die beiden Küssnachter Polizisten Seeholzer und Eichhorn trugen den nach wie vor benommenen Gössi mit Unterstützung von Brändli und Zgraggen zum Automobil und fuhren ihn sicherheitshalber an die Rigigasse in Küssnacht, wo der Dorfarzt Klemenz Hurschler wohnte.

Steinhauser sass gefesselt auf einem Stuhl neben dem Automobil, dem die Räder fehlten, und schaute wütend zu Boden. Die Lippen aufeinandergepresst, die buschigen Augenbrauen tief im Gesicht. Weinzäpfli war der Einzige unter den Polizisten, der nicht entspannt wirkte. Er ging in der Werkstatt auf und ab und dachte fiebrig nach.

«Lassen Sie es gut sein, Herr Hauptkommissar, wir haben ihn, wir haben unsere Arbeit getan», redete von Rotz mit leicht heiserer Stimme auf ihn ein. Er war nach wie vor fahl im Gesicht. Diese Rettung in letzter Sekunde hatte ihm zugesetzt. Weinzäpfli hörte ihn nicht.

«Ich verstehe nicht, was er sagen will. Ich werde nicht schlau daraus, was er sagt», murmelte er zum wiederholten Mal vor sich hin. Von Rotz suchte hilflos den Blickkontakt mit Inspektor Chummer.

«Chef, wir bringen ihn jetzt aufs Hauptkommissariat nach Schwyz, Sie können ihn morgen in Ruhe vernehmen, wenn Sie das dann noch wünschen sollten.»

Weinzäpfli blieb stehen, schaute Chummer einige Sekunden an, schüttelte dann aber bestimmt den Kopf.

«Nein, er muss hierbleiben, wir sind noch nicht fertig.»

Von Rotz entwich ein Seufzer, und auch die übrigen Polizisten wirkten nicht sonderlich erfreut. Man war erschöpft, es war ein langer Tag – eine lange Nacht gewesen. Was man sich jetzt noch wünschte, und zwar sehnlichst, das war Schlaf.

«Er wird Ihnen nicht sagen, weshalb er es getan hat, weil er es Ihnen nicht sagen kann», insistierte Chummer.

«Und weil er es vielleicht auch selbst nicht so genau weiss», ergänzte von Rotz und tippte mit seinem Finger mehrmals gegen die Stirn.

Weinzäpfli blickte hin und her, von Chummer zu von Rotz und wieder zurück. Etwas stimmte da nicht. Der Steinhauser war nicht verrückt. Da steckte mehr dahinter. Plötzlich fielen seine Augen zufälligerweise auf Professor Gugger, der beim Ausgang der Werkstatt auf einem staubigen Stuhl sass und eingenickt war.

«Ich brauche einen Übersetzer», schoss es aus Weinzäpfli heraus.

Fragende Gesichter.

«Ich muss mit ihm sprechen, aber ich weiss nicht, was er sagt, darum brauche ich einen Übersetzer.»

Von Rotz verstand immer noch nicht.

«Das Dorf ist sicher, lassen Sie uns schlafen gehen. Morgen ist auch noch ein Tag», wagte er einen letzten Versuch.

Davon wollte der Berner Hauptkommissar nichts wissen. «Das glaube ich nicht, mein Lieber. Das Dorf ist nicht sicher. Bringen Sie den Pater hierher … Pater Ammann. Vielleicht kann er für uns übersetzen, was uns Steinhauser mitteilen will.»

Einen Moment lang herrschte Stille.

«Halten Sie das wirklich für nötig?», fragte von Rotz lustlos.

Weinzäpfli war wieder Feuer und Flamme. «Lassen Sie ihn bitte herbringen. Wir brauchen ihn. Jetzt!»

Von Rotz stiess einen weiteren Seufzer aus und nickte dem Maschinegweer-Räber zu. Dieser hob seine Schirmmütze an und verliess etwas widerwillig die Werkstatt, mit einem Gesichtsausdruck, der zweifelsfrei offenbarte, dass ihn das nächtliche Dasumejufle langsam, aber sicher anschnäggelte.

Kapitel 52

Gottfried Chummer sass auf einer Hobelbank neben einem Schraubstock, in dem der kompliziert aussehende Bestandteil eines Motors eingeklemmt war, und blies den Rauch seines Zigarettlis in die Luft. Im schummrigen Licht wanden sich die Rauchschwaden wie tanzende Gespenstli umeinander, ehe sie sich unter der Decke allmählich auflösten. Hinter den schmutzigen Fensterscheiben war es dunkel, doch von Zeit zu Zeit war bereits das Krähen eines Güggels zu hören – ein Indiz dafür, dass der Anbruch des Morgens bevorstand. In der Mitte der Werkstatt, unter der einzigen Glühbirne, die den Raum beleuchtete, sass Steinhauser. Hauptkommissar Theobald Weinzäpfli und Pater Ammann standen bei ihm. Ammann wirkte verändert. Er erweckte nicht den Eindruck, als ob er verstünde, was hier gerade vor sich ging, sondern er schien zwischen Entsetzen und Unglauben hin- und hergerissen. Ähnlich erging es Weinzäpfli. Bei ihm waren es Wut und Irritation, die sich abwechselten.

Und in den Phasen, in denen er wütend war, wusste er nicht, ob er auf Steinhauser wütend sein sollte, der ihn offenbar angelogen hatte, oder auf Pater Ammann, der den Lügner gedeckt hatte. Ihm blieb die Hoffnung, dass dieser Fall eine wundersame Kehrtwende nehmen würde. Noch vor ein paar Stunden hatte er geglaubt, die Geschichte allmählich zu begreifen. Nun war das Gnuusch perfekt. Die Unsicherheit lähmte ihn, und deshalb sagte er nichts. Es war Ammann, der das Wort ergriff.

«Haben Sie den Gössi Hans-Peter wirklich töten wollen, Benedikt? Und die anderen ebenfalls? Ich kann das nicht glauben. Ich kann nicht glauben, dass Sie hinter diesen Morden stecken.»

Weinzäpfli musterte den Pater genau, während er sprach. Er wirkte aufrichtig erschüttert. Von seiner Gelassenheit war nichts übrig geblieben. Steinhauser sah auf, warf jedem von ihnen einen vernichtenden Blick zu und schaute dann wieder zu Boden. Ammann seufzte und schüttelte den Kopf. Er wandte sich an Weinzäpfli.

«Wozu haben Sie mich herholen lassen?»

«Ich brauche Ihre Hilfe! Helfen Sie mir zu verstehen, was er sagen will», erwiderte Weinzäpfli. Ammann wirkte wenig zuversichtlich.

«Ich kann nur wiederholen, was ich Ihnen bereits gesagt habe: Ich weiss nach wie vor nicht, ob er der Mann ist, den Sie suchen.» Er machte eine kurze Pause, musterte den Steinhauser von der Seite und fügte dann mit überzeugter Stimme an: «Aber ich weiss, dass er kein Lügner ist. Ich bleibe dabei!»

Steinhauser sah verwundert auf, sein Blick hellte sich ein klein wenig auf. Weinzäpfli verspürte den Drang, sich zu bewegen. Er setzte seine Füsse in Gang und ging vor dem Steinhauser auf und ab. Die eine Hand hatte er im Hosensack verstaut, die andere umschloss den Bernstein an seinem

Hals. An einem der vielen Regale, die an den Wänden der Werkstatt angebracht waren, blieb er stehen. Es war überstellt mit kleinen Schatullen aus Holz. Es mussten hunderte oder gar tausende sein. In ihnen befanden sich Federn, Gewinde, Schrauben aller Grössen und Formen, Nägel, Muttern – Neuware, die der alte Steinhauser selber verwendet oder an Kunden verkauft hatte. Weinzäpfli nahm eine der Schatullen aus dem Regal. Sie beinhaltete Spulen aus Kupferdraht. Vorne war an einer feinen Schnur eine Etikette befestigt. Mit dem Daumen wischte Weinzäpfli den Staub von der Etikette weg. Eine unregelmässige und schludrige Handschrift kam zum Vorschein. *Stärke: 0,25 mm, 20 m, 3 Rappen.*

Weinzäpfli schaute auf. Jede der Schatullen im Regal besass ein solches Schildchen. Jedes Produkt hatte seinen Preis. Erneut musste er an die Worte denken, die der Pater am Abend zu ihnen gesagt hatte. «Dieses neue Mödeli, allem ein Preisschild anhängen zu wollen, als wäre es möglich und wünschenswert, dass jedes Ding im Kosmos einen klar bemessbaren Wert besitzt … das geht mir gehörig auf den Zeiger.» Weinzäpfli spürte, wie sein Puls anstieg.

Er stellte die Schatulle ins Regal zurück. Er begab sich zum Steinhauser. Dieser betrachtete ihn argwöhnisch.

«Ich glaube, ich verstehe sie allmählich, Ihre Geschichte, Ihren Krieg. Ich verstehe, warum Sie danach trachteten, die Fabriken zu vernichten, und deshalb damit begannen, Weggen zu vergiften.»

Weinzäpflis Stimme war ruhig. Steinhausers Augen weiteten sich. Chummer sprang von der Hobelbank runter, warf den Zigarettenstummel zu Boden und zertrat ihn mit dem Stiefel.

Weinzäpfli fuhr fort: «Sie glaubten, dass die Fabrik ihre Pforten schliessen würde, wenn die Menschen erst einmal aufhörten, die Weggen der Fabrik zu kaufen, und dass alles wieder werden würde wie früher.»

Steinhauser öffnete den Mund, sagte aber nichts.

«Ich verstehe jetzt, warum aus Ihrer Wut gegen die neue Welt unbändiger Zorn wurde, als Sie merkten, dass Sie sich geirrt hatten, als Sie mit ansehen mussten, wie Ihr Freund, der Bäckermeister Schnorzli-Herbert, sich das Leben nahm, statt den Kampf aufzunehmen und sich seine Bäckerei zurückzuholen.»

Nun näherten sich auch die anderen Polizisten. Worauf wollte Weinzäpfli nur hinaus?

«Ich verstehe, dass Sie Ihre Strategie änderten, als Sie realisierten, dass Sie den Feind auf diese Weise nicht besiegen konnten, und stattdessen diejenigen zu töten begannen, die sich nicht gegen ihren eigenen Niedergang auflehnten … deren Ablaufdatum am weitesten fortgeschritten war. Sie töteten sie schön der Reihe nach. Ordnung ist Ihnen wichtig.»

Steinhauser hielt den Blickkontakt aufrecht. Sein Mund blieb offen.

«Ich verstehe sogar, was das Ganze mit Ihnen selber zu tun hat. Es ist nicht nur so, dass Sie den Schnorzli-Herbert betrauern, auch Sie selbst sind letztlich ein Opfer der neuen Welt. Als Sie Ihre Stimme verloren und nicht mehr für den Dienst als Chlaus taugten, zählten auch Sie auf einmal zu den Wertlosen. Der Preis auf dem Schild, das man Ihnen umhängte, war lächerlich tief. Aber Sie ergaben sich nicht einfach, Sie stellten sich dem Feind!»

Der Chlaus ballte seine Hände zur Faust, die Unterarme spannten sich an und begannen zu zittern.

«Mänz Mänz Mänz», drang es aus ihm heraus.

«Ich gehe so weit zu behaupten, dass ich jetzt glaube zu verstehen, warum Sie Ihre Opfer auf diese Weise töteten. Warum Sie den Feiglingen die Dimensionen raubten, denn das sind sie in Ihren Augen: eindimensionale Menschen.»

Weinzäpfli warf einen flüchtigen Blick zur Hebebühne hinten in der Werkstatt. Beim Gedanken an die Ereignisse, die sich in den letzten Tagen und Wochen an diesem Ort zugetragen hatten, wurde ihm gschmuech. Er verspürte den Drang, diesen Ort zu verlassen. So schnell wie möglich.

Der Steinhauser beruhigte sich nicht mehr, seine Arme zitterten immer stärker.

«Mänz Mänz Mänz.»

Weinzäpfli betrachtete ihn. Ihm fiel auf, wie anders er wirkte als die übrigen Arbeiter, die er in der Glasi gesehen hatte. Diese bulligen Männer in ihren schmutzigen Kleidern, mit ihrer geknickten Haltung, den leeren Blicken und ausdruckslosen Gesichtern. Sie, die tagein, tagaus die gleichen Bewegungen vollführten – ein Handgriff hier, ein Handgriff dort und das Ganze wieder von vorne. Sie, die sich bewegten wie Automaten. Ganz anders der Chlaus. Er war ein eher schmächtiger Mann, er wirkte alt und zerbrechlich. Und doch war er eine würdevolle Erscheinung. Die würdevollste von allen. Er sass bolzengredi da, das Gesicht voller Furchen, die Augen funkelten. An seinen angespannten Armen waren die einzelnen Muskeln und Sehnen zu erkennen. Er mochte alt und schwach sein, konnte weder sprechen noch schreiben, aber er war mit Bestimmtheit keiner der Eindimensionalen geworden. Er war lebendig geblieben.

«Aber warum bestreiten Sie nach wie vor, die Morde begangen zu haben, wenn Sie doch kein Lügner sind?», fragte Weinzäpfli plötzlich und strich sich mit der Hand über sein schlecht rasiertes Kinn. «Das geht mir nicht in den Grind.»

Steinhauser protestierte immer vehementer, wand sich hin und her, sodass der Stuhl umzukippen drohte, und begann auf einmal damit, den Kopf zu schütteln.

«Mänz Mänz Mänz.»

Weinzäpfli trat einen Schritt zurück. Ammann schien zu verstehen, dass sich der Kriminalpolizist Unterstützung wünschte. Er legte Steinhauser die Hände auf die Schultern und schaute ihn lange und eingehend an. Er beruhigte sich.

«Benedikt, beantworten Sie mir die Frage», sprach Ammann. «Haben Sie die Männer getötet?»

Steinhauser schüttelte den Kopf. Zweimal. Weinzäpfli atmete schwer aus.

«Hier beginnt der Teil, den ich nicht verstehe», seufzte er. «Sie haben Hans Bütler, Klaus Chäppeli, Sämi Holzgang, Josef Kälin, David Behrli also nicht getötet, so wie Sie auch den Gössi Hans-Peter nicht töten wollten?»

Steinhauser schüttelte wieder den Kopf.

«Sie geben aber zu, *dass* Sie jemanden getötet haben?», fragte Weinzäpfli, ohne genau zu wissen, warum er das tat.

Steinhausers Miene fror umgehend ein. Es verstrichen einige Sekunden, dann nickte er. Es war ein zwar kurzes, aber eindeutiges Nicken. Weinzäpfli wollte gerade eine Nachfrage stellen, da zog Pater Ammann seine Hände ruckartig von Steinhausers Schultern zurück, wie wenn er sich an ihm verbrannt hätte.

«Er hat gar nicht gelogen, er ist nicht der Mörder», offenbarte Ammann seine Einsicht, den Blick nach wie vor auf Steinhauser gerichtet.

Weinzäpfli und die übrigen Polizisten betrachteten den Pater baff.

«Wie bitte?», fragte von Rotz.

«Sie glauben ihm? Das ist nicht Ihr Ernst?», doppelte der Räber nach.

Ein entrüstetes Gemurmel setzte ein. Ammann fühlte sich missverstanden. Er hob die Hände und bat um Ruhe.

«Er ist kein Mörder oder zumindest nicht in seinen Augen. Einen Mord begeht, wer einen Menschen tötet, für ihn allerdings … für ihn waren dies keine Menschen … keine Menschen mehr.»

Weinzäpfli und Steinhauser sahen sich an.

«Für ihn war es wertloser Schrott, den er entsorgte», vervollständigte Weinzäpfli.

Ammann nickte. Auf seiner Glatze waren Schweisstropfen zu erkennen. Dies, obwohl es kühl war in der Werkstatt.

«Sie haben niemanden getötet, Sie haben die eindimensionalen Menschen beseitigt, Sie haben wertlose Ware entsorgt!», resümierte Weinzäpfli fassungslos. Das war es. Das Gnuusch hatte sich auf einen Schlag aufgelöst. Fast. Weinzäpfli fühlte sich trümlig. Es gab etwas, was er nach wie vor nicht verstand.

«Aber weshalb gibt er dann trotzdem zu, eine Person getötet zu haben?», fragte er, jetzt an Ammann gerichtet. Dessen Gesicht verlor jegliche Farbe.

«Weil er tatsächlich einen Menschen getötet hat, einen der Nicht-Eindimensionalen», hauchte er.

Weinzäpflis Schwindel wurden stärker. Langsam drehte er sich um und musste achtgeben, nicht umzufallen. Wie durch einen Nebel erschienen ihm die anderen in der Werkstatt: Chummer, Linder, von Rotz und Räber. Sie starrten ihn erwartungsvoll an. Sie hatten noch nicht verstanden, was Ammann und ihm jäh bewusst geworden war. Der Professor, der sass immer noch auf seinem Stuhl und schlief.

«Durchsucht das ganze Gelände. Durchsucht jeden Winkel dieses Gebäudes», hörte sich Weinzäpfli sagen. Seine Stimme war brüchig und fragil, nicht mehr als ein mehrbesserer Atemstoss. Chummer machte einen Schritt auf seinen Chef zu.

«Was ist los, wen suchen wir? Gibt es ein weiteres Opfer?»

Weinzäpfli antwortete nicht. Aber der Ausdruck, der auf seinem Gesicht lag, jagte Chummer Angst ein.

Kapitel 53

Wer den Küssnachter Pfarrherrn Melchior Eggenschwiler in weissem Chorrock mit schwarzer Stola, dem Allerheiligsten und dem Krankenöl auf der Strasse sah, der rätselte in der Regel nicht lange, was geschehen war. Es war ein unzweideutiges Zeichen dafür, dass jemand im Sterben lag. So war es auch am Vormittag vom 15. Mai 1959. Eggenschwiler huschte zielstrebig vom Pfarrhaus die Strasse hinunter in Richtung See. Ein Ministrant begleitete ihn, das Glöcklein, das dieser am Bügel einer Laterne trug, verbreitete einen holprig hellen Klang. Die Menschen, an denen die beiden vorbeigingen, bekreuzigten sich. Einige knieten nieder. Normalerweise hätte Pfarrer Eggenschwiler jeweils kurze Stopps eingelegt und über den Niederknienden mit dem Versehkreuz ein Kreuzchen gezeichnet. Nicht heute. Die Zeit eilte. Wenn überhaupt, dann liesse sich dieser Sterbende nur noch mit Gottes Hilfe retten.

Eggenschwiler und sein Ministrant betraten das Hotel Seehof du Lac. Im Sterbezimmer lag alles bereit. Die Versehgarnitur war aus der Schachtel hervorgeholt worden. Die Kommode war mit einem baumwollenen, mit religiösen Motiven bestickten Tuch bedeckt. In der Mitte stand ein Kruzifix, links und rechts davon ein Stock mit einer weissen Kerze. Sie brannten ruhig. Weihwasser, ein Glas Trinkwasser, ein Tellerchen mit Watte und eins mit Salz standen schon für Pfarrer Eggenschwiler bereit. Der Linder Franz sass auf einem Stuhl unmittelbar neben dem Bett, in dem Friedli lag. Linders Gesicht war ausdruckslos. Philipp Keller hatte ihm einen Rosenkranz in die Hände gedrückt. Weder wusste Linder, was ein Rosenkranz war, noch was man damit anfangen konnte. Zum Glück wusste er es nicht! Sonst hätte sich sogar seine letzte Hoffnung noch verflüchtigt.

Kapitel 54

Sanft, als würde es von unsichtbaren Kräften getragen, glitt das Dampfschiff in die Bucht von Küssnacht. Am Bug wehte die Luzerner Fahne. Nichts im Dorf erweckte den Eindruck, dass hier in den vergangenen Wochen Chaos und Hysterie regiert hatten. Vor dem Polizeiposten standen zwar nach wie vor zwei Soldaten und im Wirtshaus hielten sich ein paar fremde Fötzel auf – Redaktoren diverser Zeitungen, die emsig ihre Notizbücher beschrieben. Ansonsten schien die Normalität zurückgekehrt zu sein. Es war Samstag vor Pfingsten, und wie immer war die Teilnahme an der Elfuhrmesse für jedermann Pflicht. In den Bankreihen lagen Namenslisten auf. Bei jedem Namen gab es ein Loch. Wenn jemand fehlte, wurde eine Schnur durch das Loch neben seinem Namen gezogen. So kannte der Pfarrer den Sünder, und ein saftiger Verweis war nicht zu umgehen. Auch wenn die meisten Arbeiten in Küssnacht an diesem Morgen ruhten, quoll aus den Kaminen der Glashütte dichter Rauch; so wie an jedem Tag. Ihre Öfen standen niemals still, bei ihren Arbeitern drückte selbst der strenge Pfarrer ein Auge zu.

Unten im Hotel Seehof du Lac fand die Schicksalsgemeinschaft der Deuter zusammen. Allen war klar, dass sie nach diesem letzten Treffen in alle Windrichtungen auseinandergehen würden wie die Diasporen eines Löwenzahns. Zurück in die geschützten Gefilde hinter den Grenzsteinen. Draussen fing es garstig an zu regnen. So sass man nicht auf der Terrasse, sondern im Speisesaal des Hotels um den massiven Tisch, der unter dem Kronleuchter stand und vermutlich mehrere Jahrhunderte an Stammtischgesprächen hätte wiedergeben können. Auf der einen Seite des Tisches sassen Weinzäpfli und von Rotz, auf der anderen Brändli und Zgraggen, oben sass der OL-Läufer aus dem Urnerland, der in Tat und Wahrheit ein Transzendentalmathematiker mit Namen Markus Gugger-Flöss war. Am anderen Tischende hatte Gottfried Chummer Platz genommen. Auch wenn er keiner der Deuter war, kam es niemandem in den Sinn, ihn wegzuscheuchen. Es fühlte sich für alle richtig an, dass er dort sass. Die Stimmung war bedrückt, die Freude über den gelösten Fall verhalten. Es war einer jener Fälle, den man sich nicht gewünscht hätte, Erfolg hin oder her. In seiner Bilanz war es ein Fall, der nur in relativer Hinsicht überhaupt als Erfolg gewertet werden konnte. Man hatte einen Mörder stoppen können, der bestimmt weitergemordet hätte, wären sie ihm nicht auf die Schliche gekommen. Doch der Preis, den man für die Aufklärung hatte bezahlen müssen, war hoch. Weinzäpfli nahm die Akte zur Hand, liess Wachs von der Kerze auf das Papier tropfen und versiegelte sie mit einem Siegelstempel der Schwyzer Fahndungsdienste. Es war eine symbolische Geste, die den Abschluss des Falles bedeutete. Dann übergab er die Papiere Hauptmann von Rotz. Von Rotz machte den Mund auf, holte Luft und schwieg. Alle verstanden. Die Männer erhoben sich und man reichte sich die Hände. Zum Teil wurden beiläufig Gratulationen gemurmelt. Weinzäpfli sagte die ganze Zeit über kein Wort. Er hatte die Augenbrauen leicht in die Stirne gezogen. Seine Gedanken waren nicht hier. Philipp Keller kam mit einer grossen Flasche Prosecco und einem schüchternen Lächeln anmarschiert.

«Ich bin stolz darauf ...», begann er, entkorkte flott die Flasche und füllte die Gläser übertrieben voll, eine Angewohnheit, die in der Zentralschweiz verbreitet war und die man im Volksmund als «Badwännelen» bezeichnete, und fuhr derweilen fort: «... in die Annalen dieses Hauses schreiben zu können, dass es hier war, als im Jahre 1959 vier leitende Kriminalbeamte aus vier Kantonen den mysteriösesten aller Fälle lösten, den unsere Region jemals erlebt hat.»

Die Kriminalbeamten tauschten Blicke. Es war, als ob jeder zuerst die Reaktion des anderen abwarten wollte, wodurch ein unangenehmes Schweigen entstand. Chummer machte den Anfang. Vielleicht, weil ihm der Keller leidtat, womöglich aber auch nur, weil er es nicht abwarten konnte, endlich den Prosecco trinken zu können. Er streifte die Asche von seinem Zigarettli und hob das Glas. Zögerlich gesellten sich die übrigen Gläser dazu. Nur Weinzäpflis Glas blieb unten. Er umklammerte es, wie wenn er nicht wüsste, was man von ihm verlangte. Sein Blick wanderte von einem Gesicht zum nächsten. Dann endlich stieg auch sein Glas empor. Helles Klirren setzte ein. Weinzäpflis Geist kehrte für ein paar Sekunden aus der Ferne zurück und beseelte seine Hülle. Die Bewegungen der übrigen Kriminalpolizisten froren ein. Man wartete gespannt darauf, was Weinzäpfli sagen würde. Er, der den Fall gelöst und doch einen gravierenden Fehler begangen hatte. Einen Fehler, der, so erschien es zumindest ihnen, seinem naiven Vertrauen zu Steinhauser geschuldet war. Einen Fehler, den man hätte vermeiden können. Auch wenn sich von Rotz, Zgraggen, Brändli und auch Chummer in diesem Punkt einig waren, hätte sich niemand dafürgehalten, ihm einen Vorwurf zu machen. Weinzäpflis seltsame Genialität, sein Spürsinn, seine zwar unkonventionelle und doch einzigartig erfolgreiche Vorgehensweise hatten überhaupt erst dazu geführt, dass man dem Täter auf die Schliche gekommen war. Wäre er nicht gewesen, so hätte es sehr wahrscheinlich noch weit mehr Opfer gegeben.

«Wir haben den Mörder gefasst», begann Theobald Weinzäpfli, hielt kurz inne und fuhr dann fort: «Doch etwas anderes bereitet mir noch weitaus grössere Sorgen, Freunde.»

Die Kriminalbeamten erwarteten, dass er nun über Friedli spräche, der oben in seinem Zimmer lag – ohne das Bewusstsein wiedererlangt zu haben, seit ihn der Steinhauser brutal niedergeknüppelt hatte, und von dem weder der Klemenz Hurschler noch Pfarrer Eggenschwiler zu sagen wagten, ob er überleben würde.

«Es ist der eindimensionale Mensch, der mir Kummer bereitet», offenbarte Weinzäpfli seine Furcht. Alle Blicke verharrten auf ihm. «Der eindimensionale Mensch ist eben erst geboren worden. Verhaften lässt *er* sich aber nicht. Er wird sich vermehren, bis die ganze Welt ihre dritte Dimension verloren hat.»

Kapitel 55

So schön der Tag gewesen war, an dem sie ihren Maibummel begonnen und in Meggen gestrandet waren, so düster und beklemmend war der Tag des Abschieds. Weder die Spitze der Rigi noch die des Pilatus waren zu sehen. Eine dunkelgraue Wolkenwand hing auf der Höhe Seebodenalp und erstreckte sich über die ganze Zentralschweiz bis zum Bürgenstock. Es drang kein Lichtstrahl in seiner vollen Kraft durch bis zum Erdboden. Und ohne Sonnenlicht verloren auch die mit Blumen und Obstbäumen gespickten Wiesen ihre Anmut.

Eine Tschuppelete Menschen, bestehend aus Küssnachter Händlern, Touristen und anderen Reisenden, betrat in Zweierreihe das Hauptdeck des Raddampfers DS Schiller. Der Letzte, der an Bord ging, war Hauptkommissar Theobald Weinzäpfli. Mit sturmem Grind und einer Gefühlslage, die er nicht genau einordnen konnte, verliess er Küssnachter Boden. An Bord angelangt, drehte er sich um und blickte in die Gesichter all dieser Menschen, die versammelt waren auf der Laube des Hotels Seehof du Lac, im Schutz der Kastanienbäume. Er sah den Maschinegweer-Räber und Hauptmann von Rotz, die Kriminalpolizisten Brändli und Zgraggen. Daneben die Dorfpolizisten Eichhorn und Seeholzer, den Gössi Hans-Peter und Gottfried Chummer. Ebenfalls Hoteldirektor Keller, Professor Gugger, Pater Ammann und den Pünteli-Sidler. Hinten an der Tür zur Veranda Fräulein Marie-Antoinette und Ambrosius Knüsel, den Totengräber. Waren sie tatsächlich dort oder bildete er sich sie nur ein? Waren sie überhaupt Menschen? Oder gehörten sie zu den Eindimensionalen? Und wenn sie Menschen waren, wie lange wären sie es noch?

Weinzäpfli hob die Hand zum Gruss; den Geistern und den Lebendigen, den Ein- und den Mehrdimensionalen. Dann nahm er im Heck des Schiffes Platz. Kaum abgesessen, befielen ihn Zweifel. War es richtig, dass er ging? Warum überhaupt wollte er gehen? War es eine Flucht oder zog es ihn vielmehr irgendwo hin? Müsste er in diesen Momenten nicht bei *ihm* sein, falls es seine letzten waren? Welche Kräfte waren da in ihm am Werk, die an ihm zerrten und ihn müpften?

Weinzäpfli konnte keinen Grund für sein Handeln nennen. Er wusste nicht, ob der Wunsch überhaupt seinem Gehirn entsprungen war oder ob etwas viel Verworreneres und Mysteriöseres die Quelle dieser Entscheidung gewesen war. Die Gründe, weshalb seine Muskeln die Füsse in Gang gesetzt hatten, weshalb er das Hotel verlassen, den Steg betreten und auf dem Schiff Platz genommen hatte, waren ihm fremd. Er stellte sich die Frage, ob es überhaupt korrekt war, von einer Entscheidung zu sprechen. Plötzlich erwachte eine neue Kraft in ihm, eine jedoch, die in die entgegengesetzte Richtung zog. Jetzt oder nie. Sollte er aufstehen und zurückgehen? Die Matrosen lösten bereits die Knoten. Weinzäpfli blieb sitzen. Ein Horn ertönte, eine Dampfwolke stieg aus dem Kamin, die beiden Räder begannen sich zu drehen. Das Schiff legte ab und verliess die Ländti in Richtung Süden.

Am rechten Ufer war Merlischachen zu sehen, am linken die berühmte Gotthardstrasse, die über Greppen, Weggis, Gersau und Brunnen in den Kanton Uri führte, da meinte Weinzäpfli auf einmal, er höre die Glocken der Kirche in Küssnacht läuten. Es war aber nicht die Zeit, die sie verkündeten. Ein Glockenschlag. Unterbruch. Ein zweiter Glockenschlag. Unterbruch. Ein dritter Glockenschlag. Weinzäpfli spürte, wie sich ihm der Hals zuschnürte. Der Sigrist läutete das Totenglöggli.

«Nächster Halt, Meggen», schrie der Kapitän gegen den Lärm der Dampfmaschinen an. Dieses Mal lachte niemand. Das Schiff schwenkte nach rechts und legte an einem schiefen Holzsteg an. Weinzäpfli trat an die Reling und beobachtete, wie einige Passagiere das Schiff betraten.

«Nicht New York, aber Meggen, immerhin», sprach er zu sich selber. Er blickte über die Schultern zurück, wo Küssnacht in der Ferne noch immer zu erkennen war.

«Mach's gut alter Freund!»

Dann betrat er den Jugendstil-Salon im Hauptdeck, setzte sich in einen Sessel neben einer kleinen Bibliothek und blickte hinaus auf das Wasser. Während das Schiff ablegte und unter der trist grauen und bedrohlich tief liegenden Wolkendecke auf den Vierwaldstättersee hinausglitt, fielen ihm die Augen zu und er schlief ein.

Kapitel 56

Er sass auf einer steinernen Brüstung, die Füsse baumelten über dem Abgrund. Starke Winde zerrten an seinen Haaren, an Hemd und Hose. Die Gewitterwolken hatten sich zu mächtigen Wänden aufgetürmt. Es herrschte Weltuntergangsstimmung. Weinzäpfli sah einzig die Silhouetten der Linden, die hin und her schwankten und deren Laub ein permanentes Rauschen bewirkte. Das Geräusch erinnerte ihn an das Meer. Hinter ihm, geschützt von Wind und Regen, brannte eine nervös flackernde Fackel. Sie hüllte diesen seltsamen Ort in ein warmes Licht. Der Platz neben Weinzäpfli war frei, ein Umstand, der ihn irritierte. Die Glocken einer Kirche begannen zu läuten, wie wenn sie eine Warnung hätten aussprechen wollen. Obwohl sie sich in unmittelbarer Nähe befanden, waren sie nur schlecht zu hören. Die Glocken wagten den Kampf gegen den tosenden Lärm des Sturmes, aber sie verloren ihn. In seinem Blickfeld tauchte ein grosser Schatten auf. Erschrocken wandte er sich diesem zu. Zunächst dachte Weinzäpfli, es müsse sich um einen Drachen handeln, so gross war die Spannweite des Ungeheuers. Doch als er genauer hinschaute, erkannte er die Federn, den langen Schnabel, die dünnen, stelzenartigen Beine. Der Storch näherte sich dem Nest, das sich auf der windabgewandten Seite des Kirchturms befand. Weinzäpfli legte den Kopf weit in den Nacken und beobachtete den Vogel. Immer wieder schien es, als würde er jeden Moment aufgeben und vom Wind weggeblasen. Der Storch gab aber nicht auf. Seine Flügel schlugen mit der grössten Kraft, die er aufbringen konnte, gegen den Wind. Meter für Meter legte er zurück, bis er endlich im Nest landete. Weinzäpfli erwachte. Und er verstand. Er kannte seinen nächsten Schritt. Er musste zum Gefängnis; zum Berner Frauengefängnis in Hindelbank.

Anmerkungen

Zuständigkeiten (Kapitel 3 und 12)
Zuständigkeitsfragen waren und sind in Küssnacht immer ein sehr grosses Thema. Gerade im Fänn ist teilweise jeder Meter entscheidend. Küssnacht ist der einzige Ort in der Schweiz, auf dessen Gebiet legalerweise drei Polizeicorps amten: Die Schwyzer Polizei, aus hoheitsrechtlichen Gründen, die Luzerner, weil sie zwingend Küssnacht durchfahren müssen, wenn sie nach Greppen, Weggis oder Vitznau müssen, und seit der Eröffnung der Autobahn die Zuger Polizei, da sie aufgrund eines Vertrages zwischen den Kantonen und dem Bund den letzten Kilometer Autobahn vor der Ausfahrt Küssnacht inklusive Ausfahrt und Einfahrt und den Kreisel bewirtschaftet. Hätte man nicht noch die Kantonsgrenze zwischen Luzern, Zug und Schwyz vor der Eröffnung der Autobahn um wenige Meter bereinigt, so hätte auch Luzern in das Vertragsrecht eingebunden werden müssen. Das wäre aber dann wohl zu viel des Guten gewesen.
Quelle 1

Astridkapelle (Kapitel 4)
Etwas ausserhalb von Küssnacht steht die Kapelle, die zu Ehren der belgischen Königin Astrid von Schweden errichtet wurde, die an dieser Stelle am 29. August 1935 bei einem Unfall mit einem Packard 120 Convertible Coupé ums Leben kam. Heute steht die Kapelle allerdings nicht mehr an der ursprünglichen Stelle. Im Jahr 1959 beschloss der Regierungsrat, sie auf die andere Strassenseite ans Seeufer zu verlagern. Die 150 Tonnen schwere Kapelle wurde im Jahr 1960 um 150 Grad gedreht, um zweieinhalb Meter gesenkt und mehr als dreissig Meter in Richtung Küssnacht verschoben.
Quelle 2: Seiten 13–15 und Seite 60

Berufe in Küssnacht (Kapitel 4)
Die mannigfaltigen Berufe, die hier beschrieben werden, gab es im 19. Jahrhundert tatsächlich, sie sind aber in den 1870er-Jahren, als die Rigibahnen gebaut wurden, sehr schnell verschwunden.
Quelle 3: Seite 79

Polizeiposten (Kapitel 4, 24 und 36)
Der Polizeiposten von Küssnacht befand sich 1959 beim Pfarrhausplatz, im sogenannten Pfrundhaus. Vis-à-vis befand sich das Schuhgeschäft zweier Schwestern. Im Roman erstreckt sich der Posten über zwei Stockwerte, tatsächlich war der Küssnachter Polizeiposten damals nur im Erdgeschoss angesiedelt. Bäume gab es vor dem Posten keine. Im Roman ist die Rede von zwei Arrestzellen, diese gab es tatsächlich, allerdings befanden sie sich nicht im Polizeiposten selber.

1.-Mai-Scherz (Kapitel 4)
Diese Anekdote stützt sich auf eine wahre Begebenheit, die sich aber erst 1971 zutrug. Damals standen acht Küssnachter vor Gericht. «Das Bezirksamt hatte sie per Strafbefehl mit je 40 Franken gebüsst, wegen Verschmutzung öffentlicher Strassen sowie Erregung öffentlichen Ärgernisses. Dagegen wehrten sie sich und verlangten eine gerichtliche Beurteilung. Sie behaupteten, in der Nacht auf den 1. Mai nur einen alten Brauch gepflegt zu haben. Die Polizei stellte fest, dass die acht Männer Strassen und Plätze massenhaft mit Sägemehl bedeckt hatten. Auf den Hauptplatz hatten sie mindestens zehn Säcke Späne ausgeschüttet und die Tür des Polizeipostens mit einem grossen Sack blockiert. [...] Einer der Verzeigten gab auch zu, dass ‹stellenweise vielleicht ein wenig übertrieben wurde›. In seinen Erwägungen räumte das Bezirksgericht dem Brauchtum viel Verständnis ein.

Dessen Beschreibung fiel aber etwas unbeholfen aus: ‹Beim Sägemehlstreuen handelt es sich um einen alten Maibrauch, wonach in der Nacht zum 1. Mai den im Dorfe wohnhaften heimlichen Liebespaaren bzw. der Weg des Liebhabers zur Allerliebsten mit Sägemehl markiert wird.› Bei allem, was recht sei, dürfe ohne Zweifel von den Verzeigten aber auch verlangt werden, ‹dass sie das Sägemehlstreuen im rechten Mass und im Rahmen der Ordnung und der Verkehrssicherheit tätigen›. Mit dieser Begründung reduzierte das Gericht die Bussen des Bezirksamts auf die Hälfte und verdreifachte dafür die Verfahrenskosten.»
Quelle 3: Seite 54

Schuhgeschäft (Kapitel 6)
In Küssnacht lebten schon früh berühmte Geschäftsfrauen. Am Pfarrhausplatz, vis-à-vis des Polizeipostens, gab's beispielsweise ein beliebtes und berühmtes Schuhgeschäft, das von den beiden Schwestern Bieri geführt wurde.

Waldstätter (Kapitel 8)
Die beiden Journalisten, der Pünteli-Sidler und Jack Wiget, sind erfundene Personen. In vereinzelten Beschreibungen ähnelt Jack Wiget der realen Person Kari Schönbächler, der zu dieser Zeit den «Waldstätter» herausgab. Über Schönbächler und dessen Zeitung schreibt eine Quelle: «[Der Waldstätter war] ein Kampfblatt, das in den 50er-Jahren von Kari Schönbächler betreut [wurde]. Er war ein furioser Dickschädel mit einem geschliffenen Mundwerk und einer spitzen Feder. Er war ledig, Protestant und stammte aus Einsiedeln. Er verachtete nicht den Alkohol, verehrte die Frauen und liebte die Männer. Somit waren bei ihm einige Eigenschaften versammelt, die sein Leben etwas komplizierter machten als das der meisten anderen.»
Quelle 3: Seite 21

Die Glasi (Kapitel 8 und 10)
Die Glashütte in Küssnacht existierte von 1852 bis 1972 und war von grosser Bedeutung für das Dorf und den ganzen Bezirk. Einige Beschreibungen, beispielsweise jene der beiden vollautomatischen Glasblasmaschinen, basieren auf realen Gegebenheiten. Im Gegensatz zum Beschrieb im Buch genoss die Glasi in Küssnacht viel Rückhalt. Von einem Klassenkampf war keine Rede.
Quelle 3: Seiten 32–55

Gössi Hans-Peter (Kapitel 8)
Ein Ausspruch von Gössi Hans-Peter stammt von Joseph Fischer, geboren 1897, der als Wagner arbeitete und Leitern herstellte. Von ihm ist das Zitat überliefert: «Bis zu fünfzig Seigel hatten meine Leitern, und pro Seigel berechnete ich dem Kunden drei Franken. Es gab Jahre, da stellte ich bis zu dreissig Leitern her. Das Holz kam ausschliesslich aus dem Zugergebiet.»
Quelle 3: Seite 39

Bodefridimänz (Kapitel 11)
Das Chlausjagen ist ein wichtiges Brauchtum in Küssnacht und Region. Schriftliche Quellen, die Herkunft und Alter des Brauchs belegen könnten, gibt es kaum. Der Chlaus, der im Roman beschrieben wird, ist eine fiktive Figur und seine Geschichte frei erfunden. In den 1950er-Jahren war ein angesehener Haltiker mit Namen Alois Stutzer der Chlaus, der mit flammendweissem Bart und Bischofsstab vor die Kinder des Bezirks trat.
Quelle 3: Seite 52

Da es beim Chlausjagen immer wieder wild zu und her ging, versuchten Behörden und Kirchen das Brauchtum bereits im 18. Jahrhundert zu verbieten. Um 1920 nahmen die Diskussionen um den Klaustag immer heftigere Formen an.

Klemenz Ulrich war in den Jahren 1920 bis 1924 Bezirksammann und hatte in seiner Amtszeit vergeblich versucht, das Chlausjagen zu «zivilisieren». Als Reaktion darauf sollen die Chlausjäger den Schmähgesang erfunden haben, den sie seither jedes Jahr am Chlausjagen singen. Mehr als ein Gesang ist es ein schauerlicher, ewiggleicher Dreiklang: «Mänz Mänz Mänz Bodefridimänz.»
Quelle 4

Ambrosius Knüsel (Kapitel 12 und 16)
Die Figur des Ambrosius Knüsel basiert teilweise auf einer realen Person namens Josef von Moos. Von Moos war Strassenmeister und Totengräber in Küssnacht. Die im Roman beschriebene Eigenheit, wonach von Moos der Geruchssinn fehlte, ist überliefert. Er war es, der gerufen wurde, wenn sich ein schlimmes Unglück ereignete, und er war es, der gemeinsam mit den Polizisten die Leichenteile einsammelte, wenn sich Bahnunglücke ereigneten.
Quelle 3: Seite 65

Pünteli-Sidler (Kapitel 13)
In Küssnacht gab und gibt es viele Sidler, weshalb man ihnen Namenszusätze gab, wie beispielsweise «Pünteli-Sidler». In Küssnacht lebte in den 1950er-Jahren ein Mann, der Pünteli-Sidler genannt wurde. Die Figur im Roman ist jedoch erfunden und hat abgesehen vom Namen keinen Bezug zum tatsächlichen Pünteli-Sidler.
Quelle 3: Seite 169

Ausgang (Kapitel 16)
Die Küssnachter Burschen gingen zu dieser Zeit am Wochenende gerne nach Weggis ins Café Hofmann oder in den Kursaal nach Luzern zur Hazy-Osterwald-Show.
Quelle 3: Seite 47

Der eindimensionale Mensch (Kapitel 19)
Was Friedli aus einem Buch vorliest, ist ein Zitat von Herbert Marcuse. Es wurde leicht abgeändert. Im Original lautet es: «Wenn der Arbeiter und sein Chef sich am selben Fernsehprogramm vergnügen und dieselben Erholungsorte besuchen, wenn die Stenotypistin ebenso attraktiv hergerichtet ist wie die Tochter ihres Arbeitgebers, wenn der Neger einen Cadillac besitzt, wenn sie alle dieselbe Zeitung lesen, dann deutet diese Angleichung nicht auf das Verschwinden der Klassen hin, sondern auf das Ausmass, in dem die unterworfene Bevölkerung an den Bedürfnissen und Befriedigungen teil hat, die der Erhaltung des Bestehenden dienen. […] Ihre Produktivität und Leistungsfähigkeit, ihr Vermögen, Bequemlichkeiten zu erhöhen und zu verbreiten, Verschwendung in Bedürfnis zu verwandeln und Zerstörung in Aufbau, das Ausmass, in dem diese Zivilisation die Objektwelt in eine Verlängerung von Geist und Körper des Menschen überführt, macht selbst den Begriff der Entfremdung fragwürdig. Die Menschen erkennen sich in ihren Waren wieder; sie finden ihre Seele in ihrem Auto, ihrem Hi-Fi-Empfänger, ihrem Küchengerät. Der Mechanismus selbst, der das Individuum an seine Gesellschaft fesselt, hat sich geändert, und die soziale Kontrolle ist in den neuen Bedürfnissen verankert, die sie hervorgebracht hat.»
Quelle 5: Seiten 28–29

Jassgraben (Kapitel 20)
Beim Jassen ist die Schweiz zweigeteilt. In der einen Hälfte wird mit französischen, in der anderen mit Deutschschweizer Karten gespielt. Die sogenannte Jassgrenze (auch Jassgraben genannt) zieht sich vom Brünig über den Napf bis zur Reuss. Im Aargau bildet bis nach Brugg die Reuss und anschliessend die Aare bis zum Rhein die Grenze. Die Entstehung der Jassgrenze reicht bis 1000 Jahre zurück in die Zeit des westlichen Königreiches Burgund und des östlichen Herzogtums Schwa-

ben. Laut Historikern überlebte diese Grenze, weil die Aare lange Zeit eine nicht bezwingbare Barriere darstellte.
Quelle 6

Polen in Küssnacht (Kapitel 22)
Es ist überliefert, dass in den 1940er-Jahren polnische Soldaten in Küssnacht untergebracht waren. Dass gerade zu dieser Zeit besonders ausgiebige Feste gefeiert worden sein sollen, ist hingegen eine Spekulation des Autors.
Quelle 7

Kirchenglocken (Kapitel 23)
In Küssnacht war um diese Zeit der Sänne-Wisi zuständig für das Läuten der Glocken. Der Sänne-Wisi ist eine in Küssnacht bestens bekannte Figur. Er war viele Jahre ein Samichlaus, der in dieser Gestalt hundertjährige Schuhe trug. Als Sigrist läutete er auch das Totenglöcklein und gab dann im Käseladen gwundrigen Menschen Auskunft, wem das Läuten gegolten habe. Das Läuten des Totenglöckleins hatte eine klare Bedeutung. Ein einmaliges Läuten zeigte der Gemeinde an, dass ein Kind verstorben war. Bei einer Frau wurde mit kurzem Unterbruch zweimal geläutet, bei einem Mann dreimal. Und wenn sich die Glocke noch etwas länger als gewöhnlich vernehmen liess, wusste das Dorf, dass ein aktiver Chlausjäger verstorben war. Das traditionelle Totenglöckchen in Küssnacht läutete und machte keine Glockenschläge, so wie es im Roman beschrieben wird.
Quelle 3: Seite 169

Küssnachts düstere Vergangenheit (Kapitel 24)
Im frühen 19. Jahrhundert galt die Zentralschweiz unter anderem wegen der komplizierten Topografie als Eldorado für Gauner, Bettler, Vaganten und Meuchelmörder.
Quelle 8: Seite 22

Die Grabbeterin (Kapitel 24)
Die Figur der Grabbeterin Marie-Antoinette ist erfunden. Grabbeterinnen gab es in Küssnacht aber durchaus. Eine berühmte Grabbeterin war Fräulein Louise Ribary. Es war ihre Aufgabe, die Leichen zu waschen, sie mit ihren schönsten Gewändern zu bekleiden und ihnen Schuhe anzuziehen.
Quelle 3: Seite 169

Ängel-Miggel (Kapitel 25)
Häufig sind es die Wirte, die besonders gut über das Dorfleben im Bild sind. In Küssnacht wusste offenbar niemand mehr als der Wirt des «Engels». Über ihn hiess es: «De Herrgott weiss alles, aber de Ängel-Miggel no mee!»
Quelle 3: Seite 173

Rückzugsorte (Kapitel 25)
In den 1950er-Jahren herrschte in Küssnacht in vielen Bereichen noch eine Geschlechtertrennung. Das betraf nicht nur den Schulunterricht, sondern auch die Badi und die Vereine. Zu den raren Gelegenheiten, sich kennenzulernen, gehörten deshalb Tanzanlässe. Ausser an der Fasnacht fanden sie am Ostermontag, am Pfingstmontag und an der Chilbi statt. Wenn man dann aber wirklich die Zweisamkeit geniessen wollte, so heisst es, «[…] musste man aus dem Dorf, in den Wald, auf die Allmig oder noch weiter. […] Die Casanovas verzogen sich unter die alten Hütten hinter dem ‹Hecht›; hatte man dafür zu schöne Kleider an, verdrückte man sich in den Keller der ‹Alten Post›».
Quelle 3: Seite 47

Maschinegweer-Räber (Kapitel 25)
Die Figur des Muotathaler Dorfpolizisten Manfred Räber-Betschart ist erfunden. Allerdings gab es in Merlischachen einen Mann, der als Maschinegweer-Räber bekannt war,

weil er besonders schnell sprach. Mit dieser Person hat die Figur im Roman sonst nichts gemeinsam.
Quelle 3: Seite 170

Fahrzeuge der Schwyzer Polizei (Kapitel 27)
Im Jahr 1947 wurde für den Polizeiposten Schwyz ein erstes Motorrad der Marke «Harley-Davidson» angeschafft und 1950 folgten zwei Jeep-Stationswagen der Marke «Willys-Overland».
Quelle 8: Seite 49

Hohle Gasse (Kapitel 33)
Die Hohle Gasse, wie man sie heute kennt, wurde am 17. Oktober 1937 von Bundesrat Philipp Etter nach altem Vorbild eröffnet.
Quelle 3: Seite 83

Das Armenheim (Kapitel 33 und 34)
«De hends de uf Imisee hindereghyd» war eine Redewendung dafür, dass jemand ins Armenhaus in Immensee eingewiesen worden war. Das Armenhaus war 1855 eröffnet worden und befand sich viele Jahre am Zugersee neben dem Hotel Schlüssel. Aus dramaturgischen Gründen spielen einige Szenen im Roman im alten Armenhaus am See, obwohl dieses schon 1937 abgebrochen und durch das Bürgerheim ersetzt worden war, welches an einem anderen Ort in Immensee stand. Bis in die Sechzigerjahre lebten tatsächlich auch einige Kinder mit den alten Menschen im Armenhaus. Auf Ostern 1963 wurde die Kinderabteilung aufgehoben.
Quelle 3: Seiten 30–34

Benedikt Steinhauser ist eine erfundene Figur. Dass Armenhäusler aber Brotfetzen an die Fische verfütterten, ist überliefert. So soll beispielsweise Alois Trutmann, den man

Hafner-Wisi nannte, «fast jeden Abend auf dem grossen, sonnendurchwärmten Stein am Seeufer [gesessen sein] und [...] den gierig danach schnappenden Fischen teigige Brotfetzen [zugeworfen haben]».
Quelle 3: Seite 37

Die Bewohner des Armenhauses (Kapitel 35)
Die Bewohner des Armenhauses – Jaistler, Geifer-Toni, Chischte-Edi, Chälbeli-Pius, Baschen-Kari, Ochse-Peter und Hafner-Wisi – basieren auf realen Personen, wenn auch die tatsächlichen Personen zwanzig Jahre früher gelebt haben, als der Roman spielt. Um sie zu würdigen, werden die richtigen Namen verwendet. Die Personen wurden so realitätstreu wie möglich beschrieben. Auch die Äusserungen der Armenhäusler entsprechen teilweise überlieferten Zitaten. Die Figuren Schnorzli-Herbert, Pater Ammann und Benedikt Steinhauser hingegen sind erfundene Personen und die Geschichte rund um den Schnorzli-Herbert ist Fiktion.
Quelle 3: Seiten 31–37

Konfessionen (Kapitel 40)
Die Figur des Adalbert Josef Durrer ist erfunden. Die Geschichte rund um den zehn Wochen alten Säugling der protestantischen Familie hingegen hat sich tatsächlich im Jahr 1949 wie beschrieben zugetragen.
Quelle 3: Seiten 110–111

Radiogeräte (Kapitel 42)
Die Geschichte rund um den Ladenbesitzer Sepp Knüsel und den Zahnarzt Harald Imgrüth fusst auf einer wahren Gegebenheit. Der Schneidermeister Gottfried Bachmann hatte in den 1950er-Jahren einen Laden an der Ecke Oberdorfstrasse und Seebodenstrasse. Er verkaufte und reparierte dort Radios. Der Küssnachter Zahnarzt Willy Rogg emp-

fing am 21. September 1953 auf einem selbstgebauten Apparat Fernsehsendungen aus Zürich.
Quelle 3: Seite 15

Pfarrherr (Kapitel 53)
Der Pfarrherr Melchior Eggenschwiler ist eine fiktive Figur. Tatsächlich Pfarrer in Küssnacht war Melchior Camenzind. «Wer Camenzind auf dem Versehgang in weissem Chorrock mit schwarzer Stola, dem Allerheiligsten und dem Krankenöl auf der Strasse sah, rätselt selten, wohin er ging.»
Quelle 3: Seite 66

Quellen

1 Marianne Gerber (ehemalige Untersuchungsrichterin und Leiterin des Bezirksamtes Küssnacht).

2 Adalbert Kälin: Das Königin Astrid Memorial in Küssnacht am Rigi. Erinnerungen an einen tragischen Unglücksfall im Jahre 1935. Schwyzer Hefte, Band 77. Herausgegeben von der Kulturkommission des Kantons Schwyz, 2001.

3 Me isch halt nid so heikel gsy. Küssnachter Geschichte(n) 1848 bis 1998. Texte: Karl Schuler, Balz Theus et al. Herausgegeben vom Bezirk Küssnacht, 1998.

4 Küssnachter Klausjagen. www.klausjagen.ch. St. Niklausengesellschaft, 2019.

5 Herbert Marcuse: Der eindimensionale Mensch. Studien zur Ideologie der fortgeschrittenen Industriegesellschaft. Herausgegeben von Peter-Erwin Jansen. zu Klampen Verlag, 2014.

6 Urs Bader: Nationalsport: Wie das Jassen in die Schweiz kam und heute das Land teilt. www.tagblatt.ch. 13. November 2018.

7 Die polnischen Soldaten, die in den Jahren 1940–1945 in der Schweiz interniert waren. Polenmuseum in Rapperswil. www.polenmuseum.ch/2-schutzendivision.

8 200 Jahre Kantonspolizei Schwyz. Schwyzer Hefte, Band 83. Herausgegeben von der Kulturkommission des Kantons Schwyz, 2004.